卡塞尔不欢迎逻辑

〔西班牙〕恩里克·比拉－马塔斯 著

施杰 李雪菲 译

KASSEL
NO INVITA
A LA LÓGICA

ENRIQUE VILA-MATAS

上海译文出版社

1

一位作家越先锋，就越不能容许自己落入这样的评判。可谁在乎呢？事实上，这话只是个麦高芬，与我计划讲述的一切没多大关系，尽管事后看来，我将陈说的，关于我如何被请去卡塞尔、去往该城的旅程中又发生了什么，又恰都应了这句话。

正如有些人所知，为说明麦高芬是什么，最好还是借助火车这一场景："能不能告诉我，您头顶行李架上放着的那包裹是什么？"一乘客问道。另一人答："哦，是麦高芬。"于是前者便想知道什么才是麦高芬，后者遂跟他解释："麦高芬是用来在德国捕狮的。""可德国没有狮子啊。"前面那位乘客道。"所以上面那玩意就不是个麦高芬呗。"后者答。

而至为杰出的麦高芬之一当数《马耳他之鹰》——史上最絮叨的影片。这部约翰·哈斯顿的作品叙述的是主人公如何寻找当年马耳他骑士团为换取一座小岛而向西班牙国王献上的雕像的故事，片中对话极多，叨叨个不停，但临到结尾人们才发现，那一大群剧中人不惜以谋杀来求取的那只鹰只是为推进剧情所设置的悬念而已。

诸位或许猜到了，世上有许多麦高芬，而最有名的那个可以在希区柯克导演的《惊魂记》①开篇寻见。谁不记得影片之初的几分钟里，由珍妮特·利所行的那起窃案呢？它看似如此关键，结果却在情节中无足轻重，但它确实达到了让我们在放映结束前紧盯银幕的效果。

麦高芬还出现在，打个比方，《辛普森一家》②的每一集中。它的任一开篇都与之后的发展少有或毫无关联。

我的第一个麦高芬是在皮亚托·杰米执导、由卡洛·埃米利奥·加达的小说改编而来的电影《谋杀的真相》里找到的。电影中，满腹怒气、迷离于错综复杂的调查之中的英格拉瓦罗探长会时不时打电话给他那位神奇的老婆——我们从未有机会见到后者。英格拉瓦罗是否娶了个麦高芬呢？

麦高芬如此之多，以至于仅仅一年前，他们中的一位潜入了我的生活。那天早上，一个自称玛利亚·波士顿的年轻人打电话来我家，告诉我，她是麦高芬夫妇的秘书，这对爱尔兰伉俪诚邀我共进晚餐，而我无疑会很乐意与他们见面致意，因为他们要向我抛出一个无法拒绝的提议。

---

① 片中讲述了玛丽莲(珍妮特·利饰)在浴室中被精神分裂的狂人杀死，玛丽莲的姐姐和男友在逐步侦查下揭露杀人真相的故事。影片开头，玛丽莲曾卷走其老板的 4 万元现金。
② 美国福克斯广播公司出品的一部动画情景喜剧。

这对麦高芬夫妇是亿万富翁还是怎么的？他们想——出于某种不可告人的目的——买下我么？我当即这样问了出来，以幽默的口吻回应着这通怪异而挑逗的电话——必是有谁在作弄我呢。

接到这种来电，我一般会立即挂断，但玛利亚·波士顿的声音是那样热切、那样美丽，而我在早晨此刻的心情又好得出奇，便决定在挂电话前寻个开心，正是这点坑了我，因为我给了波士顿姑娘道出我们共同的朋友、抑或我最好朋友的名字的时间。

"麦高芬夫妇的提议是，"她冷不丁说道，"给你一次性揭开所有宇宙的奥秘。他们已然掌握了个中妙法，希望将它传授予你。"

我决计顺着她的话说。那麦高芬夫妇也晓得我从不出去吃晚饭咯？他们必定了解，自七年前起，我就总在早晨感到快活，而一到傍晚，一阵强烈的苦闷又会准时袭来，令我脑中一片漆黑与恐怖？且知正因如此，不在晚上出门成了我最妥帖的行为？

麦高芬夫妇什么都知道，波士顿说，他们很清楚我对晚间出访心存抗拒。但即便这样，他们也不愿想象我会待在家里，从而放弃获知宇宙奥秘的机会。选择前者的话，我也太懦弱了。

我一生接到过各式各样的奇特来电，而这通堪称个中翘楚。这还不算，波士顿的话语越听越顺耳；它着实有种特别的音色，将某些说不清道不明，却让我比以往的白天更快乐、更富元

卡塞尔不欢迎逻辑

气——近些日子，我的早晨本就充满了活力与乐观——的记忆迁入我心。我问她是否也会参加那场揭秘晚宴。是的，她道，我想着要去；说到底，我是那对夫妻的秘书，有些事情必须由我来做。

几分钟后，好好利用了一把我的好心情的波士顿已完全说服了我。我不会后悔的，她道，宇宙奥秘值得我付出努力。我生日上个月已经过了，我告诉她，万一有谁弄错了日子，给我准备了个惊喜派对什么的。没有，波士顿说，麦高芬夫妇的揭秘才是那个惊喜。你不会想到的。

2

　　就这样，到了第三天晚上，我准时赴约。爱尔兰夫妻没有出现，波士顿倒是来了：耀眼而高挑的青年，一头墨黑的头发，身着红色礼服与精致的金色凉鞋，既聪明又机敏。望向她时，我不免漏出一声发自内心的悲叹，被风华正茂的她下意识地收入眼底；她明白，我正经历着某种与年龄、深深的挫败以及物哀之情相关的心绪。

　　毫无疑问，我从没见过她。她至少比我小出三十岁。原谅我的诡计、欺骗与圈套；打过招呼，她紧接着说道。我问她，什么欺骗，什么圈套。你没发现吗？我耍了个诈，根本不存在什么麦高芬夫妇，她说，后又解释道，为了诳我，她设了个套，觉得这才是引起我重视的最佳方式，因为直觉告诉她，既然我的文学声誉源自离经叛道，一通古怪的电话或许可以激起我的好奇，从而达到让我夜晚出行的艰难目的。

　　她得面对面抛出那个提议，生怕电话里说，我会给出不恰当的答复。那她的提议是什么呢？不是原来麦高芬夫妇那个？首先她感觉很幸运，她道，得知自己当下有足够时间来讲述那个由她的上司、《第十三届卡塞尔文献展》①之策展人——卡罗琳·克丽丝朵芙-巴卡姬芙与楚丝·马丁内兹——托她转达给我的提议。

所以，我说，麦高芬夫妇就是卡罗琳和马丁内兹咯。她微微一笑。对，她道，但现如今我想知道的是，你是否听说过卡塞尔文献展。屡闻大名，我说，不仅如此，七十年代时，我有几位朋友在那儿见识到不可思议的先锋作品，回来就像变了个人。由于这样或那样的原因，卡塞尔真可谓我青年时代的一个神话，一个未毁的神话；这神话不仅属于我这代人，若没搞错的话，也属于在我之后的每一代人，因为每隔五年，空前绝后的作品就会齐聚那里。卡塞尔的传奇背后，我结语道，便是先锋的神话。

所以她的使命就是，波士顿说，邀我参加《第十三届卡塞尔文献展》。我也看到了，她补充道，当谈起"一个无法拒绝的提议"时，她并没有在骗我。

我很高兴听到那番提议，但我克制住了兴奋。稍待几秒，我问起，作家如我，能在那样一个艺术展中做些什么呢？据我所知，作家是不去卡塞尔的。鸟儿还不会在秘鲁死去呢②，波士顿

---

① 五年举行一次，是先锋艺术的实验场，与威尼斯双年展、巴西圣保罗双年展并立为世界三大艺术展。
② 引自法国作家罗曼·加里自编自导的影片《鸟儿将在秘鲁死去》。

卡塞尔不欢迎逻辑

说，以这般对答展现着她异乎寻常的机智。好一个麦高芬式的句子，我思忖着。而紧跟着的短暂紧绷的沉默又被她打破。她接到的任务是，请我在2012年夏末的三个礼拜中，于卡塞尔城郊的成吉思汗中餐馆内度过每一个上午。

"秦吉斯什么？"

"成吉思汗。"

"中餐厅？"

"对。你得在众人眼皮底下写作。"

鉴于我长久以来的习惯——每次我被请去某个奇怪的地方做某件奇怪的事时（随着时间的推移我发现，实际上所有地方对我来说都是奇怪的）,我都得就此写上两笔——我感觉自己再次站在了某段旅途的起点，它最终将转化为一篇记叙性的文字，如往常一样，将困惑犹疑与令人愕然的生活掺杂在一起，把世界描绘成一处只有经由某种离奇的邀请才有可能抵达的荒唐之地。

我很快瞥了一眼波士顿的眼睛。她像是有意为之，好让我就这次光怪陆离的卡塞尔之邀以及于大庭广众下在一家中餐馆内写作的经历撰拟一份长篇报道。她撇开了视线。以上就是全部，她说，没别的了，卡罗琳、楚丝和她们的策划团队仅仅要求我每天早上坐在那中餐馆里，进行我在巴塞罗那一日的正常工作。也就是说，只要写作就行，啊，还有，设法与走进餐馆且希望与我对话的人产生关联；我永远不该忘记，"互相联结"将是《第十三届卡塞尔文献展》中普遍推崇的一个理念。

而且，她说，不要将自己想象成参与这个节目的唯一作家。她们已有计划再邀请四到五位：欧洲的、美洲的，可能还会有一两个亚洲面孔。

来自卡塞尔的召唤固然教我欢喜，可它不能要求我在中餐馆里坐上三个礼拜。这点我从一开始就清楚。因此，就算怕她们撤回邀请，我也得告诉波士顿，这请求在我看来有点过了，光是想到有成百上千就读于老年大学的德国爷爷奶奶会乘旅游大巴来到这餐厅，只为看看我在写些什么、跟我互相联结，这就已经够让我——无论是从字面还是精神意义上——错位的了。

谁也没说过有什么德国爷爷奶奶，波士顿纠正道，忽地有些正经起来。对对，谁也没说过有什么德国爷爷奶奶、有什么老年大学。无论如何，我说，请让我换一种方式参与卡塞尔的展会，就比如，做个讲座，哪怕是在那苍蝇馆子里。我可以谈谈当代艺术之混乱，我试图和解。谁也没说过有什么混乱，波士顿来了一句。对对，谁也没说过有什么混乱，最有可能的是，我对当代艺术抱持着一种陈旧粗陋的偏见，我就是那种将现时的艺术认定为一场真正的灾难、玩笑与作弄，或诸如此类的人。

行吧，我陡然同意了，现今艺术里没有混乱、没有意识危机、没有任何类型的阻塞。说完这个，我答应前往卡塞尔。我倏地感到一阵深深的满足；我难以忘怀，自己曾不止一次梦想着先锋主义者将我纳为他们的一员，并于某日将我请去卡塞尔。

可是，说到这儿，谁是那些先锋主义者？

3

波士顿的脸上亮了起来，某一刻我仿佛见到了她真正红光满面的样子，许是为达成任务、让我接受了那项提案而洋洋自得。

我清楚自己为什么会应承下来，但怎都不会在那个场合向她坦白。除邀请方式的独创性和文学性外，我从未想到，旁人曾几何时的提议某日竟触手可及，就好比有人鼓动我去加入我支持的足球队，不过这事，光是因为我刚刚过完的六十三岁生日，便不会有人撺掇了；此外，从很长一段时间以来——我挺过了一次由糟糕的生活引发的心脏衰竭——我就经历着一场全方位的复苏，而在此过程中，将我的写作向非文学艺术的范畴延展也显得越来越有深意。换句话说，令我着魔的不再只有文字，我游园地的大门始向其他领域敞开。

事情就是这样，对一个正在衰老却不愿作任何掩饰的人来说，去卡塞尔就意味着邂逅新世界的恩典。或许在那儿，他会遇见异乎寻常的点子，甚而发展出——若他有闲游者的耐性——

对二十一世纪初之当代艺术的大致观念。他还抱持着一种好奇，想看看时下的先锋文学——真的有这东西么——和先锋艺术——每隔五年便齐聚卡塞尔文献展——是否存在很大不同。文学世界里，先锋已然失势——说得不好听点，它大概都绝迹了，虽则可能还残存着某些尚有此心的诗歌计划。但仍能周期性在卡塞尔举办反商业化革新大展的艺术界是否也是如此？毕竟文献展历来就享有着"不被市场规则过度荼毒"的声誉。

我愿意参展，我告诉她，但不一定要去"成吉思汗"吧；我必定会感到异位的，觉得完全走错了地方。波士顿看看我，宽容地笑了，说，我道出了那个关键词，因为卡罗琳·克丽丝朵芙-巴卡姬芙与楚丝·马丁内兹的这届文献展将所有重炮都放在了"异位"这个概念上，其想法便是将艺术家们移出他们习以为常的思考域界。

我不欲深究她所说的思考域界到底是什么，但我确想晓得，是否还存在某种微小的可能性，让我不用在那中餐馆里挨过那么多个荒谬的早上。我最好别想着躲开"成吉思汗"，她说，因为那会是陆陆续续受邀作家的表演中心，我不能与他们不同；但她可以提前透露的是，这没什么大不了的；她敢跟我保证，我将有足够时间来做我最擅长的事：观察、窥探、走动，像个深度闲人一样；她们知道——在读了我的书后，整个策展团队都做出了如下阐释——我喜欢作为某种游荡者，长久地走在某条令人困惑的流浪之路上。

我笑了,但不太清楚为什么。我们给你打个折吧,她忽地来了一句。什么意思,我问道。你看啊,她说,我可以动用卡罗琳·克丽丝朵芙-巴卡姬芙和楚丝·马丁内兹赋予我的权利,把你必须在中餐馆里度过的时间从三周缩减到一周。

透过她紧接着告诉我的一切,我了解到,"成吉思汗"并不在卡塞尔市中心,而是恰恰相反,位于卡哨尔州立公园以南,而那公园已与林区接壤。换句话说,餐馆坐落于卡塞尔城郊。我要么答应,要么结束。她觉得答应也挺好,因为去完餐馆,我还能到公园和林子里去散散步,那又会是一段别样的经历,我会见到某些稀奇古怪的东西,甚至找到(她笑了)破解宇宙奥秘的妙法。

她的建议极度缺乏逻辑——说句难听的,毫无逻辑可言;卡塞尔郊外的中餐馆:这邀请着实透着些非理智的气息。但离我成行还有整整一年,我想着——或更愿意这么想——也许在所剩时间内,那俩负责人(还是说我该叫她们经纪人或者策展人?我对这块不怎么熟)又会一拍脑袋,叫我在那儿做点什么别的事情。

"话已至此,到底有没有谁能给我解开宇宙奥秘呢?"我道。

她的回答——经由其整夜不失魔力的声线的调谐——狡黠至极,以至于我提请将它记到了一张餐巾纸上;我告诉她:这句话,我愿花一辈子去欣赏。

"可少了麦高芬，"波士顿语，"我们实在干不了什么，顶多唱唱'哆来咪哆，雨疏风骤'①了。今天就到这儿吧。"

她像是严格把控着晚餐的用时。但不管怎样，就此收尾是再好不过了，因为在出家门前，我吃了片兴奋剂——这些日子，我的小学同学科利亚多博士（这是个假姓，还是别把这位可爱却不怎么成功的、发明了诸多形似药物之毒品的人的真实姓名公之于众）正试着为它申请专利。

我服下那片药是指望它能助我削减夜晚时的焦虑，尽管它起初确实对我有效，但其药力已经衰减了一阵，我的状况又一次危险起来，因为我发现，我每晚的阴翳心情，我沉郁的那一面，重又浮出了水面，此外，我能预见到，波士顿于任何一刻都有可能问起，我把之前所说晚间会准点到来、令我无法出门的强烈不安搁哪儿去了，我怕这个问题，更怕见到我的悲伤如野马脱缰，甚而害怕我的脸变成海德先生②的模样，因此对我来说，尽早结束晚宴不失为一个极好的主意。

---

① 引自西班牙语版《李尔王》第三幕第二场。
② 美国漫威漫画旗下超级反派。

卡塞尔不欢迎逻辑

4

几周后的一天晚上，我与楚丝·马丁内兹约见，到地方后，出现的仍是玛利亚·波士顿，欢跃、灿烂，较之上回更甚，像在告诉我，她完全有能力把自己塞进比第一天晚上向我展示的更高级的皮囊。我问及楚丝，二人诡异地四目相接，那一刻让我感到不可理喻地焦灼。

"你没懂吗，我就是楚丝?"她说。

她让我一时觉得自己像个彻头彻尾的白痴。我得明白，她说，第一次给我打电话时，她更倾向于冒充一下玛利亚·波士顿，一个更能勾人、也更有活力的名字，楚丝·马丁内兹未免太过刻板了。而后，她不曾想到如何破除这个到此刻才得以解开的陷阱、圈套、骗局。

"我是楚丝，一直就是楚丝。你可了解?"

听着就像在说:瞧你个傻帽。

我挤出个微笑;在这种情况下，我还能做些什么? 之前我又吞了片(有啥办法呢，我总不能整晚都端着个苦脸)科利亚多博士最新研制的兴奋剂(希望这第二片也是我的最后一片),这令当下的我微笑得如此自然,尽管依我看,我的表情怕是像个十足的蠢蛋。事实是,我遇上麻烦了,因为自第一刻起我就注意到,科利亚多期待能制造出好心情的实验药品(他叫它"快乐阿司匹林")虽效果不差,但还有相当多的地方亟待改进。

我笑得像个可怜的蠢货。

"你是楚丝,当然,"我道,"你一直就是楚丝。我了解了。"

在这第二次相会中,她确认了之前所说的一切:她与卡罗琳·克丽丝朵芙-巴卡姬芙一致同意缩短我在卡塞尔逗留的时间,也就是说,一周就够了,我也只需上午待在中餐馆里,但请我尽量与在场的人们、问起我写作内容的人们、问起我作家身份的人们、仅仅问起我在卡塞尔城郊的这家中餐馆里干什么劳什子玩意儿的人们,诸如此类,开展交流。

蒙了!她们为什么想看我一片茫然的样子?是要拿我寻开心么?我下定决心问她,这俩我认都不怎么认识的女人,她和卡罗琳,怎就那么热衷于远程规划我的迷惘,把2012年夏天的我塞到那个中国旮旯里。见我迷失在森林旁有什么意思么?所幸问出这些话时正值那药片引燃的一波快乐花火在脑中绽放,我脸上忧愁不见、笑靥如花。我觉得,她说,你有点过于夸张了。短暂的沉默。我愿这么揣测:无论如何,让我迷茫这件事背后一定存在着某种善意,而究其本源,她作为第十三届文献展的策展

卡塞尔不欢迎逻辑

人，是在深思熟虑之后才给我设下的这个挑战：我得把这请托很乖谬看作某种无害的事实，从而接受它，而在接受同时，也用我的想象力拯救那个瘠弱的提议。

我鼓起勇气问她，她和卡罗琳是否确信，一到文献展，我的洞察力必能助我在当代艺术的夺目光辉（我已竭尽所能地在讽刺）中更进一步？

她瞅了瞅我。我见她不置可否的样子，事实也的确如此。她只是提醒我，别忘了中餐馆旁还有片树林，而树林里往往会发生些真正的故事。对此我不知如何应对，我不清楚她对"真正的故事"作何理解。

许多年来，我一直相信，要写出好东西，那人一定得过得不怎么样，我说。干吗扯到这个？她当即问道。没干吗，楚丝，就是个麦高芬，我怀疑你那句"真正的故事"也是如此，我道。片刻间，一切乱作一团，谈话的节奏断了。我们相对无言。为试图挽回局面，当时的我唯一想到的便是告诉她，我挺喜欢麦高芬的。而这句话引致的却是她更多的麻木、更多的沉默。

过了许久，是她决定缓和紧张，才对我说起，她明天就要去阿富汗了，因为她、卡罗琳和整个策展团队筹备的这次文献展不仅局限于德国的卡塞尔，也会同时在喀布尔、亚历山大港、开罗和班夫镇（加拿大）举行。除组织者、工作小组和某些受邀人士外，任何一名访客都不可能穷尽第十三届文献展。很遗憾她得有些日子不在，因为和我说话倍儿有意思，也尤其感谢我的宽容：她一会儿装作波士顿，一会儿又揭开了自己的真实身份。

行吧，不管怎样，我说，晓得你不会再变名字，我还真松了口气。不不，你不用担心，她说，在露出神秘微笑的同时，也谈起了文献展的路线图，坚称，将展览空间从卡塞尔延伸至喀布尔、亚历山大港、开罗和班夫镇是确有必要的，此外也给我提个醒——万一我以为她和卡罗琳有什么后殖民主义倾向——这纯粹是出于一种多逻辑的努力。

我在脑中记下了这个我不曾耳闻的形容词（多逻辑的）；而当稍后她提起，批判艺术团体①已在卡塞尔森林那头找到一块隐秘之地，并计划在一百天的展期中开办一系列讲座时，我似在我的灰暗未来中——被幽禁在一个多逻辑的中餐馆里--窥见了一丝生机。性质就好比报告会，她说，但那么远，估计也没谁去听。我登时发觉，那个无人前往的报告会场或许才是讨论先锋与新世纪艺术的理想之地（铁定比那乌烟瘴气的中餐馆强），便请她想方设法将我安插到批判艺术团体邀请的那一百个主讲人里去；那一刻，忽就再没什么能比安排一场于密林那头举行的名为，呃，"无人讲座"的对谈更让我心生向往的了。

自己设计的标题令我越想越欢喜，而那药片的效果——我

---

① Critical Art Ensemble，成立于 1987 年，长期以来专注于在艺术、理论批评、科技和政治行动等交叉领域间的探索。

要的就是兴奋——也完美凸现出来。但我大概有些亢奋过度了。我们会研究的，她冷冷抛下一句，就好像她挺不乐意见我在"卡塞尔真有某个有趣的活动在等我"的可能性前表现得那么激动似的。但过了不一会儿，她又换了种说法，甚而表示，她特喜欢我讲座的题目，我已经可以就此准备起来，因为这事在此时此刻便敲定了，但这并不意味着——她压低了美妙的声线——我就可以免于每天去那中餐馆报到。

我脸上的欢腾略微一拧。她是有多执着于那家中餐厅呵，我想着。无人，无人，无人讲座，我听她重复道，仿佛"没有听众的森林"同样让她振奋不已。

我们最终找到了我卡塞尔之行的最佳日期：百日文献展的最后六天，它们均在 9 月，夏暑已退，而当闭展日迫在眉睫，几可确定的是，正如前几届那样，城中将访客如织。

道别时，她不曾有心告诉我，她骗了我，她不是楚丝·马丁内兹——她希望我那样想，她也确实做到了。而这番谎言告破要等到一年之后，当我抵达卡塞尔，得知了那个我不可能在当晚猜到的真相——辞别时，我满心以为她是楚丝呢，便走上了那条孤寂的街道，开始了那段从容而满足的回家之旅。

卡塞尔不欢迎逻辑

5

　　我在游移不定的精神状态中徐徐返家,脑中一次次明灭着卡夫卡致费里斯·鲍尔的信中的话:"马里昂巴德美得难以言喻。我想,若我是个中国人,且须即刻归乡(我本质上就是个中国人,且正在回家),我一定得想办法速速返回这里。"

　　这是卡夫卡的所有文字中唯一道出自己"本质上就是个中国人"的段落,像在为我们指明,很可能正如博尔赫斯所说,他在早于卡夫卡多个时代的不同文本中读到了这位作家的语句或习惯,也确能看出,卡夫卡与九世纪的散文家韩愈极为肖似。博氏在1948年于法国出版的卓越的《中国文学考据集》中即对这位中国作家进行了挖掘。

　　而照卡夫卡写给费里斯·鲍尔的书信来看,这位布拉格作家显然是直感到了自己与中国——谁知道他是否连自己的前世韩愈也感应到了——的神秘联系。

　　那晚,当我缓慢返家,我想象着——管它为什么,反正总是有原因的——自己便是卡夫卡那句句子的主语,也就是说,我是个中国人,且正在回家。扮演那样的角色甚而让我感觉不错,直到万物反转,药效——在部分情况下还算有用——一刹尽失,转眼间,一切蒙上阴影,我整个坠入到我曾欲逃避的苦闷与忧伤里,任何妄图摆脱这消沉状态的努力都无济于事,我千万次痛骂着将命运亲手奉至科利亚多博士手中的自己。我想起旧日的夜游,它们也被同样灼人的感觉所支配:这世界满是用某种密码编写的信息。而在这般颓丧的体验中,当我为重提精气做着无谓的争斗,告诉自己,这简直太有意思了,他们把我这样一个中国人请去了远在德国的一处亚洲飞地,亦即我用理所应当的困惑思考着这一切,思考着这些同样令人困惑的事件往家走去时,我记起了我在意大利北部的萨尔扎纳做过的一个无比强烈、对我来说又至关重要的梦。那是三年前,我到该城参加某届国际作家大会,落宿在一家名叫"天使客栈①"的旅店里,不折不扣的乡下,也就是说,距市中心整整八公里,而当我走进这家偏僻旅店的客房,我发现的第一件事便是,我把安眠药落在巴塞罗那了,还有我的睡前读物。即便如此,失去了惯常的镇静剂,我还是睡着了,名副其实地睡死了过去,堕入了以沃尔特·本雅明的著述为蓝本的梦境中:词语不是符号,不是对另一件事物的替代,而是思想的名称。在普鲁斯特、卡夫卡以及那些超现实主义者的

---

① 原文为意大利语。

作品中,本雅明道,词语脱离了"资产阶级"意义上的涵义,进而重新握起了它根本的、行为的权力。这么说来,在亚当时代,词语和命名的动作其实是一回事,而自那以后,语言经历了巨大的衰亡,而巴别塔——依本雅明看——只是其中的一个阶段。神学的任务就在于从保存词语的圣书中全盘恢复它们原有的摹拟能力。

于萨尔扎纳我自问,衰败的语言穷其所有意旨,是否仍能让我们接近与它的不解之源相关的某些真相。而我顿悟到,从本质上看,我的一生,虽未完全察觉,一直都在试图重建一段分崩离析的讲演(其本体已消逝在时序的暗夜里)。我沉睡着走入那个炽烈的梦境,我的两位好友,塞尔希奥·皮托尔与劳尔·埃斯卡里,正以飞快的脚步行进其间。他们疾速穿行在一座古城(也许是在欧洲)的街巷,而那些雨滴坠落得出奇迟缓,如墨西哥城的雨点一样夹带着毒性。他们步入一间教室,塞尔希奥写起一组我未曾见过的符号,他写得那样快,每一笔都落在那方墨绿色的黑板上;黑板继而变成了一道嵌在阿拉伯葱形拱中的门,绿得愈发深邃,皮托尔则放慢了手速,在门上刻下一首用未知代数学所编写的诗:有公式,有散发着诡秘犹太气质的玄奥讯息,那气质也可能是穆斯林、中国的穆斯林,抑或仅仅是彼特拉克①时代

① 彼特拉克(1304—1374),文艺复兴第一个人文主义者,被誉为"文艺复兴之父"。

的意大利；一首没有祖国的怪异的代数诗，却将我送到了宇宙奥秘的中心，那个充斥着密码信息的宇宙奥秘的中心。

次日早晨，我从梦中醒来，带着"核心信息曾与我近在咫尺"之感——估计只有皮托尔才了解其最深层的内涵。每每我同今日一样回望那个梦，我便意识到，波士顿来电称麦高芬夫妇愿为我揭开宇宙奥秘的那天，我答应赴约的其中一个原因正是，萨尔扎纳之梦仍在影响着我的潜意识。此外不能排除的是，当数日后我同意前往卡塞尔，我心深处——即便只是最深的深处——还期望着能在那儿寻见当代艺术之神妙、未知代数诗抑或阿拉伯葱形拱门的启蒙；那道门来自远古的中国，门后便是那离群索居的纯粹语言。

6

　　与假楚丝相会的一年之后，2012 年 9 月初，距飞往法兰克福、进而转车前往卡塞尔的既定日期还剩一个礼拜，风云突变，我甚至犹豫起要不要去。足足一年，文献展的负责人与我少有联系，也几乎没有什么理由能促我于一周后远赴德国。一整年来，我只收到过一封简短的邮件，落款是皮姆·杜兰，附件则包括了汉莎航空公司的机票和在法兰克福转乘火车的相关说明。

　　楚丝·马丁内兹(或确切地说，被我认作是楚丝·马丁内兹的那人)再无音讯，我与之联系的尝试也一一落空。即便如此，我仍确信，一到文献展我就必能和她见面；最可能的是，她的一个朋友告诉我，要共同策划一次那么大的展览，她太忙了，没时间联络我，可到了卡塞尔，事情就简单多了。

　　从我读到的关于第十三届文献展的信息来看，很清楚的一点便是，它已远超之前的第十二届——在许多方面都显得糊涂至极的一届：为招揽媒体，他们请来了加泰罗尼亚大厨费朗·亚德里亚，而在荧屏上取得巨大反响的同时，也令这五年展的一条不成文的规定变了味，即它与艺术市场的关系不应过度紧密。

除此之外，我记得，那不讨喜的第十二届文献展还收入了艾未未的一项同样意在媒体的计划：他惊世骇俗地带一千零一个中国人去了卡塞尔，其阴影甚至笼罩着此次对我的邀请；每当阴郁的情绪盘踞我心（这事无可救药地发生在每天傍晚，偶尔还会延伸至黑夜），有个想法总会让我恐惧，甚而有时还挺剧烈（尽管乍一想似乎搞笑得很）：会不会有一千零一名中国作家一股脑拥进"成吉思汗"，聚在我身后，看我正在写些什么，对我的笔迹与习惯评头论足……

不管怎么说，鉴于人们在这一年中对于卡塞尔表现出的漠不关心，已没有什么可以促我动身，况且想想，我此行的目的只是让人关在一个中餐馆的角落里，向好事之徒展示我写下的东西。

出发之日已近在眼前，确切地说，那是9月4日——我不曾忘记——距离前往德国恰还有一周。我记得自己于巴塞罗那的书桌前徘徊，许因黄昏已近而焦躁烦忧，事实上，我苦恼透顶；在去不去法兰克福这个巨大的犹疑面前，万物都遭受着我的滋扰。

虽则受邀去往卡塞尔，我对该城却是一无所知，只知道市中心有个叫格洛丽亚的影院，我在网上偶然见过照片，尤其喜欢，就把它存在了电脑里。之所以存下来也是因为巴塞罗那已经没有那种风格的放映厅了；格洛丽亚影院好比一滴水，映出了我幼时的社区影院、重映厅与连映厅；自我还是个孩子时就特别爱看那些下周放映的电影的"图片"，当然还有那些含糊其辞的海报，上书"即将上映"。

几个月来，由于我不曾见过那座城市的其他影像，格洛丽亚影院就是我心中的整个卡塞尔。有次我都怀疑，那影院的命名是不是在向范·莫里森①的《格洛丽亚》致敬；后者的美有相当程度要归功于歌手说即唱、唱即说的风格以及对嚎叫野狼②——棉花种植者的儿子，其嗓音被比作"在卵石路上行驶的重型机器"——式的哼哼的模仿。

事实上，在这一整年中，每当我记起自己就快去往卡塞尔，我想到的只是那个位于市中心的影院和一阵重型机器的声音。

而雪上加霜的是，就在9月4日傍晚，当每天黄昏的忐忑准时前来赴约，我从我素来合作的那份报纸的编辑处得到了一条来自墨西哥人马里奥·贝亚丁的信息——据我所知，他是于我之前坐在"成吉思汗"那张中国椅子上的作家之一。他请那位编辑将卡塞尔之危险转达给我："若你见到那位共同的好友，请警告他，去文献展时务必谨慎小心：那儿都是些极其不负责任的人，艺术家都是买了意外保险去的，而我们作家没有。我正忙工作呢，电脑就被偷了，也没人管我。"

---

① 英国作词家、作曲家、歌手。
② 美国蓝调爵士的重量级人物。

读到此处,我的畏惧十足加重了,考虑着还是别去参加文献展了吧。所以那大名鼎鼎的"成吉思汗",我心想,也不过是公园尽头的一处无聊之地,不仅如此,还是个劫匪出没的巢穴,想必都是端着机关枪的,在此横行霸道,抢掠着穷苦文学家的劳动工具。

我决定不去卡塞尔,但没过多久,我又改变了主意;我想起,我内心是极欲了解当代艺术之先锋状态的,且我明白,如果不去的话,我就永远不可能知晓潜藏在卡罗琳·克丽丝朵芙-巴卡姬芙与楚丝·马丁内兹的提议以及"成吉思汗"背后的甚为隐秘的奥义。

好奇胜过了惧怕,我决意要去,不过有一点可以明确,哪怕我疯了也不会把我的笔记本电脑带到那中餐厅去,毕竟谁都不乐意自己的吃饭家伙被人掳走的。但得说明的是,临出发三天前,我寄了封邮件给贝亚丁,想知道在成吉思汗待着到底有多危险:"你好,马里奥,能不能给我讲讲那件事的细节,好让我明白你的电脑是在什么情况下被偷的,这样我也能对我将要在那中餐馆里驻扎的那几天有个完整的概念。"

他几乎是立刻回复了我:"没事,不用慌。到了中餐馆,你只要坐在紧里头的一张桌子前写上一会儿就行,带上铅笔和橡皮,别拿电脑,不过我的电脑也不是在那儿被偷的……我在文献展书店还有个另外的活动,边工作边卖一本'两栖'书籍,盗窃是那会儿发生的,有人趁乱拎走了我的箱子,我的所有东西都在里头。"

既然确定风险并不在于那中餐馆,我也放心不少,便决计给皮姆·杜兰去封邮件,对我不久的将来的某些方面予以试探。在她4月份寄来的那封邮件里,她的姓名下方可以见到如下字样:"文献展与弗里德里希阿鲁门博物馆大型活动有限公司(弗里德里希广场18号)部门主管私人助理①。"这一长串头衔让我记起了布莱士·帕斯卡关于简短及其反义的一句话——或一个麦高芬:"我写下那么长一封信的原因正是由于我没时间把它写得短些。"

我在给皮姆·杜兰的邮件中写道:"尊敬的皮姆:理论上我应当飞往法兰克福的日期已近,但你方音信全无,令我茫然若迷。我手头只有一张印有往返机票代码的纸片,除此之外再无一物。我不知该从何而行。"

刚点完发送键我就意识到,兴许我写得太长了,恰因来不及把它改得短些。我正准备再给她去封致歉信,就已收到了来自皮姆·杜兰的那条简明扼要、格外迅速的回复:"我已和你卡塞尔之行的负责人阿尔卡联系。别急,你会得到妥善接待,被告知所有信息。阿尔卡会在法兰克福机场等你。"

---

① 原文为德语。

我一时宽慰了些，但要我依凭着阿尔卡这么一个在我看来难以解析的名字，我还是有点心怀惴惴：我不知它是男是女抑或是德国第四代机器人，再说了，"我卡塞尔之行的负责人"又是什么意思？我连自己走走都不行？

我查了查谷歌，找到个1986年生的克罗地亚肚皮舞者阿尔卡·齐纳利，人称阿尔卡，自幼习舞，已通过综艺节目"萨格勒布秀"享誉全球。可能就是她吧。为什么不呢？我也不再找了。倘若遇见阿尔卡，我一定不会坦承，但我总会将她与那位克罗地亚舞者联系在一块。另一方面，我奶奶的亲姐还曾是一位克罗地亚舞女的情人呢，不过那又是个新的故事了；在这儿提起当然不算应景，不过我还得说，正如我亲爱的二表哥——我奶奶的亲姐的孙子——所言，所有的故事都会引出另一个故事继而又再引出一个故事，周而复始，直至无穷。

7

接下来的几个小时里,我找寻起那仅余一周寿命的第十三届大展的既往信息。让我颇感兴趣的是,我从调查所得中获知,第十三届文献展网聚的二百多名艺术家、哲学家、科学家、评论家与作家呈现了海量作品,参与了各类活动——许多都是同时进行的,有些则持续数周——其演绎地或举办地不仅限于卡塞尔,还去到了,比如说,加拿大或阿富汗的数座城市,以至于任何人都不敢想象将展览阅尽。光是在卡塞尔,展品就分散在城市各处,包括卡哨尔州立公园甚至自大公园后身兴起的大片林地,也就是说,不仅涵盖了那些传统空间,更是开拓了某些从未被之前的文献展使用过的领域。

卡哨尔州立公园四围广阔,花园、小径与河道对称分布在夏宫——橘园宫前。显然,我从一份电子期刊中读到,2012 年的卡塞尔再现着"至高的后现代景况:在指向我们永远无法感知或领会之物的无节制体验跟前的无限本身的意义"。念到此处,我的思想——有时也挺后现代的——聚焦在了我最近经历的几次

"无节制体验"以及去囊括、把握、部分或完全理解世界的不可能性上，最终自问，卡塞尔之旅是不是我迄今为止获得的最好的机会，去接近、几乎是触摸到某种完整的实质，起码是当代艺术的完整实质，这也不算少了。但稍后我又会质疑自己为何想要包揽那么多。

接着，许是为了不被那恭迎我前去的六天吓退——它们太有可能腰佩着极端的孤寂——我告诉自己，到了卡塞尔，我最好每晚搞出个我们所谓的"思想小屋"，为此我只需记取一位多情的捷克男子对他女友所说的话（"对我来说，最理想的生活方式莫过于和我所需的书写工具以及一盏灯一起，幽居在一间宽敞而封闭的地下室最深处"），懂得在向晚时将我的酒店客房变为一处与世隔绝且适宜思考的质朴之地。

我期待被理解。2012 年 9 月，世道艰难，我去往卡塞尔时更显江河日下，尤其是在欧洲，经济与道德危机有加无已，人甚至觉得——我写到此处时仍无改观——世界已行至巅峰，衰落至少在很长一段时间里将无可挽回。而这样的大环境也不可避免地浸染着万物，氤出一派宿命论的气氛，令我将世界视作某种误入歧途、不能复得的东西，况且到了我这年纪，或许这样看待世界才好，因为一切都显得无药可医，任何试图改变它的想法都像是在将人推进漫无边际的徒劳里。

作为最简单的自卫，我决定背过身去，对这个穷途末路的世界置之不理，因而在黄昏的卡塞尔搭建冥想之所的想法才让我感觉意义非凡——绝对比这世界要有盼头得多；比方说，我可以在我的"思想小屋"中探索快乐，将它看作是近乎所有创造之核心的东西；且那小屋还能帮我集中于艺术：不管怎样，这都是个机遇，我可以不失敬畏之心地模仿那些因某种行为而让我叹服的人、懂得在适宜的时刻浸没在包蕴着独思之大的迷你空间中的人。就好比维特根斯坦，他退隐到他在挪威肖伦一处荒远偏僻的角落建造的小屋里，只为在那儿加深自己的绝望、加重他在心理与道德上的伤痛，但同时也是为了激发他的智慧，就艺术与爱的需要以及拒绝这些需要时所持的敌意展开自省。

我首先想要带去我德国小屋的那本书描写的正是艺术展露出其严肃本质——不为世人、只为艺术——时的喜悦，但我最终将它留在了巴塞罗那，转而带上了卡米洛·何塞·塞拉的《阿尔卡里亚之旅》：一次古怪的选择，因为到时我会发现，卡塞尔的尖端与现代和我同胞塞拉笔下国度之卑劣残破存在鲜明反差；不过我确实希望带上一本与我此行大相径庭的游记，而这本书恰能满足我的所有要求。

最后时刻，我将吕迪格尔·萨弗兰斯基的《浪漫主义——德国精神的一次奥德赛》①也装进了行李。首读以来，我总愿重温

① 书名译自该书西语版，该书有一中译版名为《荣耀与丑闻：反思德国浪漫主义》

那些片段，作者阐释着尼采的世界，讲述起这位哲学家是如何产生了以下的想法：人应该不存幻想地生活，而在认识了自己的无意义的同时，又对生活抱有深深的爱。《浪漫主义》总能让我闪回到尼采的那句话，随着时间的推移，它已成为我的信条之一："只有作为一种审美现象，人生和世界才显得是有充足理由的。"

卡塞尔不欢迎逻辑

8

"别错过提诺·赛格尔、皮埃尔·于热和珍妮特·卡迪夫的作品。有人说他们已经超越了自己。"我的一位朋友、与先锋观念紧密相连的女艺术家阿莉西亚·弗拉米斯在信中这样写道。我是在去卡塞尔前三天收到她的邮件的。我从没听说过那些名字，但就我的理解，那三位艺术家定能勾起我的兴趣、为我贡献些什么，这点也大大激励着临行前的我，让我鼓起勇气走进那个完全未知的世界。

"老站仓库里那个威廉姆·肯特里奇的'拒绝时间'(The Refusal of Time)值得一看。"阿莉西亚·弗拉米斯的建议才到了不过几小时，又有一位朋友致信给我。而就在当晚，我又从一位来自赫塔菲的友人处收到条短信，称"马克·迪翁的图书馆，特别是一位阿尔巴尼亚人塑造的一座倾斜的钟"使她兴味盎然。

为说服自己此行将舒心惬意，我决计这么想，在历史上的每次伟大远征与我卡塞尔的此次单身之旅间有个共同点：危险。这也是任何重要旅程中不可或缺的元素，因为它，我告诉自己，总会带来恐惧的快感，而恐惧是奇妙的，尤其是当你想到，你会遭遇珍稀、遭遇怪异、遭遇不熟悉，甚至遭遇某种全新的东西。

在位移同时若没了恐极之刻——是为旅途固有——催生出的无限夷悦与极度亢奋，便称不上是好旅行。我决心这样想，便从那一刻起就开始兴奋异常；我直感到，我会在此次卡塞尔之行中迎接一场空前绝后的体悟，一种炽烈抑或可怖的欢娱，仅仅近似于那晚，当我偶然穿过一条完全陌生的暗巷，忽觉一缕呼气，一缕断然的呼气，印在我的颈后。断然却似鬼魅，因为我转过身去，那里空空如也。虽明知小巷中只我一人，我还是继续走着，但再无可能佯装不觉，再无可能对仍在继续的吐息置之不理，它阴森、清冷、板滞、生硬。怎么说呢？尽管空无一人，却有谁显有节律地呼吸着，而他冰凉的气息，天知道这有多古怪，直吹我的脖根。

9

飞往文献展的两天之前，我像每周日早晨一样去了迪亚戈
纳尔酒吧的露天茶会；在那儿，约翰·威廉·威尔金森（朋友们
都叫他威尔基）一个耳误，错以为到了卡塞尔，我将被安排住宿
在一家看得到森林的中餐馆楼上，便对我说——对我们所有与
会者说——我的临时宿舍教他想起了爱尔兰诗人约翰·米林
顿·辛格。

"快给讲讲!"众人急道。

这是我们茶会的一大特色，总会以令人钦佩的固执（我们也
清楚这没什么用，但总还得努把力），尽可能让每一个周日清晨
的每一个话题都能讲深讲透。

大诗人辛格，威尔基笼而统之地宣讲起来——我确定他是
编的，而现如今我还得将他的话语重新组织——这家伙，准确地
说，这位有才的诗人，在十九世纪末曾赴爱尔兰西岸戈尔韦湾入
口处的阿伦群岛巡游。在其中一座名叫因希曼的岛上，他栖身
于一幢风景秀丽的旧屋，直到今时今日我们仍能造访该处，而他

同样住过的一栋大宅则已不复存在,他曾在它的二楼待过数月;就在那儿,卧室地板上的一个小孔曾令他有机会谛听楼下住家的——用的总是盖尔语①——对话与争吵。一连五个夏季,他窃听着邻人的闲聊,却因对该门语言一字不识而从未搞懂,尽管他确定自己已完全通晓个中内容。他对自己理解所有盖尔语交谈信之甚笃,以至于将几个夏天来听到的一切汇编成了一本人类学著作,用以描述遗落在大西洋中的爱尔兰片隅、直至当时还未被任何外乡人亵渎的奇妙天堂中的原住民思想与习俗。该书于1901年完成,1907年出版,题为《阿伦群岛》。书中谈到了岛民们的信仰:在其天主教的表象背后,仍能发现他们祖祖辈辈古老异教的一些残留。

那天早上,我以远超平时的好奇聆听着非凡的威尔基,只因我实难厘清他所说的那位大西洋群岛上的爱尔兰诗人与我,仅是要迈进德国一家小中餐馆里的我之间的关系,不过再怎么说,我相信他确实可能找到了某种联系。

辛格在因希曼岛度过的五个夏天,威尔基继续向我们科普道,成为了他描写爱尔兰农民或渔夫族群生活的诸多剧作的基石。实际上,他的作品对之后四十年中大名鼎鼎的都柏林艾比剧院明显的乡村风格的创立大有助益。所有一切都表明,威尔

---

① 主要用于苏格兰和爱尔兰等凯尔特文化区,包括苏格兰盖尔语和爱尔兰盖尔语。

卡塞尔不欢迎逻辑

基总结道,在辛格的流浪汉和塞缪尔·贝克特的乞丐形象间存在许多共性。有人说贝克特灵感的一部分(大概这位《莫洛伊》的作者自己都不曾发现)正是来源于辛格——在他以那样奇特而极富独创性的方式于因希曼岛倾听着楼下邻居谈话时——为之支配的想象力。

我没太明白,我说。但仅过了一小会儿,在威尔基本人的帮助下,我开始对他讲的有了些概念,因为他道,万一出于某种不可排除的偶然性,他们让我住到了一家中餐馆楼上,而我又在卧室地板上发现了个小孔,这时他很清楚我该做些什么。

实在简单,威尔基自问自答,永远别错过你从"成吉思汗"餐厅里听到的一切,无论是德语还是中文;当你想构筑一套关于当地人思想习惯的人类学理论时,它们定能助你一臂之力。

"快讲讲! 快给再讲讲!"

在威士忌的驱策下,与会者再度重提着他们最初的要求,像是立志要为我排忧解难,亦请威尔基别给我施加那么大压力。

这也让我鼓起勇气插嘴,冲威尔基道,我一点不信我能在卧房地板上找到什么小孔。你会找到的,他回了一句,过两天你就知道怎么弄了。

其反应之快速令我折服,而同样惹人景仰的还有茶会上他对全新概念的信手拈来,就像那一天,几乎是历史性的一天,他跟我们解释起了——尤其是跟我,我从没听说过那玩意儿——

麦高芬的由来。许是为此,当他从容落下审判之锤,宣告我必将发现那个层间小孔时,我决定抖出个麦高芬作为回应。

"注意了,威尔基,上校可没在春天娶她①。"

学生翻身做先生。至美至纯的麦高芬。可威尔基也懂得见招拆招,说话就给我们介绍起了——煞有介事地——春天结婚的好处。我们怕是陷在惊恐里出不来了。他在说什么呢?可就算再难以置信,威尔基还是气定神闲地列出了——就像预先背过似的——春季嫁娶的种种优点,为这番座谈平添了些雄辩的味道,就仿佛我们的周日茶会实际蕴含着一股远超其外表的力量、一种完美的内部逻辑。

---

① 引自海明威《一个很短的故事》,原句为:"上校没有娶她,在春天,或在任何时候。"

卡塞尔不欢迎逻辑

10

晚上在家，我看了部讲述强大新中国的电视纪录片，而当我老婆回房睡了，我查找起卡塞尔的讯息，从而得知，在受法式风格影响颇深的橘园宫里，所有望远镜都对准了阿尔巴尼亚人安利·萨拉之作、被置于两公里外卡哨尔州立公园内的"钟形的透视"（The Clocked Perspective）。望远镜旁的一组钟表间悬挂着G. 乌尔布莱特于 1825 年完成的一幅城堡绘画，画里嵌入了 一座真实的钟，但城堡是侧着的，钟却与画布齐平。安利·萨拉——无疑正是我的赫塔菲友人在最近邮件中提到的那位阿尔巴尼亚艺术家——用他的雕塑修正了这一错误：是他的那座钟在倾斜地反映时间，与乌尔布莱特的画作遥相呼应。

两小时后，我酣然入睡，想象去卡塞尔求索那业已迷失且不可复得的宇宙奥秘；不仅如此，此行更是对代数诗歌的启蒙、对倾斜的钟表的探寻。我梦见有人执拗地问我，我是不是不信对图像世界的现代化热爱恰是源自阴暗的反智。这问题还能提得更简单些吧，我始终怀抱着这样的思虑，但那梦中的诘问只是变得愈发扭拧,而这自扰式纠结属智的那面则让我心乱无比。最终,一切成了搅扰,指向当代艺术先锋之迷宫中心的旅程教我疲惫不堪,在那儿,我遭遇了纯粹的梦魇、一池魔怔似重复着同一运动的泥潭:泥潭变成了鲜红的中式房间,而谁都无法阻止其中的我以怀疑的视角无休止地推敲着"家"与"以此为家"的概念。

这噩梦的精神线索是如此芜杂,以至于醒来时的我欣然发觉,真实世界要简单得多,甚至换句话说,白痴得多。

那是早晨五点,睡意尽失的我走进书房,重读起那本我多年不曾打开的旧版藏书:《万里长城建造时等》。在书中,在那个"等"里,我找到一则我全无记忆的故事,题为《回家》,作于1923年的柏林。我至今记得开始读它时的感动,因为我发现,它给出了一种解释:他为什么在致女友的信中写下了那个神秘兮兮的句子,称自己本是个中国人,且正在回家。实际我有种感觉——当下的时辰大大助长了这样的想法——那个1923年的故事正是为我而作,只待光阴轮转,某日,要去到德国中部一家中餐馆里的我偶尔读到以下这段话:

> 回到那儿,我穿过门厅,举目四望。这便是我父亲的旧农庄……我到了。谁会迎接我?谁会在厨房门后等我?炊烟袅袅,有人在为晚餐准备咖啡。你是否感到亲密?你是否以此为家?我不知道,我不确定……在门前犹疑愈久,人

就愈觉陌生。如果此时有人开门问我个问题会怎样？我岂不就像个意欲掩藏秘密的人？

这是给我写的吧？为什么不呢？记得卡夫卡曾自问过一个异常天真简单的问题："人真的可以用写作绑住一个女孩？"极少有谁如此纯朴、如此精确、如此深刻地提出过文学的本质，这也是卡夫卡赋予作为整体的"书写"和作为个体的"他的书写"的任务。因为与众人以为的相反，写作不是为了娱乐，即便文学是世上最有趣的行为之一；写作也不是为了所谓的"讲故事"，尽管文学里满是精彩的故事。不是这样。写作是为了绑住读者，摆布他，诱惑他，奴役他，进入他的灵魂并住在那里，感动他，征服他……

弗兰兹·卡夫卡，商人赫尔曼·卡夫卡之子。在那儿，在他父亲的庄园中，他似有感觉：撇除表象，那个家甚至不属于他。于是人们便能轻易想象自己一连数小时地在旧宅前踟蹰，终未踏入，转而固执地找寻起某个地方、某个家园——或许永不会在归乡时找到，却有可能在某日的半途中撞见。

11

　　9 月 11 日周二凌晨——那是加泰罗尼亚民族日——我早早离家,天还未亮,十足的暗夜;一辆警车驶过,我甚而想到,见我悄然带着行李钻进的士,他们难免将我视作某个形迹可疑的嫌犯,进而琢磨着:这个加泰罗尼亚面孔的家伙有什么理由要在这样一个日子偷偷离开巴塞罗那?

　　我得解释一下:那天,巴塞罗那已确定有场盛大的独立游行,群情高涨,一触即发,也正因此,警车才会在天亮前的这个时候就上街巡逻。

　　拎着箱子火速钻进出租车的我有种落荒而逃的感觉。兴许我是唯一选择出行的市民。但我清楚,民族不是一切,况且我要去到的是当代先锋的中心卡塞尔——于法兰克福中转——去探索宇宙的奥秘,初究代数的诗学,寻觅倾斜的钟表、某家中餐馆,以及我半途中的那个家园。

　　而当我飞抵法兰克福机场,与邮件中说的不同,谁都没在那儿等我。最初的反应当然是不可思议。人总怕遇见这样的事,

卡塞尔不欢迎逻辑

而它确实时常发生，这会儿他就可能觉得有些受伤，因为这种体验就好比在一个陌生的地方迷了路，不知去何处过夜，也没人能在那迢遥的城市拉你一把……

那个本该来接我、帮我坐上去卡塞尔的火车的年轻人叫什么来着？我终于记起，她叫阿尔卡，是个克罗地亚人，这是皮姆·杜兰告诉我的，而我机智地将她的号码存到了手机里。我拨通她的电话，说我到法兰克福了，可没人来接我。太奇怪了，皮姆道，你先撂了，我待会打给你。我挂断电话，开始计划飞回巴塞罗那。不管怎样，我已有了个脱逃的借口。其实我有两个。另一个是说，最后时刻，我到了法兰克福，发现当代艺术先锋之迷宫只是个笑话，于是我撕毁协议，于当日返回巴塞罗那，到加泰罗尼亚民族日庆典中去寻找自己的位置。但这太苍白了，我没法用它：我已禁决自己对那些谋求创新的先锋艺术——正如许多人所做的那样——进行系统性的嘲笑。之所以给自己下达这样的禁令是因为我明白，蠢货们可以不假思索地对此类艺术嗤之以鼻，而我不愿成为其中之一。况且我讨厌各种危言耸听——这在我国太过常见——自诩"睿智"的人们动不动就以宿命论的口吻宣告着艺术已死。我有感觉，在甩向革新艺术实验的那些廉价嬉笑的背后，始终潜藏着对冒险求新、至少是求异者的一种不满，一种肮脏的怨愤，始终潜藏着对自省之人——他们意识到，身为艺术家，本就享有在别人不敢踏足的领域铩羽的特权,所以才尝试创造那些若本质不暗含着失败便乏善可陈的危险作品——的病态的仇恨。

我已禁止自己系统性地嘲笑先锋艺术,但无法忽略的是,或许今天的艺术家还真是群目不识丁的毛头小子、毫无自知的权力走狗。当然,为避免彻底失去信心,我不时搬出伊格纳西奥·比达尔-福尔奇的《塑胶头颅》来说服自己,它描绘了视觉艺术交易中的有趣图景,囊括了博物馆馆长、批评家、画廊主、美术教授和(书的内容太丰富了,以至于可有可无的)艺术家等各色人物。它智慧而生动地表现了那对矛盾:最愤怒、最极端的视觉艺术也可以变成国家的装饰。但比达尔-福尔奇本质上还是个文人,总对可怜的艺术家们抱持着同情,在他看来,后者虽为利益链中最末也是最薄弱的一环,仍然可能以某种方式对权力构成威胁。

概因我也是个文人,依旧相信可以笑看世界(说实话,我只有在心情好得遭人嫉妒的早上才信),我站在某些艺术家一边。这便是我在生命某个时刻做出的选择;我对自己发誓,即便找到托辞,我也永不悔改。

我说不太好,但一个人总该时常想到,我们身边的陌生人并不全是坏人。

我正如此自言自语(抑或嘟哝着差不多的内容),手机响了。

"给您致电的是阿尔卡。我在机场,您呢?"

"阿尔卡!"

我太想向她表达我的爱意，她应能理解。当一个人在法兰克福机场独自待了那么久，若突然有几个亲切因子——哪怕再小——向他飞来，他定会欣喜若狂。

可稀奇的是，打从我喊出了她的名字，她在接下来的六通让人身心俱疲的电话里——她这才找到我在机场中的确切位置——都再没用我的母语和我说话。她讲了英语、德语，乃至克罗地亚语，都是我不会说也听不懂的语言，就是死活不用西班牙语。也许这便是我们耽搁了一个多钟头才见上面的原因。根本没办法讲明白嘛。我算懂了，接起电话时的那三句开场白（"给您致电的是阿尔卡……"）都是她背出来的，至于其他，阿尔卡一概不会。

经过一小时里不计其数的电话交锋，我们终究还是接上了头。此时的我已行走在崩溃边缘，却见阿尔卡忽地出现在那儿，春风满面、婀娜多姿、异域风情、性感异常。我怒气顿消，对等待也没了半句唠叨；我进入了花痴状态，一举一动都好似个扛不住诱惑的二愣子。我顺从地随她上了火车，而在去卡塞尔路上，许是由于历尽多番尝试我们仍只能用每每相当含混的肢体语言对话，我努力想象着她在用不经口述的语言冲我说道，好热，热啊，热死了，而后指给我看，她裙子下面什么都没穿。我瞄了瞄，是真的，于是扑了上去，而阿尔卡怂恿着我继续：对，对，干坏我，干坏我。

卡塞尔不欢迎逻辑

12

待我将那热辣的场面拨到一边,回返现实世界,我再次印证了那句话,万物的趋势是单调。从她可笑的手势推测,悲摧的阿尔卡正跟我谈起她昨夜在卡塞尔吃了些什么:极有可能是个汉堡,尽管从她手指多次勾勒出的轮廓来看,也或者是只蚂蚁。

我自忖着,若是后者,那她的故事还真不像我以为的那样无聊,但也无从知晓。我决定掉转视线,望向车窗外的风景:同样一成不变的市镇,等高的房屋,没有戳破平面透视的教堂钟楼,纯粹的枯燥崇拜。我忆起罗兰·巴特曾这样描述他由衷敬仰而后又百般苛责的中国,就远观之下的中式城镇写作了如下句子:一切都太无趣了,他道,没有了钟塔,一切都如中国茶一样乏味至极。

"所以才要吃蚂蚁么。"我道,幸好她不懂。

不久之后,我们在卡塞尔两个火车站中较现代的那个下了车,打的前往位于城市主干道之一、上国王大街的黑森兰德酒店。自车站到酒店的旅程令我至今难忘,因为有种奇异的感觉陪伴了我一路：出租车所到之处，街上的人们都会骤然停下，紧盯着我，就像在说，你终于到了。

他们在等谁吗，且把我俩弄混了？真够奇怪的。再说，我怎就觉得自己成为了路人目光的焦点？明明事实就恰好相反，在卡塞尔，根本没人——这点我太清楚不过——在期待我的到来。

现如今我想通了，那只是缘于我太过孤单；我必须想象人们在期盼我，仿佛在期盼 5 月雨一般。

想到全城都在守候我，我惶惑不安地跨过黑森兰德酒店的门槛。我感觉那位西语讲得很烂的前台在接待我时总像在说：是时候了，您也该到了。而就我的问题，她告诉我，卡哨尔公园、林地和成吉思汗中餐馆差不多就在城市的另外那头。

"超远。"我听见她说。

随后，她谈起那片森林，道，里面有好多种鸟，而且令她高兴的是，松鼠特少。这是她的原话，在我听来未免有些过于琐碎，我甚至怀疑她是不是得到命令要对我如此表现，也就是说，表现得这么庸俗。我决心出其不意，问她，她实际想说的是不是：在卡塞尔，真正有先锋精神的松鼠特少。阿尔卡笑了，像是完全听懂了我的问题，但她没懂，这点我可以确定。所以很明显，阿尔卡之所以笑是因为她的工作要求她对我所说的一切付诸一笑。还有什么比这更让人气恼。

"要追笨女人，先学体谅人。"我说。

只是个麦高芬而已，可阿尔卡就跟绽了线似的大笑起来，整个肚子都在颤抖。

"给您致电的是阿尔卡，"我冲她道，"我在机场，您呢？"

太惊悚了，她抽得如此剧烈，以至于笑倒在地。而当我将她扶起，我差点没把"给您致电的是阿尔卡"又说一遍，看看她还会不会再尝一次黑森兰德酒店大堂冰冷瓷砖的味道。但我忍住了，我还没那么坏。

13

　　玛利亚·波士顿抵达黑森兰德酒店时（来接替阿尔卡，顺便——我估计哈——将我从后者的"欢笑护理"中解救出来），我很自然地以为她是楚丝·马丁内兹。不然我还能怎么想？因此，当她提到，她要跟我解除一个大大的误会时，我有些迷茫。可能我会觉得挺奇怪的，她说，但一年前，在巴塞罗那，她迫不得已扮成了她的领导楚丝，因为这是后者的要求，请她临时篡用她的身份，生怕我因楚丝没亲自来赴约而大光其火。我能否原谅她们的欺骗？

　　我当时就怔住了。稍后，我反应过来。当然，我原谅她们，我道，但在她们心目中，我有那么敏感易怒？难不成有人告诉过她们，六十岁后，我变得刻薄了起来？是谁走漏的风声？

　　我装不在乎，其实不甚理解：这种身份变换太反常了，几乎及得上见我车驶过便停下看我、评断我确已来到的卡塞尔市民。不对。巴塞罗那那天，波士顿顶替楚丝的举动怎么都说不通。即便如此，我决计不去在意她们的骗局。我还掂量着，若是较真

卡塞尔不欢迎逻辑

了,我或许就会被看作某个神经分兮、不懂变通、对人性的弱点毫无宽容心的人;尤其是,我还冷落了我的文学所实际捍卫的东西:游戏、身份偏移、做别人的乐趣……

我试图表现得无比自然,便向波士顿询问起皮姆·杜兰。我真想晓得,皮姆会不会也是她,反正一切皆有可能。她是我助手,波士顿说,就跟我也是楚丝的助理一样。我随即问她知不知道她领导在哪儿,这人就不怕——现在可比一年前更有理由了——仍旧没能见她的我大发雷霆?

是这样的,波士顿连忙解释道,当天早上,万事缠身的楚丝无奈去了柏林,但我不用着急,周四她正好能回来和我共进晚餐,就定在八点整——她极力想让我记下来——约尔丹街饭店;一切已计划完备、安排妥当:典型日耳曼式的一板一眼。

我又问起提诺·赛格尔、皮埃尔·于热和珍妮特·卡迪夫作品的所在地,吐出这些名字时就好像他们是我一辈子的铁哥们儿似的,实则我对他们是谁毫无概念。

提诺·赛格尔在此次文献展上的作品,波士顿告诉我,就在酒店旁边的那栋楼里,如果需要的话,她可以陪我去。它叫"这个变化"(This Variation),也是卡塞尔的所有展品中唯一离我近在咫尺的一件,就位于这座酒店已然废弃、被临时征用为文献展展馆的那栋古旧的附楼里。我是赛格尔的粉丝?我更愿道出那悲哀的真相:我对这位艺术家的创作一无所知,事实上,我对第

卡塞尔不欢迎逻辑

十三届文献展的任何一位参展人都毫无了解。

"这可太'当代'了!"波士顿惊呼。

她指的是,在现今世界,人们越来越倾向于对所有真正当代的东西全无所闻。此外,她接着和我说道,这句话还是对提诺·赛格尔最近在马德里组织的一场表演的致敬:某家博物馆的几位保安——把参观者们吓了一跳——猛地活跃起来,开始舞蹈,而后指着赛格尔的一件近作唱出了那句话:这可太"当代"了!

这位红极一时的艺术家最值得称道的一点在于,波士顿说,在他眼中,博物馆的工作人员似成了艺术作品的一部分,也许甚至是作品本身。

是时我尚未结识赛格尔之伟大精妙,因此我唯一的想法便是,把工人当作艺术品也谈不上什么创意。说到底,谁还不曾留意过呢:那些博物馆保安才是真正的艺术品。将生命置于艺术跟前,我觉得很好很健康,但那已是家常便饭,不足为奇。

随后,赛格尔开始慢慢吸引我,尤其是当我发现,他的主题思想或为:"当艺术像生活一样经过。"赛格尔倡导的是,只有参与了表演,才称得上看过了他的作品。仔细想想,这很棒。当艺术像生活一样经过。完美。

我与波士顿来到街上,走进那幢与黑森兰德酒店紧挨着的废旧附楼,而在穿过一条略短的走廊之后,我们身处一座小小花园,左手边便是那个伸手不见五指的房间,只要谁愿意,即可冒险突入那原原本本的黑暗,看看会发生什么,又有什么样的体验在等待着他。那是栋大黑屋,波士顿提醒我,谁进去时都以为里面空无一人,顶多有哪位先我们而入的游客,但只需稍待一会儿,就会发现——哪怕我们谁都看不清——有几位年轻人,算得上年轻吧,正如异界的幽灵般歌唱起舞,仿佛生活在屋内的暗影中;他们便是那些表演者;他们的行动间或神秘莫测,间或行云流水;他们此时阒寂,彼时狂热,却在任何情况下都不落行踪。

虽然还有诸多辞藻可以用来描述那幢黑屋,但我大致可以将它概括如下——提诺·赛格尔在其中布下了他的"这个变化":一处暗黑空间,一处隐蔽之所;一队人马在这里等待着参观者,以期接近他们,并在自觉合适的时机唱起歌来,给人以"将艺术品作为纯感官之物来体认"的感触。

波士顿提醒我,赛格尔拒绝将"具象的表现"视作为艺术之必然,也就是说,它不必是幅画,是座雕塑,是个装置等等;他同样对"作品配搭文字解释"的做法不以为然。因此,正如她之前所说,唯一足以认定自己看过赛格尔作品的条件便是亲临现场。就好比此件作品,它根本没出现在第十三届文献展的目录册上,因为赛格尔已事先请求卡罗琳·克丽丝朵芙-巴卡姬芙与楚丝·马丁内兹尊重他本人"不落行踪"的愿望。

好一个杜尚,我暗自慨叹,进而记起了这位大师在卡达克斯忙活了一整个夏天的那顶帐篷;最终,它得以为他遮阳蔽日,或者更准确地说，让他住进了阴影——他最喜爱的领土。可现在那顶帐篷在哪儿呢？只存在于那些见过它，抑或因它而与暗影搭识的人的脑海中，但由于他们都已迈向死亡，不久之后——如果非说还需时日的话——那块布篷就将成为消失在生者记忆中的一项沉默之作。

是的，显然：当艺术像生活一样经过。赛格尔正是杜尚的一位优秀的继承人。但他创新了吗？他是否称得上先锋？

不，他没有。但从何时开始，革命成为了艺术之必须？恰还在思索着这个，我踏入了赛格尔的黑屋，"这个变化"。

（当晚，我偶然在电脑里找到了楚丝·马丁内兹的一个长篇访问——我终于见到了她的脸——是她的那番话助我建立起了对"当今艺术家是否应以革新为己任"的考量。楚丝在访谈中说，第十三届文献展与其他展会不同，它不只是让人看的，更是让人经历的。而当有人问起，今日艺术是仍有创新或只是在换汤不换药时，她答道："艺术从不创新，工业才创新。艺术毫无创造力，也毫无创新精神。何不把那些东西留给制鞋、汽车和航天？那是个工业词汇。艺术给出行为，你应对就行了。但理所当然地，艺术都从不创新、从不创造。"）

那时的我尚不知晓，第十三届文献展是让人经历的，尤其是还不明白，"艺术给出行为，你应对就行了"，我走进"这个变化"，在漆黑的大厅中前行，什么都看不见，也感觉不到谁的存在，甚至忘记了,这里可能有不止一个人,或不止一个幽灵。

我很快证实了我不是只身一人。骤然,此间的某个像是比我更习惯阴暗的家伙掠过我的身旁,有意擦过了我的肩膀。我反应过来,预备对下一次的碰触施以些许反抗。但它没有发生。而那次摩擦——这点确实——我一整天来都没能将它从我的头脑中抹除。

此后,我相信自己感觉到了——除了纯纯的黑暗,根本什么都看不清——那位蹭过之人的远离,他舞蹈着去往了房间深处,与其他魂灵们重聚在一起,而后者在不可探知的晦暗中分辨出他的轮廓,便抛却了静默,开始与之共舞,同时呢喃起怪异的、仿佛是献给克利什那神的颂曲。

我走出房间,想着,这一切太诡异了,而且无论怎么看,被一个陌生女人——或男人——擦过肩膀的记忆竟会如此深刻,确认这点都足以让我心生畏惧。

"怎样?"见我出来,波士顿只问了这么一句。

我知道她关心的是我在那阴森房间中的体验,可我实难描述在我身上发生的事。它给我留下了这样的印象:我适才见证的不是讲述某事的艺术、思考的艺术抑或关于什么的艺术,这些都太沉重,我一辈子都想逃离它们却徒劳无功;我只觉我见到了艺术本身。可我不知如何跟波士顿解释,得再考虑考虑,于是打了个岔,告诉她,我想起了普瓦捷的一位牧师。

在这种语境下道出牧师一词似有些格格不入。哪位啊？她问。蒙田提起过的那位，我说，讲他三十年没出屋门，且为此给出了千奇百怪的理由。有点像拉青格啊，波士顿评论道，都说他从不迈出梵蒂冈那间办公室呢。

14

我们将赛格尔的黑屋抛在脑后，穿过旧楼花园，走在通往大街的廊道中。

波士顿对我说，她是个步行的狂热者，对走路情有独钟。她一直很好奇：这种最自然、最原始的位移方式竟会成为世间最光辉的运动；大概它太富创造力了，因为它拥有人类的速度。步行，她道，似能产出一种独特的思维叙述句法。

而在这番短暂的思考过后，她重又问起赛格尔的房间给我留下的印象，想知道我作何感受。

"回头告诉你，"我冷不丁刺出一句，"但我必须得说，若非英国抗击了希特勒，今天我就不会站在这儿了。"

显而易见的麦高芬，也许直接缘起于到哪算哪、想啥说啥的行走艺术。且我发现，它还赋予了人们不假思索地说出自己想法的权利，谁都可以允许一句话名副其实地"脱口而出"。与用心组织、打磨到自认为可以发表时才敢释出的句子不同，那些不经大脑而是从我们的漫步中径直诞生的话语可以是放肆的、怪异的,时而不像我们,时而又制造出某种出人意料的句法,教我们心头一紧,因为我们三观尽毁地发现:它确实属于我们,我们却从未察觉。

"若非英国抗击了希特勒?"波士顿问道。

我没接话,不知说什么好,事实上,我那麦高芬在任何时候都毫无意义;我没接话,但这寂静一点不显尴尬,因为人们走走谈谈,沉默便从不会紧张、从不会剧烈、从不会严重。就比如,谁没回答什么又有何干?客观上看,他还走着他的路呢,没有哪个时刻会显得间不容发。

左手边,在与国王大街相交的一条马路上,波士顿指着个挂有文献展标牌的公交车站,无论是礼拜几早上,每十五分钟都会有辆免费公车把我放到"成吉思汗"门口。

我最怕的词:"成吉思汗"。

我不想去那中餐馆。这就跟被逼着上学一样,况且我也无意向谁——向任何人——直播我的写作。或许正因如此,我装没听见,专心致志地走着我的路。

此后的几秒,我盯着地面,极其郑重地沿国王大街而下;文献展之大殿,弗里德里希阿鲁门博物馆就在这条街上。行路的同时,我自觉抗拒着一切,尤其是踏进"成吉思汗"这件事。

"赛格尔的黑屋之于现在的你就是离你酒店客房最近的房间了。"波士顿语,伴随这个长句的还有她迷人的吐字和一个清浅而俏丽的微笑。

我不懂她为什么这么说,可正是这样,那句句子才深深刻进了我的脑海;我觉得自己之所以将它记住是指望着之后能够理解,事实也果真如此,因为两小时后,当我回到酒店,走进客房,希图将它改造成我的"思想小屋"时,我立马想起了波士顿的那句话;我想起了它,因为我发现,的确,从阳台探身出去,便能见到那黑屋所在的楼宇入口。

你会就这个写些什么吗?她问道,我们还在沿国王大街缓慢前行,走到弗里德里希阿鲁门博物馆大约得十二分钟。就哪个?哦,她说,我想问的是,你有没有计划写上几行,关于你同赛格尔黑屋的亲密接触?嗯,可能吧;这样的回答也许会令她不快,概因那问题还隐含着另一层涵义:我得把我的文章展示给"成吉思汗"的访客们看。但紧接着我又想到,她实际想要的是不是让我为她而写?为什么不呢?所以那是真的咯?人委实可以用写作绑住一个女孩?所幸我很快发觉,只要稍微想想,便能明白,绑住波士顿的企图毫无意义。因此我搬出了理性来让自己冷静,告诉自己,她最可能做的就是请我征服她。于是我选择了这样续话,跟她解释道,我计划每天傍晚把自己锁到那宾馆房间里,将它打造成一处隔绝之所、自省之地、类似茅舍的一处假想空间,我可以很轻易地在其中努力思索、冥想欢乐,就比如,将它视作所有创造的核心;那儿也特像这么一个地方,我可以潜心探寻我与这个误入歧途、不能复得的世界的关系。或许在那种环境下,我才会写些什么,但我也不太确定;我在那业已成为草庐的客房内的主要任务不是写作,而是思考。

听到这里,波士顿不禁挤出个亲善和美的笑,递来个友好的眼神(我已开始不声不响地适应起此类"老年专享"的温柔视线;近年来,已有不少女性怀着悲悯之心向我投来过这样的目光)。我发现,有时她浑然天成的快乐的魅力甚至盖过了她曼妙的声线——后者已无需多言。可从她的视角来看,波士顿说道,在任何时候都不忘带上她莫名自信的语气,没有什么比枯坐在一处封闭房间、"思想小屋"抑或"妄想茅庐"——随我怎么叫——更不利于思考的了。

她说话时的样子是如此迷人,以至于,我想,全天下的理都站到了她的那边。但我不愿让她发现我在赞许她的明智,便装作傻傻没听见,浑然不知对方都说了些什么,边装边琢磨起我在赛格尔的黑屋里被人擦到、甚而防御起第二次触碰的事。那不是什么可以漠然置之的东西;那或许是一次,我自语道,难忘的擦肩。

在今天看来,假设当时的我就已见识过"艺术给出行为,你应对就行了"(我直到晚上才读到它),事情大概会顺利许多。楚丝·马丁内兹的这个神奇的麦高芬恰也可以被这样解读:"人碰都碰了,现在就交给你了,孙子,看你怎么应付。"

可我尚未与楚丝的那句金句——日后我会将它铭记于心——邂逅。当晚我见到它时，我把它和波士顿于日落时分告诉我的那个信息联系在了一块儿：卡罗琳·克丽丝朵芙-巴卡姬芙曾表示，希望参观者们"放手去做"，第十三届文献展不设任何可能限制其参与行为的艺术口号。而在这番联想过后，我掂量着，卡罗琳和楚丝是不是已经用这无意义的、不设条框的、奇出怪样的邀请——到"成吉思汗"去——"蹭"了一下我的肩，好看看我有没有能力将她们的中国提案转化为某种创造，或换句话说，有没有本事把她们抛出的提议变成一种生育和生产力拔群的"应对"方式。

15

　　我没在行李中带上雷蒙·鲁塞尔的《独地》，一本深得我心的小说；它未能与我同行，却仿佛时刻陪伴着我，因为我几乎可以将它背诵下来。千百遍地细读着它，我总有感觉，把它牢记在心而非带着旅行，我就像拥有了一枚奇异而独特——这点确凿无疑——的护身符。我素来将鲁塞尔的这本书看作是各种散步场所的总汇：某天傍晚——它带上了些许启蒙之旅的意味——智慧的马夏·康特雷尔一一罗列起了他的产业、美丽的蒙莫朗西山庄中的瑰异与珍奇。

　　我有时觉得，将自己置入他人的小说也挺有意思。许因如此，当波士顿与我终于在一段短暂的步行后抵达了开阔的弗里德里希广场，我记起了《独地》第二章开头的句子："在行程终点，我们发现了一块异常平坦、全无遮拦的广阔之地……"

　　事实上，与波士顿一同轧过的那段路只是之后更多跋涉的序曲，它们也在某种程度上将我的卡塞尔之行变成了一篇以行走为标点的游记；其间，正如《独地》一般，我见证了如此多的罕物、如此多的奇迹。

到达大广场的同时，我们也落入了一个字面意义上"无法续行"的地点：已有大批人群聚集在空场上，等待进入欧洲最古老的公立博物馆，自1955年文献展初创以来便一直占据其核心位置的弗里德里希阿鲁门博物馆。很难想象有谁参观了整个展览，却没到过这栋新古典主义风格的巨型建筑（从横蛮的战火中幸存下来的不多的几座之一），这就好比一个去了德国的人不晓得有座城市叫作柏林一样。

我这辈子没见过那么长的队伍。相对8月来说和畅的温度，加之距离文献展的闭幕只剩四天，卡塞尔城里拥进了一堆赶末班车的游客。队列中，我再度体验着惊恐，只觉有人在用诡秘的眼神盯着我，只差没跟我说：你终于屈尊来到了这里。我又一次感到，我可能是他们在等待的人；这想法毫无意义，却令使尽浑身解数的我都没法逃离，我进而揣测，我自信看到的一切是否蕴藏着某种真理、我穷尽一生也不一定能悟得的真理。

当然，他们也可能只是认错了。此时波士顿说道，我们有超厉害的通行证，可以不用排队。听到这话的我差点原地蹦起来。我一直觉得，此类操作——某人忽就超越了其他人——相当治愈，概因我们身后背负了太多挫折。不时来这么一下很棒，跳过一条单调的长队所带来的屈辱；它直让我们想起那条每个人都须等待其中的纵列，我们会一个一个地沿着它，或早或迟地，踏入死神的王国。

我向来对此种安排抱持着欢迎态度,因而我欣然接受,顺便想起,我爷爷给我的唯一一个宝贵建议便是:要想出人头地,就得跳过所有烦人的队伍。

当守卫们严格认真地检查着我们的通行证、遏抑着抗议加塞者的怒火,波士顿向我谈起了卡罗琳·克丽丝朵芙-巴卡姬芙的信条:通过艺术,人可以改变现实,但别去强迫它。卡罗琳打从一开始就是变革的拥护者,却从未向参展人施压,或对他们的作品进行过多管制,这样,那些艺术家——如果有此意愿——便能自发地揭示出全新的道路。

我们过了检票口,步入传说中的弗里德里希阿鲁门博物馆。一到里面,我们行走在大博物馆宏伟的底楼展厅,它们空荡荡的,像是在,波士顿语,催人省思着"盈满"与"空缺"间的关系;仅因此地是这项国际性大展一直以来的主要展馆,其中的"空白"就比在任何一处更引人瞩目。

面对这样的留白,我不禁想到了多年以前的那个周日的早上,刚刚兴建完成的巴塞罗那当代艺术博物馆,简称 MACBA,带着显而易见的匆忙向公众开放;开放是开放了,却没有任何绘画或雕塑,内里空无一物。于是巴塞罗那的市民们在馆中漫步,欣赏着纯白的墙面、坚固的架构,以及种种建筑细节,为亲手纳税捐造了此处的自己而骄傲,同时自语道,艺术品不急,还可以再等等。

正当我于弗里德里希阿鲁门博物馆中遥想起那一切，纪念着巴塞罗那的那段幸福岁月，波士顿见我木然走在那回旋于空空如也的展厅间的气流里、被迫竖起了衣领，便将我领去了挂在两道冷冷清清的白墙折角上的一块不起眼的小牌跟前。

我从那标牌上读到，惊惶万分地读到，那股气流是人造的，制造者名曰瑞安·甘德。天才啊，我想，竟能有人在一阵风上署名！妙极！可有一点，我也不免想到，那些当代艺术的诽谤者定会从这块牌子上找到灵感，竭其所能地挖苦一番。

波士顿向我证实，甘德确将那阵无形的微风命名为"不可见的力"（*The Invisible Pull*），它似在轻推着参观者们，给他们一股柔和的能量、意外的助力。

那股轻风让我觉得十分有趣，我第一时间联想到了杜尚的香水"巴黎空气"以及他送给妹妹的结婚礼物、那本几何学概论：她必须将它置于户外，吊在厨房窗边，任凭大风将它吹动，选出那些必须解开的几何问题。杜尚料到了它的结局，便将其定名为"不幸的现成品"；最终，他的礼物果然被风刮得无影无踪。

可就算"不可见的力"再有杜尚的痕迹，也不妨碍"将那阵轻风搁到第十三届文献展的心脏位置，置于它的精神中心"成了个绝妙的、甚至能产出些许快乐的主意。说实在的，它让我暂时体验了星点"审美的瞬间"，我记得，那正是我来卡塞尔找寻的东西之一：某种和谐的刹那，我也不太清楚那是什么，但我很乐意去品尝它。此外，还有，真是活见鬼了：那股无形的气流用一种怪异却在任何情况下都显得饶有兴味的舒适感——光是这个就足以充当我此次卡塞尔之行的理由——填满了我的心田。它让我神魂颠倒。我已不在乎它为何吸引我。或许晓得它能立时使我高兴起来就已足够，恰似每天早上固有的欢畅——它好比遗忘的艺术，失忆的巧工，总能让人解脱，轻盈得宛如清晨的第一缕微风——而反观黄昏，特别是夜晚，它们苦涩沉重，只会将我引向烦恼，也正如记忆所能做的，仅仅为人捎来了难以消解的过去，成了怨恨与悲伤的最可骇的盟友。

昼夜分别的坏处——我指我白天与晚上精神状态的不同——就在于它是如此一以贯之，自五年前开始，我就没有哪怕一天能够逃脱此项一成不变的铁律：太阳当空就安乐，太阳落山便忧愁。

我转身来到标牌前，又将它念了一遍，开心地笑了，然后重回刚才的位置，与波士顿站到一起。我久久地看着她的金色凉鞋，曾在巴塞罗那让我意乱神迷的那双，或许如今已经不再那么教我心醉，她的声线也失去了我俩初见之日、第一印象带来的那种破坏力，可这太正常了，况且对我来说，她仍是一个无比愉悦人心的存在，尽管我从未忘却我俩的年龄差距，尤其是那"老年专享"的温柔视线——就像瞄靶射击一样，这俨然成了她最爱的游戏。

由于这个以及一些旁的原因,我决定专注于那股不可见的气流。于是,明知这条路意味着什么的我追忆起那句句子的主人,句子是这样的:当伟大的作品将环绕我们的一切烧尽,留下的空缺便是那方让我们点燃自己微光的美地。当时以及现在的我都已记不得那位作者的姓名,但在经历了那阵轻风之后——它给我最突出的印象便是,它当属自我光辉之缔造者——我已不再是先前的那个我了。

大概它不是本届文献展最好的展品——我怎么知道,再说了,我就看了两件,其中一件还是栋小黑屋——却有一晕光在那儿生成,深埋进我的心里,在我于卡塞尔逗留之际一直陪伴着我。

从天才之作中,我想,总能涌出些什么,它激励着我们,鼓动我们向前,让我们不仅仅是对它所启示之物进行部分的模仿,而是走得更远,去发现我们自己的星球……已再没有什么能够更改我对那阵天才的微风的评断,而波士顿也未曾试图浇熄我的热情——或许在这点上她与我心灵相通。但有一句话她说得很对,她好心提醒我,"天才"是个弹性太大的形容词,在西班牙语中包含着太多意思。但不管怎样,她道,"天才"一词,你懂我懂。

即便波士顿在我身边,我还是掂量了一下那种可能性:我是否草率了,失误了,也许我就不该夸大我在领略那阵轻风时的激动;但那都无所谓了。如果说"不可见的力"对我的吸引是毫无理由的,那我只是在经历我们已在爱情中经历了无数遍的东西;许多情况下,那都是个不讲道理、无需根据的王国。难道我已不记得司汤达的例子? 他旅居意大利时,便如此用力、如此无缘无故地恋上了那个国度,以至于将一位在伊夫雷亚①吟唱奇马罗萨的《秘婚记》的歌剧演员的形象想作了令他登时来电的情人;那位女伶有颗折断的门牙,但说实在的,在任何疯狂之爱的不可见力的驱使下,这又有什么要紧。难道我也忘了少年维特的一见钟情? 他只是透过门洞窥见了在给弟妹们切面包片的绿蒂;而这最初的一眼,尽管如此平凡,无理可循,却让他走出了那么远,甚而迈向了激情的极限,迈向了自杀。

那股助力,那股隐形的力,或许已成了全天下千万白痴的取笑对象。可这又怎样? 我已爱上了那道气流,爱上了那阵轻风。我还猜想着,在它的气劲、它的力量中,是否隐藏着什么我尚未察觉的东西,兴许是某种加了密的信息。

"你这凉鞋哪儿买的?"我问波士顿。

"怎么? 你喜欢?"

"跟这风挺搭的。对,我喜欢,不过……"我有意加了点喉音,像在开玩笑似的,"有那么几秒,我都觉得它可以勾起我最大

---

① 意大利北部城市。

的热情。"

"你指爱?"她的警觉令人印象深刻。

"也或者是自杀呢?你能想象吗,为一双金色凉鞋放弃生命?"

卡塞尔不欢迎逻辑

16

　　我感觉自己是在那股不可见力的助推下来到的弗里德里希阿鲁门博物馆圆形大厅。这里也被卡罗琳·克丽丝朵芙-巴卡姬芙命名为"大脑厅"(The Brain)。陈列其中、与博物馆其他部分一玻之隔的便是那件由卡罗琳亲自布置的展品。它是个微型宇宙，也是整个大展的一幅拼图，意欲从某种程度上反映出第十三届文献展的思想脉络；而在我看来，这大脑的随机性似乎有些过头了：它将乔治·莫兰迪于法西斯时代的博洛尼亚创作的静物瓶子与朱塞佩·佩诺尼的雕塑融合在了一起，又在它与黎巴嫩内战中损坏的物件、以阿富汗山石——塔利班曾在那儿炸毁了千年大佛——刻制的书本、爱娃·布劳恩的最后一瓶香水之间建立起了联系。

　　这大脑，依我看，缺了点内部关联性。它给人一种印象：还有其他太多风格迥异的艺术元素可以和它拼接到一道，结局也不会有什么两样，因为这组作品呈现的东西更像是无序的堆积，而非有逻辑的选择。我向波士顿表达了我的意见，她说，恐怕我搞错了,尤其我可能没考虑到,卡罗琳·克丽丝朵芙-巴卡姬芙曾发表过这样的看法:在艺术里,混乱是件真正奇妙的事。

混乱?我记得在哪儿读到过,第十三届文献展的不少参观者都着重指出了这点:面对本届大展的折中主义倾向时的混乱。但许多人道出这个词的目的不是为了批评,而是想要强调在这里看到的展品集合所共同实现的多元性、它的百花齐放,以及它所涵盖的范围之广。它正是对我们身处的历史时刻的一个有趣的隐喻。

可即便记起了这些,我仍是在"大脑"面前感到困惑不解的众人之一,概因如此,我打听起更多信息,希望再了解一些关于那圆形大厅的事。我继续围绕那件作品展开提问,很快便得知,布劳恩的香水瓶——毫无疑问,它逐渐成为了最让我在意的物件——之所以被完好无损地保存到了今天,正是因为1945年4月,美国战地记者、艺术家李·米勒于独裁者的浴缸里——在慕尼黑摄政王广场,后者与布劳恩的居所中——发现了它。

弗里德里希阿鲁门博物馆的玻璃柜里还保存着一条绣有阿道夫·希特勒姓名首字母的毛巾。李·米勒将毛巾与香水一并拿回了她在慕尼黑的酒店,我们再也没法知道她是否在日常生活中用过那两件怪异的、或许有些恋物癖趣味的战利品。这很重要吗?不怎么重要,事实上,毫不重要。不管怎样,我在心里说,假设找到那块毛巾的是我,我连碰都不会碰它,它只会让我作呕；不过这只是对我而言。在陈列有那瓶香水以及绣着 A. H. 字样的毛巾的柜子里还展出了四张李·米勒快活地躺在希特勒浴缸中的照片。当大战结束、这些影像被刊载在《纽约时报》上时，它们貌似招致了"举止轻浮"的评价，激起了些许波澜；可在此之前我从未见过它们，甚至连听都没听说过。大概是个人都会觉得挺轻佻的吧，我琢磨着，然而也不算不容置辩。有一点倒是很明确：那浴缸比我这辈子用过的、无论哪套房子里的浴缸都要先进许多。我在思忖着这个。看似挺小家子气的，可真不一定是那回事儿。那浴缸比我的所有浴缸都现代。

随后，似乎觉得刚才纠结那些实在可耻，我搓了搓脸，意欲将它忘却。而在摩擦过后，我用肉眼望向那无形的气流，就跟真能看见似的；当下有一阵沮丧感向我扑来。那种失落，就好比我们行到中途，遽然回身，望见我们走过的路、那条漠然的路；它从我们脚下径直逝去，默示着时间的不可回溯。

最后就只剩下了这个，我想，回望却一无所见的目光。也许正因如此，我才匆忙决定——带着绝望——向前看。可这会儿见到的才是我真正希望回避的东西：布劳恩的香水瓶所放出的邪恶电波，当然还有我自以为抛在脑后的永不复返的过去，包括我在存放于弗里德里希阿鲁门博物馆圆形大厅内的"大脑"中踏过的那些脚步。

我在德国。走到这儿，我才第一次开始对此有些意识。人都知道,如果我们是坐飞机来到的另一个国家,我们得过一阵子才会真正将自己置于其时的所在地。临到我的情形,直到我遭遇 A. H. 的毛巾与布劳恩的香水的那一刻,我才刚有感觉,我或许已经降落在日耳曼的地界。纳粹的物件与不可逆转的过往的视像令我陡然自觉双脚着地。这里有旧日的恐怖,有纳粹无尽罪恶的烙印。可是,这算着陆吗?可能我尚未完全抵达,仍需继续自问,我是否到了德国。

离开弗里德里希阿鲁门博物馆前不久,在波士顿的极力推荐下,我们去另一个展厅参观了泰国艺术家帕恰亚·菲因逢的奇异作品"睡眠病"(Sleeping Sickness)。我最初以为自己看见的是一个小黑点——它位于一张大方桌上,被铺在上面的一块大玻璃压在中央。可当我走上前去,便发现那不是个点,而是像那块小牌所说的,是两只采采蝇——一只有繁衍能力的雌蝇以及它不育的配偶。那一瞬——后来我又见了许多比这更加离奇的东西——它让我感觉太过诡谲,与我心目中的先锋艺术相差了十万八千里。

帕恰亚·菲因逢,波士顿说,研究的是采采蝇的生态管控;这种蝇能通过口器的叮咬在人与人之间传播睡眠病。我听着有些懵,不知说什么好,脑子里想的却是那些我认识的、平时的行为举止就像被那种苍蝇叮过似的人。

此后,当我们向博物馆出口走去,我复又记起爱娃·布劳恩

卡塞尔不欢迎逻辑

的香水瓶，进而深思起"罪"这个主题。这疑问二度向我袭来，就如同苍蝇飞回到感染者身上，只为再加倍感染他一次。在我的故土，那个因恐怖内战闻名于世的国度，罪恶感几乎就不存在；这么矫情的事还是留给纯朴的德国人去做吧。谁也不会浪费那时间，来为自己曾经是纳粹分子、佛朗哥派、与马德里独裁者勾结的加泰罗尼亚人抑或第三帝国刽子手的同党而羞愧。在我的祖国，人人都对欧洲的衰亡不闻不问，许是由于我们没有直接参加任何一次世界大战，便习惯于将这一切看作是别人的事，也或者是因为，说到底，我们一直生活在衰败之中、一蹶不振，以至于我们根本就对此毫无觉知。

你在德国，我心中有个话音似在反复诉说，就像贯穿《欧罗巴》①的那个人声——拉尔斯·冯·特里厄的这部极具迷人色彩的电影讲述的正是荒蛮颓败的古老欧洲大陆。

"你在欧洲。"影片中能不时听到这样的句子。而摄影机展现在我们眼前的则是一块变身为广阔无边的医院的大陆。

我们继续朝弗里德里希阿鲁门博物馆的大门走去，忽然，告诉我我在德国的那个声音变得越来越响、越来越勤。我心想，或许我终于实实在在地着陆了。如果是这样，我已身处一个公认集智慧与野蛮于一体的国度，一个深知内疚滋味、且多年来一直

---

① 也译为《欧洲特快车》。

在为"该因罪孽感到莫大的痛苦"还是"该试着少去悔恨"而困惑的国度；总之，这个国家的公民试图在多或少夸大一些负罪感之间找到一个合理的平衡点，也许已经意识到，没有记忆，他们便会冒着再度成为畸形恶兽的风险，而回忆过度，他们就会被残忍地困在过去的恐怖中。

17

身在德国的我不停质疑着自己是否身在德国,而当我踏出弗里德里希阿鲁门博物馆,与波士顿一起沿国王大街南行去往黑森兰德酒店,我突然想探究一下,先锋艺术与那个曾经属于爱娃·布劳恩的香水瓶到底能有什么样的关系。

简而言之,看见战犯与当代艺术竟能联系到一块儿,即便只是通过艺术的形式,那也伤了我的眼睛。我正翻来覆去思考着这个问题,一不留神,我的思维与肉身都偏离了航线,我差点失去平衡,撞在——幸好波士顿没注意——一家百货公司的橱窗上。

仅过了几毫秒,就在我得以远离那该死的橱窗的一刹那——心中免不了对刚才发生的事情有所顾忌——我在那商场的玻璃上见到了一束如梦似幻的夏日阳光的不真切的一闪,猛然意识到,与我以为的相反,我尚不能完全确认自己已降落在了卡塞尔或是其他任何一地。

正是在那一刻,为了更有置身德国的感觉,我开始假装——

当然，只是在自己面前——我已培养出些许依恋：我前来落脚的国度的星夜、日耳曼紧绷的天空的湛蓝、雅利安人的弯月的柔和弧线、所有乡间林地的松树的阴沉絮语。

月亮不是雅利安人的，我立即纠正道。而后我告诉自己，我脑子里纠缠着太多东西，一整天的疲惫正在以令人不安的方式显出征兆。

我开始有了真正精疲力竭的感觉，这样下去，我头脑中的线团只会越绕越乱。我那么早从巴塞罗那起床，登上前往法兰克福的班机，一天来累积了飞行的劳顿、克罗地亚人的漫长插曲，还有别的磨难。此外，我不想再麻烦波士顿了，她似乎是被强迫来执行这些基本礼节与欢迎活动的，但她总部的领导又指望她早点回去——像她本人一直侧面暗示的那样——因为那儿还有一大堆事等着她去做。

所以是时候道别了，我还得回黑森兰德的客房搭我的"思想小屋"呢。天就快黑了，我也能感应到，疲累正顺着我的身体攀爬上来。因此，在须臾间划过我眼前的、那商店橱窗上夏日天光的闪烁只能是假的，而且，被迫在眉睫的焦虑所支配的我记起了特隆①学派的哲学家的观点：如果我们人类还未知晓的话，最好明白，世界的全部时间均已过去，我们的生命仅是一个无可挽回

---

① 博尔赫斯在《虚构集》中虚构的星球。

卡塞尔不欢迎逻辑

的过程的记忆或反光，无疑是虚假的，且经过了破坏。

　　于一连串无法控制的误会中想起这个，令我将自己也看作了一缕微不足道的反光，也叫我坠入了忐忑状态；我有预感，今天我是出不来了，就算最真实的夏日阳光最真实地反映在我眼前也是徒劳。而这一切，很自然地，将我终能确定自己身处德国的时刻不断迟延。不仅如此，从我选择接管我最终着陆问题的思维角度来看，德国甚至可能以月球另一面的样子，携火山口与月海一并呈现在我面前。

卡塞尔不欢迎逻辑

18

　　我们在剧院街的一家酒吧停步,在露天座位上吃了两根法兰克福香肠。我比预想的恢复得要多,尽管我又一次没能阻止那件蠢事飞回我脑中;打小开始,每当我啃起一根法兰克福香肠,便会记起我爷爷的话:"一战"中,他的鞋底在法兰克福附近攒了两磅泥巴。

　　如果说这件轶事本就可笑,那它动不动——每每我准备吞下个类似特征的点心——便杀个回马枪的特质则更显荒唐。我急欲逃脱那泥泞的记忆,只要思想上躲开就好,便跟波士顿扯起了我最先想到的东西。它如此随意、如此乖张,以我现在的角度来看,或许还带着些自杀倾向,但为了不让自己过度羞惭,我更愿将那个问题视作纯粹的临时起意,视作诸多麦高芬中的一例:

　　"你觉得雅利安人的香水与先锋艺术之间可能存在哪怕一丁点关系吗?"

　　从来没有谁像听完问题的波士顿那样用如此凶神恶煞的眼

神看着我。

"你到底对先锋艺术有没有概念?"她问道。

这将为我带来什么样的后果,就在那一刻,我连想都不敢想。

19

　　我不知自己犯了什么罪,我差点被吓着了。我借机提出,自从几年前经历了身体的崩溃,我就特别注重养生,因此,虽则我刚刚恢复了精力,且明知时候还早,我也想回酒店去了,好好休息到第二天。我琢磨着,之所以会问出那个问题,也必定都是累了一天造成的。

　　波士顿边抗议边问道:我真那么确定想走?我说,真的,我累劈了。接着我又用无比和蔼的口吻提醒她,在巴塞罗那我已经夜里出来跟她吃了两次饭了,我还能为她破次例,但不是今晚,因为我实在没力气了,必须好好缓缓。

　　她笑了。我问她为什么。因为,她道,我提到了"身体崩溃"和"恢复精力",恰好应了第十三届文献展的主题:崩溃与恢复。

　　我当时脸上的表情一定很傻。

　　"崩溃与恢复。"她又用西语说了一遍,保持笑容。

　　而后她稍作停顿,像是要好好喘上两口。这主题是专为你设计的吧,她毫不掩饰语中的嘲弄。我们正说着,一位须发皆墨的高个子路过那儿,用德语和波士顿打了招呼,又跟她说了些什么;从他夸张的手势来看,只可能是件大得不得了的事。虽然我一句都没听懂,但我猜,语气那么哀伤,聊着的该是阿伦群岛凄厉的风暴。我通盘猜度着那位男士的谈话,坦率讲,不常有人长着双如此深邃阴郁的眼睛。而这番想象练习直教我乐在其中。经过了几分钟的对话,男人再次动身,似要返回他僻远的故土。真是个伤心人,那家伙走后,波士顿只道出这么一句。可他好像挺为家乡的风雨操心呢,我差点这样回答她,但最终还是收住了口;情势都这么乱了,还是别再掺和了吧。

不久之后,我们又遇上了剧院街街角那忧郁男子的反面,快乐的化身皮姆·杜兰,一位迷人的黑发姑娘,塞维利亚人,波士顿在办公室的助手,我汉莎航空的票正是由她寄到巴塞罗那的,阿尔卡没在法兰克福机场出现时与我通话的人也是她。我就是邮件和电话里那个,说话同时,她露出了美丽的微笑。接着,在跟波士顿耳语了几句后——铁定是公事——她也继续上了路:没搞错的话,她去的是邮局。这该是个天生幸福的女人;若非因为我向往的并不是幸福,我一定会嫉妒她的。

当我们再次回归二人状态,我问波士顿,皮姆这名字什么来头。她想了想,最后说不知道,还得问她本人。然后她熟练地将话题引回到崩溃与恢复上,道,这不仅是第十三届文献展的主线,也贯穿了卡塞尔城悲剧的战争史以及它战后的重生。可我们也应看到,她补充说,我们掌握的这两个概念,崩溃与恢复,不一定得按顺序进行,也可以同时发生。

这两个事件,波士顿告诉我,可以在同一个时刻出现,就好比最近,存在焦虑已逐渐成为全世界的通病,我们也因此活在一种危机长存的状态,其中亦有不测、亦有例外:我们逐渐恢复,但就在我们恢复的过程中,猛烈的崩溃又会再度袭来,反之亦然,依此延绵;谁都仿佛逃不过这普世的混乱,这也是本届卡塞尔文献展最关注的一点,仿佛在多管闲事,但又从骨子里不容置辩。

波士顿不仅是在谈论文献展,她是在给我讲解那儿都发生了什么,似乎有谁授意她这样做。我决定给予支持,配合她的指导,便问起了关于这座城市过去的更多细节。而我迅即发现,我这么问就摆明了是在告诉她,我对这地方一无所知,这在某种程度上令波士顿毛骨悚然,就像几分钟前我问起雅利安人的香水与先锋艺术时一样让她猝不及防。

卡塞尔啊,她最终是略微抽搐着向我解释道,是纳粹生产军火的地方,尤其是坦克,所以这座城市及其周边成了1943年盟军轰炸的首要目标。实际上,炸弹抹除了卡塞尔千年历史的百分之九十。

不祥的黄昏已近在眼前,我注意到,在我体内,烦恼与伤悲已开始高歌猛进,甚而比往常还提前了些。要恢复好心情,只能等到明天早上了。我揣量着这一分两半的生活,白天快活、夜晚

卡塞尔不欢迎逻辑

愁闷的生活——我的余生大概都得如此度过——忽见那两眼异常沉郁的男人正围着我们打转,只不过这次他都懒得上前打个招呼;他看着不一样了,像是猝然倦了,被长久以来的挫折——也许他从离开阿伦群岛的那天就一直背着它们——压得不堪重负。可我更愿意对此做出任何评论,因为转瞬间我便不那么确定,他是否就是刚才见过的那个德国人。

几分钟后,我将那眼眸深邃的男人细细打量,便发现,我没法错得更离谱了:他根本不是和波士顿讲话的那个人;我仅仅是认混了,因此,我适才揣摩的只是一个完完全全的陌生人。

我们正要从剧院街的露天座位中起身,波士顿冷不丁问我,我有没注意过,步行几乎是唯一一种尚未被投身于商界的人——也就是说,资本家们——"殖民"的活动。我陷入了沉思。我好久没听到"资本家们"这个如此清晰、不带一点含糊的复数名词了。你看啊,她说,关于走路,没什么特殊的东西可卖,不像吃饭、喝水、跑步、睡觉、做爱、阅读……都有一整个完备的市场。嗯,我道,我还挺喜欢走路的,我特爱散步。我光讲了这个,光是这个。我记得很清楚,因为正是从那一刻开始,事情变得光怪起来,就像与向晚时分光线的渐变保持着同样的节奏。

事实上,波士顿越是表示在策展团队总部有多少工作在等着她——仿佛在告诉我,她得走了,不能再耽搁了——越是诡奇怪诞地坚持要跟我再走一程,就好像走或不走、留与不留本可以是一回事。那对矛盾中也有什么东西提醒了我：在我身上，崩溃与恢复也当然可以同时到来。

毫无疑问，这想法挺有意思，但应用到日常生活中就显然缺乏可操作性，毕竟这两者毫不相干，就比如，她分明见我乏了，却又不顾事实地提议我再走一段，谁知是不是要去到世界尽头；稍后我才明白，她只是想我去到一个站台的尽头，虽然那条铁路并不是拐个弯就到。

我睒着波士顿，而她竭力避免与我对视。阿伦群岛那男人看着还挺悲的，我说道，只是想淘气一下，抛出个稍有些绝望的麦高芬，卖个可怜——我都那么累、那么神经了——好让她准许我回酒店搭我的"思想小屋"。

可想而知，波士顿答道，她从没听过我讲的那什么群岛，这会儿便轮到我来跟她解释，它位于爱尔兰西岸，沐浴在大西洋中，坐落在戈尔韦湾。我总觉得你们谈的是那偏远海岛上的事，我道。谁和谁？谈什么？她问。你跟之前那个伤心人，我说。她花了好一阵工夫才明白，我指的是不久之前停下和她说话的那个忧郁的德国人。可是跟可怜的汉斯，她道，我们就聊了聊哲学啊，他称"追寻生活"只是个夸大狂式的说辞，我也不晓得答什么，要你你怎么说？就说我没懂他的意思，我道，但他不该担心这个，因为归根结底，有了误会，生活才算正常，关于这点，戈尔韦湾的原住民知道得非常清楚，可以说再清楚不过了。

若是阿尔卡,我敢肯定,一句没听懂的她一定会劈着叉地笑倒在地;可此她非彼她。这一路,我再不会见到波士顿如此刻这般——真可谓令人惊惧的一刻——一脸严肃。

而更令我想象不到的是,接下来的几分钟里,波士顿竟能如此软磨硬泡地把我往那站台上拽;依她之见,当晚我怎么都得去那儿看看。

20

在我看来这已成了个不争的事实：每每我俩出现交流障碍、关系瘫痪，这关系也在立时恢复原状，反之亦然，就好像崩坏与重建真的可以融为一体，完美地共存于同一个瞬间。

就这样，正当我们侃着这个、聊着那个，事实上，我们在探讨着哲理抑或希望探讨着哲理——这可能也是当代艺术最核心的活动——卡塞尔夜幕渐落，万物湮灭，缓慢得如同地球上的任何一个周二。

乍然，她流露出跳脱的企图，出其不意地为步行唱起又一轮的赞歌，同时推荐我去看看某个声音装置，据称离那儿不远，实际又得走上好一阵子：它位于旧火车总站十号站台尽头。

大战时，她说，那站台主要是用来驱逐犹太人的，而今，苏格兰人苏珊·菲利普斯在那儿安设了她的声音装置"弦乐练习曲"（*Study for Strings*）。

我婉拒了这一新的提议，称，她还有工作，我不想再麻烦她了，此外，我也得回酒店了，正如早先所说，我开始没力气了。我总觉之前她是没听到,便一再重申了回到黑森兰德客房、尽早搭起我的草堂的迫切需求:都这个点了,我必须掐断任何可能让世俗生活延续下去的苗头。

很自然地,我没跟她说,但我尤其害怕,尤其忌惮她见到我每逢此时便习惯性挂上的惨白脸色;我知道,再过几分钟,我的脸就会阴沉下来,我的性格将变得十分易怒,一切都会难办许多,而这次,我没有科利亚多博士的药片可以救我。

我边向她传达着我的坚持,边想起了罗伯特·瓦尔泽的《散步》。在拖泥带水地描述了一通某位散步者幸福的日间闲游后——整本书里,此人一直在走——我们来到了如树阴般圆满的末页、揭示着主人公心情变换的结语:"我起身准备回家,因为天色已晚,四周一片黑暗。"

瓦尔泽的这个小小颤音打破了整本书的游戏规则,愉快的游荡戛然而止。街道变得漆黑一团。如果说至此那位散步者都感觉十分惬意,无与伦比地快活,沉醉于一路所见的任何风景,转眼他告诉我们,天黑了,一切都变了,连这本书也到达了它的终点,因为主人公想要躲回他的巢里了。

少时之后,我仍在向波士顿述说我的健康问题;就像强行要在我的话后接个"天色已晚"似的,她陡然打断了我,称,要思考大崩溃,"弦乐练习曲"就是最好的地方,没有之一。她道出这话的方式是如此斩钉截铁,我好似陷入了我性情里最绵软的那潭沼地之中,仿佛我爷爷的那两磅稀泥糊在了我的鞋底。我当下就困惑起来:波士顿是否在挽留我,或者只是有意坚持步行,好让我来说不,这样她就不会落下个"不愿陪我"的口实。

我很快发觉,事情正往一个迥然相异的方向推演着,恐怕比我料想的更为阴暗,或许比我预期的更为复杂。我绝对,务必,要去那个站台看看,波士顿又一次亮出了先前惊魂一刻瞪我的那种愤怒眼神。我这辈子都没见过有谁如此着急忙慌地催我去火车站的。我怯怯地问道,为什么一定得去那儿呢。太阳就快完全落山了,卡塞尔的天空中,云朵逐渐被染成了猩红色。因为我想,波士顿几乎是咬牙切齿地吐出了她的话语,再走一会儿,我喜欢走路;因为这会儿你也该意识到,你所在的不是个地中海国家,而是个保有着深切悲痛的国度;因为你竟不知道雅利安人的香水瓶与先锋艺术间的关系。她终于道破了对我怒火中烧的原因。

那必定就是我一天中最大的失误:不相信布劳恩的香水也能和先锋艺术产生联系。但这样的话,一个新问题又来了:真有先锋艺术吗?世界各地都有人在谈论一种领先于时代的艺术,可对我来说,它的存在并不清晰。"先锋"一词的含义似乎已经和上世纪初不同了……然而现在不是考虑这个的时候。

于紧接着的艰难行走中,我得知,卡塞尔的战后大重建要到1955 年才正式开始,当时的市民极有勇气地拣选了一条比他们同胞的决定显得没把握得多的路，在工业发展与文化复兴之间选择了后者，又请建筑师兼教授阿尔诺德·博德负责策划首届文献展。它有着鲜明的修复性：德国在希特勒独裁时期曾将当代艺术定义为"堕落"，并将它的实践者们屠杀驱逐，而如今的它要以一次大展向二三十年代的艺术献礼，用博德的话讲，"它终于让艺术贴近了工人"。

终抵旧火车站的我们缓步朝十号站台尽头走去。到了那儿我才明白——几乎是顿悟——为什么那个声音装置，"弦乐练习曲"，要比任何一处更适合追忆那段纳粹当权的岁月、被波士顿称为大崩溃的时光。

尽管全世界都知道，现时所谓的先锋艺术，大抵都得由一部分视觉元素，以及为了完善前者、解释前者而生的文字组成，但奇怪的是，在"弦乐练习曲"中完全见不到此类情况。苏珊·菲利普斯的这个装置，只需来到十号站台终点便能立刻会意，不再需要任何一本小册子来完成她的叙述。

"弦乐练习曲"是件毫不花哨的作品，直接挖掘着一个人道主义乌托邦终结时的莫大的悲剧。通过设置在卡塞尔火车总站限定区域内的高音喇叭，菲利普斯做到了让所有行至该站台末端的人——战争中，大批犹太家庭就是在这儿等待着将要把他们送进集中营的列车——都能收听到那段美妙却又万般悲戚的旋律、死难者的灵歌："弦乐练习曲"。2012 年，卡塞尔文献展播送着它,作为对大屠杀的纪念,因为它的作者,被放逐特莱西恩施塔特的捷克音乐家帕维尔·哈斯,正是为集中营的毒气室谱写的这段乐曲;此后不久,他被转移到奥斯威辛,并死在了那里。

我们是站着听的,脸上挂着与所有在场者一样凝重的表情,同时看到,不断有其他听众加入到这场不足半小时的铁道音乐会中;另有内容相同的诸多场次,以短暂的间歇分隔,每天在这悲伤的站台上陆续演出。最终,约有三十人怀着一样的感动听完了这段大小提琴的合奏,曲罢,尽都定在原地,若有所思,不发一语,深受震撼,像是正从所听所忆,所想所演,甚至可以说,所亲身经历的崩溃中慢慢恢复;在那儿,人不难感到脆弱悲戚,有如一名流离失所的被逐者。

那一刻我很想向波士顿坦言,我觉得太不可思议了,自己竟没发现,从一开始,政治,或者更准确地说,人道主义世界的永恒幻梦,就与艺术探索以及最前沿的艺术密不可分。但我只字未提,因为我打心里还在记恨她;都这个点了我还想不明白,我只不过问了句纳粹香水和先锋艺术,她就可以这么惩罚我,对,惩罚我,逼我一而再再而三地行走,或许还一本正经地盘算着,到了某站台的终点,我就能诚心悔改,变得不那么欠考虑。

我很想对她说:我怎么能那么白痴呢!或者反过来指责她,她竟用如此微妙的方式对我施以惩戒。横竖我选择了沉默,静观着在场者共同的心境平复。我在这群极有可能是从各方赶来的陌生人间侦测到了一种极强的内聚力。就好像他们在想——就好像我们在想:这就是时机,这就是地点,我们已经知道什么是我们的问题。也像是有一缕精气、一阵微风、一股强大的道德气流、一种不可见的力,正将我们推向未来,也将我们这群自发组成的、仿佛忽就拥有了破坏力的人们永远焊在了一起。

这便是那种,我忖度着,我们从不会在电视报道中见到的事:仿佛心照不宣的人们的沉默共谋、随时都在兴起却从未被察觉的无言叛乱、偶然集结的人群、发生在公园中或阴暗角落里的突然集会,让我们时不时还能对人类的未来保持乐观。他们于几分钟内聚拢,而后散去,所有人都加入到了这场对抗道德沦丧的地下斗争中。某日,他们将携空前的愤怒揭竿而起,将一切的一切炸个稀烂。

21

　　我知道怎么在没人帮我的情况下回到黑森兰德酒店，沿国王大街别转就行了，稍后我对波士顿说。左亲亲，右亲亲，拜拜。波士顿没定确切时间，但称第二天早上会到酒店接我，我俩一起去那中餐馆。果如我一直所惧怕的，显然，我的"成吉思汗"之缚怕是谁都没法解除了。一整个下午我都避免问及任何关于那"中国把戏"的事——我是摸着良心这么叫的——幼稚地以为，只要这样，我就能逃过那场劫难。可鸵鸟战术不会次次生效，最后道别时，只见"中国把戏"终究浮出了水面，就在最扎人的那一刻、我自信已完全摆脱它的那一刻。

　　天色已晚，四周开始变得一片黑暗。

　　我发觉，这还是我有生以来头一回不愿置身于别人的小说中，在此我指罗伯特·瓦尔泽的那本书。尽管乍想挺诗意，跟《散步》中描写的一模一样：天黑了，万物转黯；但怎么说都该是那位写书的人，亦即瓦尔泽，而不是我，去身临其境地体验一番。可我惊惶地见到，那位快乐叙述者的经历正如数发生在我的身

卡塞尔不欢迎逻辑

上：天晚了，我一闪念，还是不逛了吧。通常夜幕降临时，我都在家了，因此卡塞尔那天，我的惆怅与瓦尔泽相似。

可也许周围还谈不上那么漆黑陌生呢，我自语道，努力不让痛苦的情绪在大街上爆发。那一刻，我该能安稳度过，以世间最大的冷静走完通往黑森兰德的那段——那安稳大概有点死撑的味道，但它保不齐有用呢，至少帮我顶过哀怨的第一次侵袭。我做到了，我制住了它，进而发现，我在街中所见的一切仍能教我欣喜而非压抑。然而只过了一会儿，自觉孤独无依的我还是开始消沉起来。我本质上就是个中国人，且正在回家，我念叨着。而此时我又遇到了更多麻烦；我不再敢看那些行人，因为我又一次感到他们在对我说：你终于到了。

"你们在等我吗？"我真想大声问他们。

可他们一定会奇怪地看着我。

然而，他们中的有些人确实是在等着我的吧，而且还约定，如果我最终真的下定决心问了，就一起摆出没这回事的样子。

我好想对他们说：

"我知道你们等了我好几天了。我一来就发现了。"

而最让我讶异的也许是，我看到，我的能量——要我说，它就跟太阳能似的——霎时回复了不少。事实是，我在这国王大街上，一时不知该怎么办才好了：这突如其来的隐形的力，它劲儿实在大，大得有点过头了。我只觉我的胳膊变得老长，腿离我的身体极远极远。我还没能习惯这个，而我的步伐——我以如此怪异的姿态在街上走着——宛若精神病人，又好似被一阵不可目见——可能它同时还不可战胜——的微风吹得不停摆晃。之前我觉得在瞅我的人里此时有谁在说：你终于到了这儿，但状态那么糟，你是不会恢复了。

所幸距酒店还有没几米时，那股力也随着我向目的地的逼近而同步消逝，我又重新回到了那个夜晚崩溃、早上恢复的人。有时复归原状，即便是可悲的原状，也是件极好的事。谁会想到呢，可当见到那骤然而来的荒唐能量如水汽般散去，我感觉更平静了；比起有两条过长的胳膊、《堂吉诃德》中堪与风车混淆的巨人之臂，我真愿意就这么闷闷不乐着。

我踏进黑森兰德酒店，径直朝 027 房间——我位于二楼的客房——走去；我来到阳台，立马想起了那句波士顿于几小时前告诉我的话：从那儿，我能看见赛格尔的黑屋所在的楼宇。

实际也正如她的预告。另一方面，我还确认了，委实，孤寂是不可能的，因为这里住满了幽灵。我已别过波士顿，但她仍以某种形态存留此地——此刻是在我的记忆里。我仅在阳台上待了一小会儿，这已足够让我与那幢酒店附楼——包蕴着赛格尔的房间的幽暗邻栋——建立起精神联系。在我心中，那间黑屋已成了暗夜中的灯塔、盛放我目光的方向；若我被草堂中的孤独（与幽魂们一起）憋得透不过气，我便可走上露台，向那儿眺望。

有座看不见的灯塔总比什么都没有强，可话说回来，我的茅舍还没搭呢。也或者不用搭？因为建筑它的最佳方法大概就是将这酒店客房想象成一处无需引言、本就能完美承接我思想生活的地方。

我的小屋模板是肖伦，在那儿，维特根斯坦得以与世隔绝、倾听自我，从而确证，他在此地比在教室里更擅于思考。事实上，住进茅舍的他开始向那些渴望以新眼光看待事物的人——而非科学界或普通公民——发声。思维在他心中甚至成了种艺术成就。他的哲学追求是解放头脑，寻求意识与世界的开放；他想给出的不是真理，而是真实，不是论据，而是例证，不是起因，而是动机，不是体系，而是片段。

当他在肖伦思索着，我躺倒在床，双手抱于脑后，眼望着天花板。我想起了一位朋友。有回他跟我讲，对一个属灵的人而言，任何形式的流亡都可以化作对内心专注的激励。要是我白天——那会儿我往往心情不错——就能想到或记起这句话那该多好。不过即便如此，它仍能在我的前行道路中提供助力。从长远看，我琢磨着，人定能发现，抱着有所产出的心态对待每件小事才是人世间最重要的。

我看了看表，正是打电话回家的好时候。我年迈的父母告诉我，确切地讲，巴塞罗那的民族游行不是民族游行，而是独立游行，至少本地各大电视台正在不停这么重复。

大众的自由是无法捍卫的，可以守护的只是个人的自由，我蓦然产生了这样的念头，许是因为，我正身处我内心专注的起始、我"思想小屋"的发端，而且说到底，我讨厌人家和我谈起群众运动也是相当合乎逻辑：我正欲做出的行为，在酒店中筑起草堂，需要孤单一人。

我又打给妻子，和她说，我觉得我这天的生活，虽说不像个动作片，但也接二连三地碰上了各种事情。可当她问我都碰上什么了，我仅能吐出一句，刚是在开玩笑呢。我不想说出口的就好比：我一到这儿便发觉，卡塞尔人都像在等着我；而这种误解让我联想起了我和侄子保罗一起开车去安特卫普的那天，就在那富丽堂皇的火车站附近，一种预感忽地涌了上来：这座城市将会面临责罚。是哪位祖先的哪段辽远的过去映成了这番视像，教我很自然地把它与现世绑在了一起？这想法真有那么不着边际么，相信自己的前世曾生活在欧洲各地，而当下的我则预见了灾难的到来，自觉回到了在其他时代无数次走过的街巷？在卡塞尔这样一个地方，什么都无法排除；在向先锋思想敞开大门的同时，它也默认不欢迎任何逻辑。

可我一点不想把这透露给我老婆，大概它不适合搁在电话里说；于是我向她道别。稍后——无疑是受到了我所落入的孤独情境的驱策——我听到，有喊声从外头、从那被细微的气流吹动的窗帘间钻了进来，零星几声，于风中飘摇，而在天花板上旋

卡塞尔不欢迎逻辑

转的反光像在预告着将要划穿顶棚的某道裂缝。透过那豁口，楼上房间的谈话也许便能清晰传入我耳中。这要是巴塞罗那，配上约翰·威廉·威尔金森的那些说辞，我定会以为他们将我安置在了那家中餐馆的楼上，对面就是森林，而此刻的我看到，这事没有发生也不会发生，准确地说，情况恰恰相反，因为黑暗力量赐给我的监听小孔不在下方，却似在上，仿佛那房顶之上就是戈尔韦湾的所在。又是个新问题？仔细想想，这问题根本不存在，它仅是由天花板上的反光造成的，而后者或又对上了我酒店附楼的灯塔、我暗夜中的灯塔。

卡塞尔不欢迎逻辑

22

　　我从床上起来，意欲从我个人的戈尔韦湾中逃开，便别有用心地扫了眼《阿尔卡里亚之旅》："小贩有对光洁的眼皮，一根睫毛没有；一条假腿被随意地用皮带绑在残肢上。"

　　接着我玩起自欺的游戏，假装适才读到的东西令我惊愕不已。小贩，光洁的眼皮，假腿。我故作讶异，实则再清楚不过，阅读塞拉会让我遁入中世纪，一个与此刻的我相距上千光年的世界。

　　随后，我直奔电脑，查找起我所在的这座城市的讯息。第一条便是关于 72 年文献展的。如果把数字 72 倒过来念的话，就是我的房号了。虽然这不是鼓动我读下去的原因，但我着实对这篇文章产生了更多兴趣。72 年文献展——"那届足以载入史册的文献展"——的某位仰慕者称，他在观展中发现，站在最前沿的先锋属于至纯的浪漫主义，披头族①尤其如此。

　　顿时——具体因为什么，我至今都想不起——我把全部注意力都聚焦在了披头族上。我对这群人也谈得上了解么？一

卡塞尔不欢迎逻辑

时，我被我自己的问题逼得心慌意乱，被披头族的迷思搞得晕头转向，直到我想起，我的箱子里还装着吕迪格尔·萨弗兰斯基的旧版《浪漫主义》。我又一次做出了正确的选择，带上它真是没错。我找到它，翻到写着"只有作为一种审美现象，人生和世界才显得是有充足理由的"的那页。

我思量着：我来卡塞尔的目的不就是寻找审美的瞬间么？对，但不仅如此，我自问自答。此外，我这辈子都没遇上过那种时刻，且一切迹象都像在表明，我在到过卡塞尔后情况仍将照旧。说实在的，我连"什么才是真正的审美的瞬间"都不明了，直到此时我也只是窥见了它的星点微痕，仅此而已。我陷入了沉思。那我是干吗来了呢？我告诉自己，我来是为了思考。我陷入了沉思。我来是为了筑造我的"思想小屋"，可以冥想失落世界的一处人类庇护所。我陷入了沉思。我来是为了阅读小贩与他的残肢，以及无可救药的黑暗西班牙。我来是为了追寻宇宙的奥秘、初究未知代数的诗歌、探索倾斜的钟表、朗读浪漫主义。我陷入了沉思。我来是为了探究什么才是当代艺术最纯粹的实质与核心。我来是为了叩问是否还有先锋艺术。实际上，我来是为了研究卡塞尔。我陷入了沉思。我来只是为了回去谈谈我的见闻。我来是为了打听披头族是什么。我陷入了沉思。我来

---

① "垮掉的一代"的参与者。

是为了了解艺术的概况。我陷入了沉思。我来是为了恢复热情。我从沉思中稍稍回过神来。我来是为了以后能够讲述这段旅程，就好比我去过的是雷蒙·鲁塞尔笔下的田庄，抑或阿尔卡里亚、鲁塞尔笔下的阿尔卡里亚——随便举个例子。我来是为了触及某个刹那，其间，人像是永久呈现出了真正的自己。我陷入了沉思。我来是为了让我老婆清静几天。我陷入了沉思。我来是为了怀疑。我陷入了不决。我来是为了弄清，他们请我来卡塞尔演出中国把戏，这背后到底有没有逻辑。我陷入了沉思。

我愈发忧虑重重了；我看到，总是冷心冷面地于此时降临的悲观情绪开始变得如此强烈，使我以为，那著名的审美瞬间（不管我能不能弄清它是什么），我是永远都够不到了。可这正常么，我的忧愁竟在几分钟内滋长了数倍？很不幸，答案是肯定的。黑色时刻总是毫无预兆地袭来，令我顿然觉得，我已没几年好活，我的生命匆匆，几天前我还是个青年，对万物抱持着无所谓的态度，转眼间一切就都变了，现实无可扭转，而我不免心酸；当昏暗之刻夕复一夕地准时闯入，我总会不可收拾地滚下最悲观和危险的想法的坡道。

更糟的是，我记起了一位朋友的话（从他的所作所为来看，也不算那么朋友）；每每见我烦忧，他总会用这句话来烦扰我，说，夜晚的本质就是让我们睡不着。我不曾明白他想表达的意思，但我确觉可怕。我反复掂量起它来。黑夜的实质还包括阻止我们入梦？只有不让我们休息时它才拥有自己的意义？上床还早了点，可我力倦神疲，去往十号站台的步行之罚太过凶残，而紧接着的思虑又如此沉重，将我碾为齑粉。我已经只想着入睡了，可我太怕我做不到。即便这样，顶着一倒了之的热望，我还是铆足劲儿去做了件挺俗气（跟月台上捷克音乐家帕维尔·哈斯献给屠杀的音乐相比）的事。

我集全身之力去最后招惹了一下谷歌，从而找到了张楚丝·马丁内兹的照片；她的脸给我一种生而敏锐的印象，直让人觉得——我一点没搞错——她就是那种将产出点子的功能内化于心的人，如同那位人称"心里装着鱼叉"的《白鲸》中的捕鲸手。

我半梦半醒地盯着她看了不知多久，楚丝，将我请来卡塞尔的人，我至今未能与之谋面，尽管一切状况都似在表明，我本周四就将与她共进晚餐。我越瞧那张面孔它就越像满载着思想，这也让我琢磨起来，琢磨起那些思想，以及它们在现代艺术中的临在与缺失。我记得，在十九世纪中叶，任何一位欧洲艺术家都不会不明白，若想成功，就得设法吸引知识分子（新阶级），这就使"文化的处境"一举成为创作中最热门的主题，而艺术的唯一目的也转为了唤醒或启发观点。漫步在卡塞尔，人不会怀疑，至少十九世纪中期的转型还在影响着这里。其他地方则不。因为在除此以外的世界，知识分子式微，文化已极大程度地庸俗化了。而卡塞尔还依旧保留着些许杜尚派与浪漫主义的气息；对热爱智力猜想、理论论证以及某些思辨之优雅的人来说，这儿就是他们的天堂。

理论总能给我莫大的乐趣，我理应感到高兴。我许久不曾知晓如何呼吸当代艺术，可走在卡塞尔，炫惑我调查艺术现状的动因比比皆是。打从年轻时，我总道伦勃朗无聊，面对这位大画家的作品，我只觉无话可说。但若置于我面前的是杜尚的哪怕某位模仿者的"现成"之作，源源不断的评论也会自我心生，诚想摇身一变当自己是个艺术家。而我记得，马奈给我的感觉也是一样，他受到了马拉美施予的太大影响，而后者最重要的门徒也许就是——我斗胆放言——马塞尔·杜尚。马拉美曾告诉马奈："不要描绘物体本身，而是要画它产生的效果。"这句话已阐明了现代艺术对平面创作的捐弃，并将理念提升到了一个更高的位置。

在伦勃朗让我觉得无足道哉的日子——早在那段日子——我就爱上了高深的理论（我什么都不懂，但那大概是另一码事），尤其醉心于以理论（在此堪用粗体）为主题的访谈。而七十年代初阿兰·罗布-格里耶的一次问答唬住了我，那回，他像只张牙舞爪的大猫一样指斥了理论："就说我老派好了。在我看来，唯一算数的是作品。"

作品！时至今日，这样的天真会惹来大笑的吧。第十三届文献展定会将作品与理论的分离视为迂腐，因为从我得到的信

卡塞尔不欢迎逻辑

息来看，在这儿，在恍惚暧昧的革新的戳记下，有太多作品被呈现为了理论，反之亦然。这是作品与理论联姻后，几乎是终极形态的胜利王国。因此，如果有谁偶然邂逅了一件可谓经典的艺术品，他终将察觉，那不过是伪装成作品的理论，抑或相反。

从另一方面看，有哪位艺术家够胆在卡塞尔的白墙上挂上一幅画，一幅简简单单的画呢？如果真有哪个英勇的倒霉蛋想到在弗里德里希阿鲁门博物馆的墙面上挂上幅画的话，我已能想象到观众们哄堂大笑的场景。正如没有谁愿意被看作落伍的人，哪儿都不会出现一幅普通的画。

我不再睡意蒙眬地盯着楚丝·马丁内兹的照片，转而读起她关于"艺术是否必须创新"的问答。末了那句句子（艺术给出行为，你应对就行了）吸引了我，也或者它只是个麦高芬。但它说不定就是一句讲予我听的结语，使黑森兰德客房中的我终于明白了她要我在卡塞尔干些什么，仿佛她在访谈尾声道出的那句话实际意味着："中餐厅的邀请已经摆在那儿，我们要的是艺术，现在就看你如何应付。"

23

　　尽管我已完全没入漆黑时刻,我仍在我的电脑前赖了几分钟。我浏览着散落在网络各处的站点,帕维尔·哈斯的音乐与大屠杀的记忆忽就飞回我脑中。一部屡在电视上尤其是加泰罗尼亚台播映的彩色纪录片曾数次勾起我的兴趣,只见希特勒与他的总参谋长躺在阿尔卑斯山的一处气派的展望台上——那地方叫贝格霍夫——晒着太阳,而片中亦有女人在搔首卖笑——这一直是最吸引我的部分。此外,希特勒还在那儿与几个小孩握了手,亲昵地摸了摸三两条狗。那极权者之高台上的一切实在古怪阴森,而其中最诡异的莫过于,由于该处的海拔,无论哪个场景都似包裹在一个洇出屏幕的、无比巨大的、仿若来自彼世的光团之中。

　　初见此番画面的我惊讶于阿尔卑斯之绝景,惊讶于纳粹的士卒和屠手竟在那观景台上过着惬意而世俗的、周日早晨式的布尔乔亚生活。我曾频频自问,不知那壮伟的高台而今是否安好,还有那白框明窗——在那玻璃之后依稀可见某种阴暗病态

卡塞尔不欢迎逻辑

的顽物。而当下的我决定，值此机会，我要查查我记忆至深的场景——几位战犯曾于此同框的阿尔卑斯观景台——如今成了什么样。

谷歌搜索引擎的路径首先将我导向了 1945 年 4 月，那天，英国皇家空军轰炸了贝格霍夫别墅；随后是同年 5 月初，几个满面通红的美国大兵在露台废墟上合影留念，显摆自己饮的是"希特勒的红酒"；最后，我被送往了纳粹酒窖喝干的八年之后，在逾一千吨炸药的作用下，再无任何征象可以表明，此处曾存在过一栋有着闪耀天台的别墅，这里放出的死光曾不祥地辐射着世界。

曾是观景台的地方，只今惟见一方修剪齐整的草坪，谁都不会说那儿曾有过一幢房子、一座高耸的天台、几个挥舞小手也同时挥舞着他们的纯真的孩子；孩子们正朝几个女人温驯地笑着；女人在向她们渴慕的杀手轻笑弄姿。

我细瞧着：那块修饰平整的草地甚而可以被当作我所在的国家的一个隐喻。许因我盯着那个方块看了太久，我堕入了如此终极的疲惫，直想——如果可能的话——当即瘫在那块平庸的、被剥夺了历史的、此刻投映在电脑屏幕中的草坪上。

说时迟，那时快，正当苦闷的情绪不断滋长，而我魔怔般地记起了我的年纪以及永不饶人的飞逝的光阴，我想象自己如一个弃民般躺倒在那个枯燥无味的方形上，最终睡了过去。

我梦见披头族们放牧的草场，从这片到那片到那片，像个大得没有尽头的噩梦，又梦见（到了这部分我必定已无限接近醒转，也因此迫近了我早晨的欢愉）有人在那儿抢了我的鞋，且对我说，"伟人"的模板当与诗歌相反，与桀骜不驯的个性相反，与讲述独一的、短暂的、不可复制的存在的诗歌相反：它无需被书写，仅需——也首先需要——被践行。

这第二部分的梦，想必以其对关于特立独行的诗歌的巧妙注解影响了我；次日早晨，也是出于一贯的习性，我醒来时心情大好。

崩溃与恢复。

我在酒店吧台点了杯三份浓缩咖啡，这又抬升了我的活力与亢奋，我差点没事笑出声来。我决计立马出去稳定一下情绪。天还早，早得可以，几乎看不见人，事实上，我只瞧见位老妇，躬在扇橱窗前，摸着嘴唇。而除这位奇人之外——也或者是我眼花了——街上再没有许多东西可看。

由于此时此刻的我真叫不调侃些什么就难受，我告诉自己：没人才好呢，这样就谁都不会瞅我，对我说：是时候了，小子，你也该到了，我们正等你呢，等你把昏昏欲睡的当代艺术引上新的道路。

昏昏欲睡？

我发觉我骨子里仍旧装着我国知识分子，特别是自诩神志尚清的知识分子的典型的宿命论的抽搐。我依然在被那些渴望

卡塞尔不欢迎逻辑

看到当代艺术昏昏欲睡，抑或当代艺术已成灾难的人所影响。

难道不是么？它显然没在它的最高点，这事我必须承认。不过我——除非是在黑色时段——还是会因那些对艺术现状持无限悲观态度的朋友而感到厌烦。我认可那种观点，即艺术正处于危机之中，且我当真觉得，第十三届文献展可能恰就反映了这种困境，可即便如此，接触到卡塞尔的某几件展品还是由衷让我振奋到了现在。而且，我所见的许多事物甚而成为了我人格的一部分，在灰暗的时刻为我注入了乐观的能量。

我望着大清早空寂的街巷，自语道，也不是说我同胞那些自夸了然的声音讲的就一定是真理。他们确实明智，且往往出挑、不同凡响，但无法否认的是，他们耽溺于宿命论中，而其中有些人只是因为缺乏创造的天赋，单单这个就将恼羞成怒的他们抛向了其他人的对立面，抛向了作为整体的当今文化的对立面。最终，我想，这种聪明反让他们落入了俗套。有人称，当今艺术萧条，自六十年代起就再无新意。亦有人道，八十年代后，小说已亡，文艺俱灭。可在那些宿命论者中，更有对六十年代就极端绝望的，每天所做的事就是将每位有志之士的企望一一打消。

我继续走着，本就漫无目的。也许真是这样，我心里嘀咕着，我们的年轻人里少有从当代诗人口中提炼出生活启示的，而在六十年代，确有那么一小部分人视诗歌为他们最值得信靠的人生向导。也大概真有此事，在八十年代末发生了什么异常严重的情况，使得艺术，尤其是诗歌，丧失了它的主导地位。这一切或都在理，但若有哪样是我打从很久以前就一直痛恨反感的，便是，这些宿命论者都将自己个人的不幸投射到了全人类身上。我心想，我更愿走进提诺·赛格尔的黑屋，看看那些已然行动起来的人是如何拯救艺术于可悲的停摆之中的。

稍后，我决定去往那暗房，我黑夜中的阴沉灯塔，然而那个早晨，我开始将它看作了某处在白天能给予我鼓舞的地方。走去那儿的路上，我质问起自己，我们是否一定得警惕地、痛苦地、惶惶不可终日地、不带一点幽默感地生活在我们的宿命论者所谓的清醒印象，即"我们正生活在艺术已死的年代"里。

我想起斯坦尼斯拉夫·莱姆和他在巴黎出版的五卷《比特文学史》。其中，在他对未来（对我们来说已经是过去了的）的虚构里，斯坦尼斯拉夫·莱姆称，从二十世纪八十年代末、说话机器人的第十五个比特王朝开始，给机器以休整期成了种技术需要；这段时间里，它们不会接到任何"编程指示"，可以进入"喃喃呓语"或是"盲目捣鼓"的状态，恰在此类随性行为的帮助下，机械的工作效能得到恢复。

这么看来，莱姆的预言像是实现了：再清楚不过的是，从八十年代起，创造者就再没收到过各种"编程指示"，转而进入了暂歇期、僵死期。实际上，我听"比特文学"的研究者们谈起过，放松之于说话机器人的不可或缺就好比失语的危机意识之于未来

卡塞尔不欢迎逻辑

文学。

　我记得，踏在通往黑森兰德附楼花园的长廊末端的我问起自己，在创造领域，我们是否也正处于一段为技术需要而生的休眠期；待到走出去时，发声的创作者，亦即我们所有人，终将变得更有力量。那么，干吗要危言耸听呢？生活在"喃喃呓语"时期也用得着如此急躁？或许我们只是在逐渐恢复语言能力呢？此外，"盲目捣鼓"真有那么令人痛心？

　我仿佛悟到，归根究底，死滞的时间不过是一处绝佳的地点、一间沸腾的实验室、一个完美的空间，好让我们陆续迎接诗人的归来——也许他们已经开始改变我们的生活。我难道没有嗅到，他们就在我们之中？我初探赛格尔的房间时——此刻我正准备再次造访——不就察觉到了这点？若他们尚未归返，我们也不应绝望。鉴于其带给我们如此有趣的放松时光，这个赐予我们休整期的技术需要也可以是有所裨益的。

24

我愈发确信,走路能清醒头脑,让人破除局限、放飞思想。我走得那么入神,以至于磕在了通向赛格尔黑屋的长廊边的一把椅子上。有人瞥了我一眼,好似在说,你终于到了,可你连路都不会走。

终于,我踏入到"这个变化",第二次闯进了这个曾让我五味杂陈的地方。我总觉时间尚早,里面还没有人在,因此我太过自信地迈了进去,摸黑前进着,甚而带着些许成竹在胸的意思。我选择走直线。前行近两米,我正准备转身,忽听房间那头传来几句悄寂的赞美诗;随后,它音调渐高,由起先那曲淡淡的克利什那颂歌逐渐转为了轻快而出人意料的雷鬼,继而又变形成了——临到最后,我才觉自己分辨了出来——一首狐步舞曲。

事情越来越明显:黑暗中,有人或幽灵正在练习舞步。遽然间,其中二人,当然只是我的猜想,化身成了我的护卫,一人一边挽起我的胳膊,将我脚不沾地地拎向了极深的深处,搁在了——我估计是——房间尽头。从未在白天发生的事发生了:我的忐忐霎时再临;尽管它没待太久,但还是给我留下了一些后遗症。

身处小屋大有可能的界限,身处最绝对的漆黑之中,我记起我在卡斯蒂利亚鲁伊德拉湖畔某小镇的一天,曾见两个银扣黑袍的男人从某家后院里抬出个棺材,里面那块印花布下赫然躺着个六十多岁老头的遗体。

赛格尔的房间里,赞歌戛然而止。牢不可破的静默。狐步舞曲的乡愁。舞者们——在晦暗中羁留许久的他们极可能能看到我——仿佛停住了脚步,一动不动,恍若幽魂。我不愿心情低落,可总还是有些害怕,便高声说道:

"你在德国。"

接着,我伸出双手试探或在眼前的障壁,却没能触到。我像只困在影牢中的老虎,四处抓挠。我想到再往前走也毫无意义,终于在黑暗中笑出了声。稍后,我心生一种或许该到终末之日才能体会的感受:脱身此世,真好。同时它还带来了这样的感觉:似有一束雷电照亮了生命,让我一眼洞悉了它的内部结构。以上就是我的全部体悟;它一闪而过,却又来势汹汹。我已知晓关于我的死亡我所应当知晓的一切,只是已然遗忘。此后,我走出黑屋。只见那白日阳光泼洒下来,与曾在屋内为我指明前程的闪电相似。

我绕着街区走了一圈,试图厘清我刚才的经历。9月的清晨寒冷得紧。当代艺术竟能给人以死亡的惊吓?我意识到我在街上什么也没落下，便转身返回了黑森兰德酒店。

　　我不仅拾回了早晨一贯的快乐，甚而觉得比往常更欢畅了些，可我没在意这个，我不想把它太当回事。而在那儿，在酒店门口，我实打实地和阿尔卡撞了个满怀；她是给我送信的，信里说，早上波士顿不能来了（给办公室里的活拖住了），替代她的将是皮姆·杜兰，后者将在十一点左右抵达。

　　由于乐呵的皮姆还要至少一个多小时才到，而我又不愿跟阿尔卡在大堂耗着，我决计按原计划进行，回房休息。我注意到，前台来了个中国人，大概是艺术家或记者，正在登记，且不停问着谁都不懂回答的问题。我把这写到了被我命名为《卡塞尔印象》的那个小红本上。这已不是我第一次在上头记录事件。实际上，从飞离巴塞罗那时起，我就一直在这本子上涂涂画画——我画得不好，可这不要紧——评论好些东西，仿若已有预感，不定哪天，我就会决定，将我对所有这一切的印象节录誊清。

　　我进到电梯里。就在金属门快要阖上的那一刻，两个浑圆的、相当年轻的、与"问题先生"没有显著关系的中国女人走了进来。我们在同一层下。她们进了026房间。见我就住在隔壁，她们使劲微笑起来，让我觉得，我是不是有什么地方挺滑稽，抑或中国人都特别爱笑，而在我们西方人看来就有点摸不着头脑，想不通他们在笑什么、有什么玩意能让他们那么高兴。

　　到了客房，我登上阳台，再次与赛格尔的黑屋建立起精神联系。这是我独特的警告方式，告诉我暗夜中的灯塔，我会三度造访，但它绝不准再吓我了。随后我重回屋内，开始隔墙盗听，准确地说，我是在想象那俩中国姑娘正在说些什么。

其中之一道："每到冬天，他总觉得你会冻死。"另一个答："可最终死的是他。"其时的我尚不知晓，辛格方法——我个人的研究机制，用于解析我不可能听懂的所有话语——所做的不过是添油加醋，而这个方法——我本想写"忠实可靠"的，但这么评价它想必是个错误——还会在日后被我用来翻译成吉思汗餐馆的食客与侍者的谈话。

我不再偷听我的邻居；在我房间的孤寂中，我将她们想象得比实际更圆更大。我回到电脑前，尝试查询批判艺术团体是否已公布了"无人讲座"的时间地点。不知他们最后安排了没有，因为前一天晚上波士顿连提都没提。我搜了一阵，却没能找到任何关于那场既定在卡塞尔市郊林地之后的某个偏远角落举行的对谈的信息。

我啥都没寻见，却撞上了楚丝·马丁内兹的另一篇访谈。配在正文旁的照片有个共同点：哪张里她都没笑。人问她，怎样看待西班牙自救的经济危机；她的回答骇人得很：从心理层面来说，这就好比世界末日。政治家杜朗·巴罗佐曾告诉她，葡萄牙的困境根本没法与西班牙相比，后者的阴暗色调太过浓重了。而在楚丝看来，她同胞们的缺点在于不懂得放开。"我们总道自己疯癫，其实一点也不。我们缺少的正是痴狂与幽默感。我要以塞万提斯为起点重振作为现代基本组成部分之一的幽默——一种更松弛、更开放、更灵活的生活态度……《堂吉诃德》的幽默是否曾经属于西班牙？"

随后，我开始设计，怎么能让来"成吉思汗"看我工作的人对我的作品一点概念没有。为此我发明了一个与我截然不同的人物：一位有着两个疑问的作家，脑子里赖着两个故事，无论如何都没法摆脱这两大困惑——当着所有人的面写都没有任何不便——的追捕。于是这名生造出来的作者会坐在"成吉思汗"的某个角落，于访客面前书写那对搅扰他却永远不可能搅扰我的故事。而由于这位巴塞罗那作家是个胆小鬼，生怕中餐馆里有谁偷走他的电脑，他写作时仅用一本小本——就说它是红的吧，就我那本，干吗要给他找本不一样的呢，这样我还省钱省心了——以及一支铅笔和一块橡皮。

他将是个不识之无的作家（在卡塞尔会混得极惨，但在其他地方，做个文盲或表面上做个文盲必将大获成功），这会大幅简化他与前来观赏直播写作的人之间的交谈。他将是个集幼稚与天生的智慧于一身的男人。应该说他挺单纯：他总给笔下的人物提出异常简单的问题，可天真的他又觉得它们极其复杂。困扰他的第一个小故事是围绕以下疑问展开的：世上的人千千万万，而交流、完完全全的交流，却是在任何两个人间都不可能发生的。

太悲哀了，可哪儿不是这样呢，奥特尔①（我给我胸无点墨的作家起的临时姓名，仍有待完善）一定会这么想。在这个老好人身上，与世隔绝的焦虑由来已久；事实上，这从孩提时代就一直令他苦恼，巨大的孤独感让他直想大叫。或因如此，他才无数次地推敲起那个影响深远的疑惑。

绑架奥特尔的另一主旨则是逃避。有次，一位记者请他以此为题现编故事，他自恃其才（尽管晚上梦见自己学浅他会痛哭流涕），侃侃而谈：

"在两天内彻底改变你的生活，不在乎之前发生的任何事，说走就走。您知道我指的是什么吗？"

"重新开始？"

"根本谈不上重新开始。是迈向虚无。"

我刚捏出这位拥有——我没忍住笑——两个如此严肃的话题，即交流与逃避的巴塞罗那作者，前台通知我，皮姆·杜兰到了。我赶忙从床头柜上抄起我的红本、橡皮和铅笔，下到大堂，俨然已扮演起我"问题成双"的无知作家的角色。下楼时，我感到，弗里德里希阿鲁门博物馆的不可见的力正将我策动。

---

① 拼写为 Autre。法语中"autre"意为"另一个"。

25

都说没有谁会在去断头台的路上睡着。我仅能代表自己，
道，那个周三的早晨，我坐在文献展的免费大巴上，无比清醒地
被运往我行将就义的中国刑场。一早的我还是快活，一路上，阿
尔卡和皮姆被我逗得止不住笑。我的包袱一个连着一个，至少
我自己是这么以为的，但我从未忘却，自己实际是个囚徒，因为
我们的目的地是成吉思汗餐馆。

大巴很快驶离了市中心的范围——整体都是战后重建
的——开上某条大道；凭我的感觉，后者好似一条扎紧的腰带，
环抱着城区与巴洛克式的卡哨尔公园——卡塞尔广袤而富丽的
延伸段。进入这片开阔空间又加倍了我的怡悦与达观，可我仍
未忘记，中国刑场的阴影已笼罩在我近在咫尺的未来。

就这样，我们最终驶进了奥维达姆路，一条沿富尔达河蜿蜒
的秀美小道；有大批德国离休人员在这条路上散步。皮姆告诉
我，德国是个为老人而生的国度，在这儿，举凡上了年纪的都特
懂找乐，且比任何人都更适合团队出游；看看在富尔达河边的露

天座椅上痛饮啤酒的老人就明白了，他们正向这个被信仰青春的人们所充斥的世界发起挑战。

而此时的我已经思考了一阵，奥特尔的"连重新开始都谈不上，而是消失"究竟指的是什么；于是我询问起我那两位欢跃的同伴，她们怎么解释，某个有些岁数的男人突然想要"走向虚无"。

挺难回答的吧，我琢磨着，听到这样的问题，一个人要么笑、要么哭。阿尔卡和皮姆用狐疑的眼光瞅了瞅我；空荡荡的大巴里，她们齐齐往后迈了一步。接着，就跟自动装置似的，她们各自凑到对方耳边说了些什么，随后不约而同地大笑起来。

我很不爽，她们真没必要一动一笑都那么同步，尽管二人尚有分别。阿尔卡虽然笑了，却啥都没听懂（又是这样，她笑只是因为觉得这就是她的主要工作），而皮姆作此回应的原因则是——在当时的我看来——她染上了一种我们可以称之为"和蔼可亲症"的病，且在这种病的逼迫下，无时无刻不表现着对生活的兴趣。

总之就是这样。我们在奥维达姆路19公里处下车时，天下着小雨。公路一旁，一家啤酒酒吧的观水平台被德国离休老人占满。另一边则孑立着我此生见过的最寂寥的中餐厅。卡哨尔公园就在它身后铺展。

"成吉思汗"，我思度着，适合在我被愁闷拥抱的晚间前来，而非在欢欣雀跃的白天。我仍抱有侥幸，这第一印象——此外还得考虑到，我总觉这是我的刑场——是假的，所有一切都源自以无端阴郁的哀伤浸润着整块地方的细雨。

一进餐厅，我感觉有点上头。不管什么情况，我从不是那种见势不妙、扭头就跑的人；我总是很清楚：只有战场，没有退路。我之所以说这些是因为，我刚进"成吉思汗"就瞄见了那张老土的圆桌。简直难以置信：那张桌子被放在了他们指定的那个消沉的角落，上头摆着个吓人的花瓶以及一块旧得发黄的纸板，上书：驻店作家。然而即便如此，我也没有逃走。

我扮演过诸多身份（效仿博尔赫斯），而现如今，我只是个被请来演出中国把戏的驻店作家。且我还注意到，前几周，已有大批受邀作者抚摸过那块纸板；我还记得其中几位：阿达尼亚·西布利、马里奥·贝亚丁、阿伦·佩克、亚历杭德罗·桑布拉、玛丽·达里厄塞克、霍利·佩斯特。

但我懂得如何忍受这一切。

我端庄地坐上了我的行刑台。

那些作家里，我之前就认得几个，可我不想发邮件问他们，每天被迫坐在那该死的角落会产生什么艺术效应。事实上，你可以跟一个作家喝得酩酊大醉，但永远别指望他能和你一同解决各人在自己的生活或小说或中国驻地里碰上的技术难题——见两位作者讨论这个真是令人叹惋，就好比两位准妈妈谈起了

卡塞尔不欢迎逻辑

她们怀孕的细节，还自以为说的是同一件事情。

时候尚早，在这昏暗的、庸俗的、不怎么有吸引力的餐厅里还没有顾客，只有员工：几位厨师，若干服务生。还有位中国女士，正坐在大鱼缸边的一张堆满单据的桌旁，在众目睽睽之下做着账。

由于没有哪位工作人员费神来招呼我一下，不仅如此，所有人都表现得异常冷漠——不说厌弃已经挺好了——我顿时明白过来，他们只把我看成是个不安全因素、骇人听闻的笔杆子军团中的一员，这也令我意识到，总体来说，我的前任们给他们留下了极差的印象。此外，从某几位大师傅向我投来的似有鄙夷的眼神来看，他们已累积了上千种理由，这辈子当与作家们势不两立。

不受待见的我趁机问起皮姆，就她觉得，在卡塞尔市郊的这个鸟不拉屎的地方，我该用我的铅笔、橡皮和红本干些什么。

另外，也没有哪位读者在这大清早的来看我；这点毫不奇怪，要知道，我在中餐馆的驻店时间从没在任何地方公布，无论是在城里还是网上，只有饭店门口与我桌上的一里一外两张海报在为任何一位热衷八卦、意欲偷看我写作的白痴标注着我的存在。

"你觉得大礼拜三的，还是这种天气，会有人含辛茹苦坐公交上奥维达姆路来，就为了看我在这儿写些什么？"我问道，完全一正常人的心态。

我正等她回答，推门进来个少说二百四十斤的德国老太太；她和阿尔卡聊了两句，准确地说，是阿尔卡用一种尖声怪调的语气跟她讲解了一番——阿尔卡肯定对她说了些什么，因为几秒之后，那位女士以坚定的步伐向我走来，没法再热情了，到了面前就要抱我，异乎寻常地兴奋。

"作家！作家！作家！①"她兴高采烈地喊着，就跟她活了那么久还从没见到过哪位作家一样。

她放开我，又再次把我抱紧，嚷起了作家，作家。

阿尔卡毫无必要地笑着。

"是，我是个作家，"我挺尴尬，"然后呢？"

---

① 原文为英语。

26

　　待我回过神来，"作家作家女士"已在与阿尔卡和皮姆道别。她走了，她的空缺立竿见影：再没有什么潜在的崇拜者希望窥看我写作了。她一言不发地走了，就好像在第二次霸道地"按压"了我之后，她转身就忘记了我的存在。

　　好一次德国经验，我想。

　　我愈发确定了那件一直令我感到纳闷的事：皮姆——这个乐呵呵的姑娘，她的名字老让我想起位于亚速尔群岛的一处名叫波尔多皮姆的海滩——是来负责让我难堪的，因为这儿根本没有谁想到来打扰我一下。

　　我正欲再度发问：依她之见，在这卡塞尔的郊外，我该用我的铅笔、橡皮和红本干些什么，以及，尽管直至此时我还未尝愿意了解，她能否给我讲讲，于我之前登上中国戏台的各位是如何化解这一诡谲窘境的？我正要问她这个，却在最后一刻将提问内容改为了我题为"无人讲座"的讲演。我想知道他们是否排定了日期与时间，因为我对此兴味盎然，即便只是为了，我在心里说，弥补"中国把戏"——他们竟让我演出这个——公然拙劣的一面。不仅如此，我进而感到，只有发表了"无人讲座"，我才真真正正地参与了卡塞尔文献展。

皮姆花了好大工夫才明白我在说什么，好在最后她总算是听懂了。我的演讲被安排在周五，她道，但地方改了，不去半个人影没有的森林那头了，而是要去卡塞尔的正中心，议会大楼的会议厅。

"那我不就不能叫它'无人讲座'了？"

"硬要让你开心的话，我们就不让人进来呗。"

我笑了，便问她议会大楼是个怎样的地方。它是以前黑森州议会的所在地，也是战后还能勉强矗立的仅有的几座建筑之一。我什么时候愿意的话，她道，她可以带我去里面看看，这样我也可以对我做讲座的地方有个直观的印象。

机不可失，我问道，这是不是意味着，我们现在就可以去参观议会大楼了。

"想都别想！"皮姆一声大吼。

她顷刻间失却了至此招牌式的亲切微笑。见她这样，我大受震动，甚至深感揪心，尤其是当我看到，她觉出了我的错愕，晓得那都是她的反应所致，并因不知如何重返她的"和蔼可亲症"与恒久的愉悦而忧虑，且更要命的是，她还觉得，回归那种状态应该是理所当然的。

"可我们在这中餐馆里也没啥可干的啊。"我说。

"没啥可干?"皮姆问道,仿佛火气很大。

我还远远未到要揭穿她的假好意、控诉她从上头接到指示要对我做这做那的地步,于是便合上了嘴。大概这样最好。我咪出个微笑,朝她跨前一步,与她脸挨着脸;随后我退了回来,就跟什么都没发生过、我从来不知道她还有不和善的时候似的。可是有事发生了,还不少。反复无常的皮姆脸上写着某种令人生畏的东西。快乐,我思忖着,如果是人为装出来的,就有可能在最出乎意料的瞬间土崩瓦解。而且,这多可怕呵,人们忽然间——我有时就这样,所以我尽量不让别人在晚上见我——展现出了我们从未想到的一面。

27

　　过了几分钟,我已坐在那块被无数人抚摸过的、上书"驻店作家"的硬纸板后,如同一个守着自己破烂摊头的小贩,只等着哪个走岔了的前来光顾。三张桌子开外,皮姆与阿尔卡正喝着各自的中国茶,聊着她们神秘的勾当。这让我不禁怀疑,她们被授意从一定距离观察我,看我如何应对,好让这一切运转起来。二人好像在说:球已经踢到你那儿了,瞧你怎么应付。显然她们在想着这个,抑或是差不多的,因为她们的目光里时时透出虐待狂的淫邪,好似在静候着不容置辩的吊死鬼表情爬上我的脸庞。

　　我在红本上写道:"在两天内彻底改变你的生活,不在乎之前发生的任何事,说走就走。归根结底,逃跑才是正道。"

　　我写下这个,万一——真叫是奇迹了——有谁进来,想了解我最近在忙些什么,那至少在这位访客面前,我像是真在那儿、在我的中国桌子上写作一样。要有谁问起来,我就用奥特尔的声音倾吐一番,谈谈他的小说创作:那位集天真与智慧于一身的普通的主人公经历着怪奇的时刻,根本没想要重新开始,而是说

卡塞尔不欢迎逻辑

走就走,迈向虚无。

那迈向虚无是什么呢?由于我毫无概念,我选择以我奥特尔的身份向第一个希望知晓迈向虚无的含义的人提问。当然,这人也许永远不会到来。总之我的想法是——倘若有人靠近我的桌子,这本身就不太可能——扮作个向崇拜者寻求合作的作家。自不用说,向读者求助挺没劲的,但我明白,要真发生了那种情况,我也能泰然处之,因为我没觉得那个求助者是我,而是头脑简单的奥特尔。再说了,对我来讲,主张改变生活、一走了之有什么所谓,那是别人的愿望,写在别人的书里,那个(暂时)名为奥特尔的巴塞罗那人的书里。

我一边等待——我也不太清楚我在等什么——一边抱着好玩的心态编撰起悲摧的奥特尔的自传。我从自己的资料中分了点给他,好让他不至于和我毫不相干。我主要描述了他与艺术最初的联系,继而表明,早在文学之前好久,电影就已走进了他的生活:

从我出生的那栋房子的客厅窗户能望见大都会电影院。我正是从那儿紧盯着排片表的更替,紧盯着鲍嘉等明星的巨幅招贴。五岁的我一天要看一百次鲍嘉。我的第一部影片是夏天在巴塞罗那北部距海滩一公里处的利亚瓦内雷斯看的。我母亲的家族从四百年前就住在那个小镇。我的第一部电影是《演出船》，主演是艾娃·加德纳，那时我才三岁。只记得走出影院时，我模仿起在片尾用浑厚的中音（我特想拥有它，总觉那就是男人该有的声线）唱出《老人河》的黑人歌星威廉·沃菲尔德。这件事在我家久久流传。不仅如此，有段时间他们还觉得，我长大后想成为一个黑人歌手……

　　阿尔卡和皮姆过来探望我，说要出去抽支烟。被二人打断后，我再没有办法继续我的传略创作。

　　滚得越远越好，我嘀咕着，这也是我的唯一念想。

　　接着，我埋头书写起我的《老年决心》，一段乔纳森·斯威夫特式的文字，几乎是照搬照抄："不娶年轻老婆。不暴躁、抑郁或多疑。不轻易给人建议也不打击别人，除非人家乐意。不对年轻人过于严厉，而是宽容他们的轻狂与弱点。不武断也不固执己见。不强迫自己遵守所有这些条文，以致到最后一条都做不到。"

　　我也更愿意把这些决心记到奥特尔头上。这样，我不仅做好了准备——一旦出现哪位爱偷窥的读者，我展示给他的作品不是我的，而是属于我的分身，即可悲的奥特尔——与此同时，我也把我暮年将至的怅惘一并卸给了后者。

　　二人中只回来了个皮姆，且是在过了将近一个小时之后。

卡塞尔不欢迎逻辑

这天我再没见到阿尔卡。女孩们外出抽烟、我独自度过的这一个钟头里,我有远远足够的时间把自己抱怨了千遍:我怎就没把《浪漫主义》或《阿尔卡里亚之旅》带上呢。

无甚可读的我只得追忆早前看过的内容,一封卡夫卡致女友费里斯·鲍尔的信飞入我脑海。信中称,他怕婚后她会偷看他所写的一切(事实上,鲍尔确曾在书信中亲昵地提起过,将来他写作时,她愿坐在他身旁)。

或许我在成吉思汗中餐馆里对窥视的惧怕也与卡夫卡光是想到以后不能独自写作时的恐慌有着卑微而渺远的亲缘关系。我记得,我之所以对文献展的邀请迟疑不决,一部分也是出于这样的担忧。如果没记错的话,卡夫卡的焦虑在出现时也与某些中国元素交杂,那是在 1913 年 1 月的一封信上,他告诉鲍尔:"你有次写信给我,说你想在我写作时坐在我身边。可你想想,这样我是写不出东西的。所有孤独对写作来说都显太少,所有寂静对写作来说都显太少,连夜晚都是太少的夜晚。"而这些语句也与辽远的中国掺混在一起,因为在同一封信里,卡夫卡用描写中国学者的一首诗的故事在他与费里斯之间划清了界限,顺道向她证明了,甚至在那个迢遥的东方之国,夜间工作也只属于男人;那首诗描绘了这样的美丽图景:一位伏案夜读的学者彻底忘记了上床的时间,而他至此都强忍怒火的女友一把夺过他的灯,问他知不知道都几更天了①。那位中国男子沉浸在他迷人的书里，从而入了神……忆及这个，让我也陷溺其中，怀恋起我所习惯的环绕着我的一切。而待我反应过来，我又一次感觉自己荒诞可笑，如今的真实处境是，我正等着哪个走岔的来光顾我的破烂摊子。摊子？是的，一个坐在自己断头台上的文人的摊子。

---

① 此处引用诗文为袁枚《寒夜》。

卡塞尔不欢迎逻辑

28

德国的午餐时刻将近,如人所料,"成吉思汗"热闹起来;客人开始拥入,他们纷纷选择了离我较近的桌子。我如此孤单(理论上阿尔卡与皮姆仍旧在外头抽烟,但我很快就会得知,其实当时的阿尔卡早已坐上了回程的公车),以至于有好一阵子我都试图以自欺为乐,假装感到,在餐馆中来来往往的都是我的亲朋好友,这实际就是场我人生各阶段相关人士的意外集会。

既然所有人都要了菜单,我也照做了,只不过我要来它的目的只是为了有点什么可念。在座的都是老熟人、老朋友,可没人找我攀谈,我倒松了口气:我担心他们一股脑都拥上来跟我说话,我还得在这段时期的好友抑或那段时期的旧识间作出选择;说实在的,厚此薄彼总是叫我痛恨。

我不知怎的就弯下腰去,在桌子下方寻找起孔洞;我尝试在那儿觅到个小孔,因为我知道,正如玛丽·达里厄塞克所了解的,我也钟爱那些狱中的场景,犯人会为他们在牢房中的继任者留下有用的信息;万一她也在哪个小洞里给我预备了这微妙的

卡塞尔不欢迎逻辑

中式环境下的生存指南呢？可想而知，我啥都没寻见，但我度过了一段异常有趣的时光，尤其是当我想象着，我在桌板夹角找到张纸条，虽说它不是写给我，而是写给霍利·佩斯特的；那是另一位曾经进驻此地的作家，我在网上读过他的诗，相当喜欢。

既然无谓的寻找宣告结束——它只是为了杀时间的——我转而干起了另一个活计。我专心聆听起饭店里俯拾皆是的以德语或中文进行的谈话，包括那些在食客与侍者间展开的德中结合的交流。他们也许都是我的旧友，但讲的不是汉语就是德文，所以可以说，假设我的生命真的在时间的长流中与他们有过交集的话，他们都变了好多，至少都把语言给换了。

我打电话给巴塞罗那一朋友，意在问他能想到吗，一个加泰罗尼亚人竟说起了中文，从而永远放弃了他自己的语言。他是幸运的：我没找到他，且也再没有心思打给第二个人了。

转眼间，整个中餐厅成了又一处戈尔韦湾，因为我开始动用起梦幻般的辛格方法——它如此别具一格，以致让我相信，我能完全听懂人与人的所有谈话，进而能对现场发生着什么做出正确的评断。

一时间，我甚而有种感觉：只要条件合适，我可以在随便哪场中德商务会谈中充当翻译。比如我听见一位德国客人告诉他妻子，她的脸平时就是鸭蛋色的，没啥可生气，今儿个更显惨白了，又听他老婆答道，去死。我听见一位中国厨师对一位服务员说,他再也不想记起他的性爱马戏了,又听后者斥道,他真是受够了他那条恶心巴啦的束腰。束腰是什么?我真晓得什么是束腰?我听见另一名侍者向一位客人表示,他很理解他想在女士面前表现一番的心愿,又听那客人许诺,他会给他一大笔黑钱作为小费,只要他成功做到让他更加出挑。我听见一位中国女厨师对一个德国伙计说道,他就是个肉球,结果被人从阴沟里找见了,要认出他的脸来还得先给他将掉把黑油,又听那伙计回敬,她的屁股特美特大,恭喜她长了盘那么大的屁股,就是进个厨房难呐,每天都要在门框上蹭下半条命来。

听了那么多,用辛格方法转译了那么多,我得出个结论,这地方真暴力,真可谓暗流涌动。中德人民间紧张的关系——在各自大洲扛起人旗的两个国家——潜行在这家店的每个角落,就好像在那儿,在那个迎宾宴客的局促空间里,汇集着两国瓜分世界时的——一旦美国失势——巨大张力。

人都能嗅到那种一触即发的危急,那些对话则携炽烈的情感将它以某种方式演绎,但它最终将我推向了显著的肉体的疲顿,只有白天大好的心情令我不致早在那个时段就坠入忧愁萎靡。可是很明显,我已经架不住在这荒唐的地方继续待下去,也许最糟的是,我在这儿啥事没干,连进来看我的人——虽说那样会挺恐怖——都一个没有。许是出于这点,见到皮姆重现的我甚而有些高兴。起初我以为阿尔卡落在后头,然而很快我便发觉她不仅不在那儿，且大有可能距我已经好几英里。显然阿尔卡是给皮姆差到别处去笑了。但我没问，我不想了解，我宁可不知道那位乐观爱笑的克罗地亚人的去向，因为我相信这都是她的工作所迫；我更关心的是另一层面的事，特别是我在这放有奇丑花瓶的桌后进行的怪异的等候。

如果像光杆司令一样独守红本还不算什么，皮姆还跟我急了，说这也没人来见我呀。我直想，这还用她说么。我强忍着火，任由自己被大体还算快乐的心境所牵引，单单回了她一句，我发觉她特有意思，我要把她写进我下一本小说。

我料想她至少还会来问一下我下本书的主题，乃至凑到我的桌前看看本上都记了些什么（这样的话，在众人面前，就能营造出有人对我产生了兴趣的依稀印象，没准还能引发排队效应；众所周知，是个人都爱跟风的），可她不但没把目光投向我的小本，还背转身去，称要继续去外面抽烟，随后便以近乎羞辱的速度消失在我的视线里。我如此反感她的态度，以至于不想跟她一道，哪怕能从那张荒谬的桌子后方挪出来、透个气，顺便观察一下，比方说，富尔达河畔露台上的离休人员的攒动。

接下来的几分钟深深印在我的脑海，即便什么也没发生。这就是我们记忆的玄妙之处，它有时会将某些时刻据为己有，它们如一潭死水，或乍看相当庸常，却因某种无法感知的缘由淹留在我们心中，终令我们坐卧不宁，只因它们的志愿似是永垂不朽,便让我们琢磨起来,它们是否蕴含着比我们第一感觉认为的更多的含义,只是这一切未能被我们察觉。事实上,如果细看的话,我们生命中的每个瞬间都是如此,换句话说,发生的事情总比我们以为的多,但总有一些瞬间——令人恼火的是,通常是那些最最乏味的——被我们奇迹般地记了下来,许是为了之后可以深究,是什么样的隐情游走在它们背后。

我在那古怪等待的第二阶段停步良久,实际主要也是在恭候着皮姆从她新一轮的吞云吐雾中归返。这段时间啥事没有,但考虑到我是每分每秒都记得,我更倾向于将它想作是出了许多词不尽意的事。这段既枯燥又难忘的时序里,我回想起我在一次业已久远的都柏林跟团旅行中经历的一场无聊的窘境:我要给相机买胶卷,可我们在郊外,必须得爬上铁梯、过个桥、去到个火车站里……行了,不说了,因为什么都没发生,抑或更准确地说,真正发生的事件我未尝洞悉,以至于我这辈子都得为此感到困惑。

正当我回忆到这儿,皮姆进来了,这回是来通知我:为了戒烟,她想试试催眠治疗。

"都没人来看我,你不觉得我们已经可以开溜了么?"我问。

"这事可不只在于有没有人来看你。"她惊恐地答道。

这话也挺没必要的,因为听着就像在责备我没有专心写作。不管怎样,她仿佛在说,那才是我真正应该感兴趣的事。

29

几分钟后，一个中等个头的臃肿的大胡子走进店里，他四十来岁，穿着件普通的灰色西服：我很快就会发觉这是个既粗俗又精致的家伙，亦重亦轻，某种错乱的魅力会携间歇性的诙谐穿插在他的性情中。

见到那胡子拉碴的男人，我甚至盼着他不是来吃饭，而是来找我麻烦的。这就证明了我那时状态有多差。绝望的孤独。在为完全空缺的围观者群体诞妄地扮演了那么多分钟的作家后，讲述唯一存在的诗歌已经抛弃了我。

我感觉棒极了，您呢？那神叨叨的家伙问道。见他是我冲我来的，我大喜过望；令我万分惊讶的是，他说的还是我的母语加泰罗尼亚语。他叫塞拉，称自己来自巴塞罗那附近的伊瓜拉达。刚从"疗养院"(Sanatorium)过来的，他解释道。起先我以为他指的是某个诊所或医院，也可能是疯人院，可不是那样，我的想法根本就不搭边；这灰衣胖子是从文献展的一处叫做"疗养院"的装置那儿来的，其作者是墨西哥人佩德罗·雷耶斯。那是

卡塞尔不欢迎逻辑

卡哨尔公园中的一间小屋,临时搭建的一座配备有七个诊室与若干专家的心理诊所,专门接收那些希望治愈自己的压抑、孤寂与恐惧的人们。若参观者有意,便可如患者一般被收诊,接受"沽毒①疗法"(积极的巫毒)的治疗,将一些小物粘贴在布娃娃上。那座"疗养院"恰好位于公园南面,也就是说,几乎就在"成吉思汗"隔壁。

这神经兮兮的男人就是从那儿神清气爽地过来的,而不是疯疯癫癫。起码他是这么评价的,像是要幽我一默。他还拿"沽毒"一词开玩笑。"沽毒"可好了,好得要死,他道。他读过我的东西,可不记得题目了。恭喜恭喜,看来您也心情不错,我说。我把超级积极的玩意儿胶在布偶上了,他道。胶?我问。您不会理解成膏吧,他答。不会,您说的是胶,我听得特清楚,我说。我粘了东西到布娃娃上了,他问,你的明白?

站在桌边的皮姆似乎对此很感兴趣:我要如何应付这位从"疗养院"中"沽毒"而来的男士。请问,"快乐先生"道,我真的可以参观一下您写了什么吗?尽管明知自己完全可能碰上这种情况,然我不信此事久矣,因而被这请求吓了一大跳,以至于异乎寻常地不爽;可我及时反应过来。那就给您看看我刚想出来的那段吧,我说,我刚巧把它记这儿了。我把红本递给了他,他高

---

① 原文为从"Voodoo"(巫毒)演化而来的"Goodoo"。

卡塞尔不欢迎逻辑

声念道:"在两天内彻底改变你的生活,不在乎之前发生的任何事,说走就走。归根结底,逃跑才是正道。"

他读了一遍,讲,要他会这么写:"用'疗养院'的胶水,在两小时内彻底改变你的生活。"虽说我不是奥特尔,但我依然感觉受到了屈辱;我跳了出来,以捍卫他的职业洁癖——我晓得,这位在中国餐桌上忍气吞声的作家一定有这毛病。我告诉他,我想写的是一个正在经历危机的男人,他根本不想从头开始,而是选择了迈向虚无。那就请问了,塞拉先生,在您想象中,迈向虚无是什么?天晓得,他回答道,我是个成功人士,每天都在迈向成功。

如果说我先前还存有什么疑问的话,在这一刹那也都变得十分了然了。我的生活里再次杵进了个奇妙的情景,还有个古怪的家伙囊括其中。从另一角度说,其实也没啥新鲜的;不知为什么,我的一生都在招引着各种疯子。

您瞧,也就几个月前吧,男子说,我告别了四十年来的无趣生活,开始品尝起作为一名写作者的成功;我与它初识在我唯一渴望发迹的地方,纽约。塞拉在此做了个——要我说,阴险罪恶的——停顿,接着问道,我是打算从这中餐馆里飞黄腾达么?他没给我回答的时间,甚至没给我十分之一秒,好让我告诉他,能用"品尝"这动词就暴露了他不是自诩得那么会写作。假设您计划要从这儿起家的话,塞拉气定神闲地讲了下去,我得提醒您,纽约更适合施展您的抱负——就算这中国梦实现了,您也不足

卡塞尔不欢迎逻辑

为道啊。我被他烦得有点喘不过气了,顶了他一句,该不是因为纽约比这炒蛋饭馆位置更中心吧?他笑了。我再次注意到他表现出的谵妄的一面,琢磨着,会不会这样更好:忽道我要上厕所了,且会一去不回;要不就请他去吧台点个八宝饭,如果我没理解错的话,这是中国第一位宇航员在他的太空之旅中食用的甜品;再不然就建议他去要个——我已经把菜单背下来了——有着八种珍宝的米饭布丁。

"不知您是否能够想象,"他的语气突然凝重起来,还带着些揪心,"你的小说惊艳东西二村,你的光辉文字同时在《纽约客》《棺厂》和《南方评论》上发表,你的面容邋遢而灿烂,你的思想如水一样激荡,你金发的波涛在你头顶喧嚷;每天晚上,你不是在从《银幕闲话》编辑部摄取最新的八卦,就是在与洛克非勒老爹争论谁才能更好地背负起成功的分量。"

已经不必听下去了。他说着一口无比尊贵的、词汇渊博的加泰罗尼亚语,可《银幕闲话》都停刊多少年了?灰胖的塞拉比他过于普通的外貌显示的要神经得多。我觉得,这已给我提供了个决定性的落跑的借口。如天意一般,我见皮姆在门口跟我做起了手势,似是叫我出去和她一起吹吹风。我记得很清楚,对当时的我来说,这就仿佛刚有人抛出了个提议:用自己的双脚走出这地狱吧,趁时间还不算太晚。

我走了出去。

逃跑才是正道。

我们绕向饭店后方；在沿一段绿草茵茵的陡坡下行的同时，我们也探入了卡哨尔公园的南区。不一会儿，我们开始按一块乡野路牌的指示前行：那上面画着个指向"疗养院"的箭头。雨停了。不友好的餐厅已在身后，之于我，就好像兴格-兴格监狱①正消失在我的视野之中。随着我们愈发深入公园内部，从而踏上了文献展的领土，"中国把戏"也正离我越来越远。

"你信吗，那些中国人连看都看不见我？"我问皮姆。

她不接话，我也没有特别慌张；我更乐意记起，一个人在与另一个人一同行走时，没有义务就对方所有的话语发表意见，因此有多少句子得不到回应都属正常。

半分钟后，皮姆终于决定说话；她告诉我，第二次出去抽烟时，她跟波士顿电话沟通了，策展办公室说，其实不用强求，在餐馆待的时间可长可短，驻店作家大可以自行选择，万万不能令他们感觉窘迫。

早不说呢，我想。可我一语未发，只是继续往前走。一切按部就班才好。不管怎样，我们正在远离那中餐馆，这才是当下最重要的事。至少那天我是不用回地狱去了。还有什么能比这更令人惬意呢？那股不可见的力正在静静推动着我。

---

① 1824 年美国陆军为应对哗变问题而在纽约修建的监狱，也承担开矿等经营性活动。

卡塞尔不欢迎逻辑

30

  我们平静地在卡哨尔公园中行进，万分确定我们已经走了好久好久，因为忽往左看，我仿佛望见一众小人，或独自一个，或成双成对，或三五成群，全都浸没在一个巨大的水杯中。就跟浮沉子似的，矮人们会在水中垂直上窜，可不等到达水面就又匆匆下降，在水底稍事歇息后又开始新一轮的上浮。

  我很渴，只因我们已行走多时，且我猜我得了暂时性的精神中暑。事实上，我感觉皮姆在对我说：那水杯其实是个壮汉，正阻挠着一只大鸟的起飞，大鸟由一批淹死的侏儒构成；后者接受了罪恶的训练，要将雷蒙·鲁塞尔扼死。

  嗯好，我道。我们又继续朝前走。

  待我意识到自己产生了幻觉，我只盼到了橘园宫酒吧能在露天位上休息一会儿。我已能在泛着奇丽的绿洲之光的地平线上望见那些雅座，我敢确定，那可绝非幻景。我们走向那些坐席，想着能在酒吧好好歇上一阵，但我的渴劲儿却同时加剧起来。我对水的需求愈烧愈旺，可这也没能抹消我当时的感受：一股无比亢奋的情绪正将我占据。那是我从未有过的体验：我累得要死，却还和数小时前一样生气勃勃，对所有的，尤其是与文献展展品相关的事物，保持着几无节制的热情；我确对某些装置作品存有批判，可大体而言，我对一路所见的一切都怀抱着极大的兴趣。当我漫步在这倾覆于先锋艺术、当代艺术抑或随便什么艺术中的城市，我会这样形容我的心情：十足地幸福。

无疑正是这股热忱催我问起了皮埃尔·于热的展品，这是来卡塞尔之前人就给我推荐过的一位艺术家。

"别错过提诺·赛格尔、皮埃尔·于热和珍妮特·卡迪夫的作品。"阿莉西亚·弗拉米斯如是写道。

没过五分钟，我们已身处那条通往皮埃尔·于热的装置的公园小径。据皮姆刚做的介绍，这是个难以被归类的法国艺术家。不管怎样，这家伙打从一开始就在围绕现实与虚构间紧密而朦胧的关系发问，也疯狂热爱着那些醉心于艺术表现游戏的人。他崇拜达达主义、佩雷克与路易松·博贝特（最后这位最奇怪，是个被他视为达达主义者的著名自行车手），事实上，他能为任何让他听着像是放肆想象抑或拥有无尽创造力的东西倾倒。他喜欢将真实化为幻象，幻象变为真实，虚实莫辨。皮姆道，于热已有十年时间未曾在美术馆或画廊的框架中工作，他躲避着一切常规，而他的艺术风格时而会让人想起比利时人莫里斯·梅特林克。

这个名字的出现令我十分惊讶，我已有几十年不曾听人提起过他。我恰好有段时间深度研究过梅特林克，这位作家写过不少有关自然界的哲理散文：《蜜蜂的生活》《花的智慧》《白蚁的生活》。在明显的日耳曼文化的影响下，这位比利时人懂得在书中营造出一种充斥着不可见的力量的阴郁气氛。巴斯克电影人维克多·艾里斯正是从《蜜蜂的生活》的某段开头找到了他备受赞誉的电影《蜂巢的幽灵》的片名。我甚至也就某些电影名称与昆虫间的奥妙关系写过篇长文。

别有深意的是，皮姆道，在于热此前的装置中，虽则艺术家竭力表现的是各种社会学问题，但最后更显突出的却是那些曾被梅特林克在当时表述过的晦暗无形的力。对我们屡见不鲜的潜伏在水雾与烟云中的能量，于热总是心有戚戚。

最后这句批注让我自问，我有多少次在我的小说中征引起烟的肖像、雾的诗意。我的某些虚构就扎根于雾云密布之地。最吸引我的还属烟霭，我从来没想过多分析这后面的原因。

我较不感兴趣的是云，许因它看着不那么难以捉摸，也或者已有太多人书写过它。实际上，一位巴塞罗那老友已经穷尽了"云"这个主题。某日，在影院，他坐我边上，看着奥托·普雷明格的一部影片中从华盛顿国会大厦后方穿过的白色的薄云。他道尽一切的那句话是这么说的：

"下面这数据没什么用，但也不容忽视：早在三十多年前这云彩就从那儿穿过了。"

我从没见过有谁如此专注于过往亿万无用数据中的一个；从没见过有谁像那天我的朋友那样，静如止水，纹丝不动，实实在在地"云里雾里"。自那时起，云极少出现在我的书中，概因我怕人们在读到它时痴滞于此，概因我怕人们察觉我想让他们痴滞于此。

那雾呢？它却是世间最让我沉醉的物事之一。我常觉得，在它，在雾中，自有一切；奇怪的是，在我初次前往伦敦时一次都没见到它，以至于到今天我都没能走出那份失望。而烟呢，不那么美，也不那么神秘，却同样吸引着我，尽管我也道不清个中缘由，即便有几次，我自觉猜中了一二：我记得，我父亲从未眼红过我们白日衣绣的隔壁邻居，却尤其羡慕他家烟囱冒出的青烟；我总觉得，从这户讨厌的邻人出发，也许就能发现，我为什么老对烟霭——至少是作为文学素材——这么感兴趣。

当我们沿一条泥泞的小路走近那公园转角，即于热令人难以置信也难以忘怀的装置"未耕"(Untilled)的所在地，我首先看到的是烟。待垦，待翻，待犁之地？初谒此处，一个让我心潮难平的地方，我的第一印象就是它的绝顶怪异。谁都没法在面对它时无动于衷，且立刻就会意识到这是整个文献展最重要的空间之一。

连雷蒙·鲁塞尔都无法将这极端诡奇的气氛完善分毫。诚

卡塞尔不欢迎逻辑

然,于热刚在一次访谈中援引过这位作家,称,他不确定下面这句句子是不是有人伪撰的:"最好的旅行目的地莫过于自己的房间。"(确属伪撰,却谈不上全盘造假;我,作为一个不才的鲁塞尔专家,在此斗胆裁断,原句比这长得多,意思上也有细微的差别:鲁塞尔说的是,他曾做过两次环球旅行,可即便如此,他发现无论哪段旅程都没能给他的书提供哪怕一丁点的素材,既然创造性的想象在他的作品里扮演了如此重要的角色,他觉得有理由着重提一提这点。)

于热在那儿,在卡哨尔公园边界上搭建的,是个生产腐殖土用的堆粪场。这不是我自行查得的,而是通过皮姆,因为我对何谓腐殖土只是知之皮毛。要到晚上回了草堂我才获取了更多信息——表面上在那儿制作的腐殖质是什么——也顺便解开了其他一些令我疑惑的问题。这位法国艺术家将一片法式花园,换句话说,公园中的一处规整的自然景观,改造成了某种正处于建造/毁灭中的空间,一个在时序中悬置的过程,内含各种有生命与无生命的元素。最惹眼的是在该处闲逛的同属作品一部分的两条狗。其中之一(一条腿被涂成玫瑰色的那条)特别有名,在出任着当时欧洲最富盛名的狗的同时,也成了第十三届文献展的一个标志性符号。

还记得我对那怪奇之地的第一反应是——作为我诸多荒诞想法之一——它是特地为我,或是像我这样的人创造的,透过腐殖质的刺鼻气味促进我们思考,思考西方世界致命的倦怠,思考我们已能感知到遍布欧陆的破坏性的疲劳。

粪堆旁有尊女性塑像;她卧在基座上,头顶满覆着蜜蜂,真的,活的,在硕大的蜂房中嗡嗡作响。雕像是粪场的组成部分,反之亦然。在腐殖土——换言之,以人工方式从有机废料的生物分解中得到的直接产物——间穿梭的便是那条热衷于上镜的狗:高挑、精瘦、单腿被染成玫红色的猎犬。它特爱拍照,一见相机就摆出姿势。在这般盛夏,它像是陶醉在追随着它的取景框中,酣醉在它身边发生的一切以及带给它无限名望的虚拟影像里。

皮姆告诉我,那条狗是从西班牙找来的,因为那儿的动物保护条例比德国宽松。在德国,人不允许将动物的腿脚涂成玫红色。除了照相,那条猎犬惊人放肆地奔跑在这片奇异的区域。这里有治愈精神的植物(我没能见到)、堆成小山的树干、水泥砌块,以至一个盛有腐水的脸盆;有重复、化学反应、再生、形成与生命。但是否存在一个系统是个完完全全的问号:没有既定角色;没有组织,没有表演,没有展示。

我记忆中的那个地方与任何一处都大不相同。说到将"崩坏"与素来和艺术过从甚密的"古典美"结合在一块,我从没见过比这更富诗意、更具恐怖感、更显别样优雅的表达。人们惊恐地看到,于热一颗颗沙砾地重塑了乃至泥土上的辙印;这片罕见的域界看似荒弃，实则经过悉心打理：只要在那儿待上一小会儿，你就会发觉，这块地方需要不断进行维护，从长远看，它证明了，在预设的混乱中保持秩序有多么不易。

如今我写下这些，想起那片场域，我发现，我对第一眼在那儿见到的一切有了越来越深的理解。但不可否认的是，当我初次到访那片令人措手不及的粪场（它留不住几位访客：味儿在那儿摆着，且现场如此纷乱，人能清晰感觉到可怕的体系缺位，处处散发着一种不安的气息），我的反应非常原始；那儿究竟有些什么（准确地说，那儿究竟没有些什么），我毫无头绪，因此我仅是专心致志地观赏起了那条西班牙红腿瘦狗在腐殖土间的怪诞生活。

许是要为我们面前种种所造成的无可否认的茫然与最初明显的拒绝添上点睛的一笔，一位金发碧眼、似有些疯癫、一身丧服的德国女青年无所顾忌地从我们眼前穿过，登上一座瓦砾的小丘，宣讲起来，就我们之所见慷慨激昂地发表起了演说。

皮姆道，全卡塞尔都认识这人，这会儿她正在就此处的杂草以及我们腐坏的世界上，何谓自然、何谓不自然阐述她的美学理论；她不住说，不住宣称，欧洲从两个多世纪前理性主义在启蒙运动中得胜、进步观念被奉为尊上的时刻就开始走上了岔路。

至于那尊头上套着个鲜活的大蜂巢的女性雕像，我们是远远瞧见的；虽说有些路人在那儿看得如痴如醉，可那样的场景想来还真是不宜靠得太近。

我记起那一刻,女疯子与雕像的头脑似经历着一样的激荡。随后,她们再度回复到没有共同点的状态。我只知道,我们从那儿离开时,女疯子关于欧洲衰亡的哀恸嘶吼在我耳边不断回响。

31

　　我们轧过的路越来越长,有件事也变得愈发显明:走路能清醒头脑,或让它肆意驰骋,帮助人们讲出更加真诚的句子——许因它们没有经过太多组织。可时不时地,这些话里也混进了几句确属脱口而出、又听着极其复杂的,好似事先编排过,仿佛铅块跌进了铀池里。我记得,我失口讲出那句话时,我们距华美的法式宫殿橘园宫还有两百米。我说的是:我就在想,这粪场也可以是个艺术品么?不是说不行啊,且很有可能,"与艺术风马牛不相及"这点恰就是它成为艺术品的原因。皮姆不答。楚丝·马丁内兹从柏林打来的电话中断了她的沉默。我即刻意识到:这是我头一回与卡塞尔之邀的总负责人实打实地接近,要不然就是波士顿又摆了我一道,她在呼叫皮姆的同时扮成了楚丝。但很快我便发觉不是这样,电话另一头是真的楚丝。皮姆将手机递给了我。还好我没下定决心发问,她指望我在"成吉思汗"那张破旧的桌子上干出些什么。那必将是个错误,所幸我没有失言。否则的话,怕是免不了要被她骂上两句,拿诸如此类的问题质问我：她都把"中国把戏"交由我来负责了，我怎就一点主意没有，不懂得用这荒唐的使命来创造些什么呢？

今天再回想起那通电话，我发现，我是真心害怕楚丝这样对我讲：她看出来了，我没说实话，我根本不是死气沉沉的西班牙国内为数不多的先锋派之一。高兴的是，我在任何时候都没忽视那种不该轻慢的可能：楚丝的聪明是出了名的，她请我来文献展是不是要考验考验我？还是这么看比较好，免得犯下令我追悔莫及的失误：愤而冲上极端乐观的蛮荒之路，从不怀疑，她毫无逻辑地将我请去那中餐馆，为的是刺激我的创造力，换言之，她想看看，在艺术的范畴内，我会如何应付一项无意义的东方任务。

我选择这样考虑，而不是将这一切想得更为枯燥。于是我话锋一转，与楚丝谈起了巴塞罗那和独立游行。她在我的城市住过多年，对它很熟，这话题挺适合在电话里聊。我在米拉之家念过书，她告诉我，那儿有个学堂，待着还挺舒服。我吃了一惊，不是因为她说了"学堂"，而是因为，她曾在位于高迪建筑中的一所院校就读，此前我还从没听说有谁上过这么新奇的学校。同样幸运的是，我在这段交谈中也保住了审慎，扛住了诱惑，没有想当然地做出某些心理解读，就比如——她艺术策展人与艺术经纪人的天赋说不定就生自那所高迪设计的学校的四壁之间。

但问题在于，我在为不犯任何错误而紧咬嘴唇的同时，我的

卡塞尔不欢迎逻辑

话少得有些过分了。她一时也没了声音。短暂而令人恐慌的一秒。一阵刻不容缓的焦灼势必颤抖着溜过了连接我们各自手机的那条无形的线。

那沉默有如火药。最后是楚丝先发了话：那好，明晚见，一起吃饭。我松了口气。我本想问她餐厅地址，但这样一来，我又将再次展现出我的不善反应和缺乏想象，只因策展团队已经邮件通知过我许多次了，于是我决计甩出个麦高芬，可又一个都想不出来，而就在此刻，我无法自控地打起了喷嚏，大大的喷嚏，一连两个。抱歉把墨水洒空气里了，我道。她笑了，而我——无论如何都得让对话在这里结束——趁机把电话交还给皮姆；她飞速接了过去，脸上仍旧挂着那抹仿佛永不会消失的假笑。

也许"空中墨点"的神来一笔已能力挽狂澜，我大可以对自己感到满意。然而我没高兴太久。当皮姆与楚丝谈论起晨之美，是的，她们聊起了这个，我危险地滑向了只有在焦虑的头脑中才会涌起的苦痛——法国人谓之"楼梯上的灵光①"，即太晚找到反驳之词：那一瞬你想到了回答，但却没用了，你已在走下楼梯；你理应在之前、当你还在上面的时候，觅到那句绝妙的辩驳。情况正是如此；当我复盘着我与楚丝的浅谈，逐字逐句地将它在脑中重现，我逐渐看到，我有那么多该说的没说，进而自问，周六

---

① 原文为法语。

回到巴塞罗那，我在对其他人讲述我的卡塞尔之行时是否也会这样，讲着讲着便发现，我本该在那个城市说的做的，我没说也没做……成吧，如果哪天我想写写这次旅行的事，我又思忖着，我一定得以楼梯上的灵光给它加工加工。当然了，我荣幸之至……

几分钟后，皮姆指着远处的一座小丘叫我看，它好似属于公园，实则是一处稀罕的山型花园："白做园"（Doing Nothing Garden），宋冬之作；他几乎是唯一一位——另一位是颜磊——受邀参加文献展的中国艺术家。

按照我们的行进自有的动力学原理，我们会理所当然地在抵达橘园宫前途经那座山园，但没过多久，一件意料之外的事让我们偏转了路线，因此我也要在这里暂时开个小差，把更往后、到了那天晚上，我在思想小屋里改了名字，开始自称为比尼奥夫斯基的事提上来讲。

没错，比尼奥夫斯基。

可这事发生在当晚，那会儿，连奥特尔都失去了他的临时姓氏，改用起这个称谓；它原属于优塞福·罗特的小说《皇帝的塑像》中的一个次要角色。

我只想提前告诉你们，经过这么突然的一改，我觉得轻松了、快乐了，我用了那么多年的名字已经渐成累赘，说真的，它不过属于我的青年时代，只是在我看来，该时代在我身上赖了太久太久。事实上，每当报出自己的名字，我总会有种别扭的感觉。

　　还有就是，那晚，当我已然变身为比尼奥夫斯基，我推敲起于热和他的装置"未耕"，心想，在那件作品中——显然，只有那些脱离了体系，远离画廊与博物馆的"偏僻"艺术才有可能真正地革新——值得景仰的不止是于热的敏锐嗅觉（他适时拐上了这条貌似是留给先锋艺术的唯一出路），还有他卓越的洞察力（他找了卡哨尔公园中一片荒废的区域来安置他用腐殖土与玫红色前腿的西班牙犬勾勒出的凄凉图景，许是在向一种假定存在的"郊外的郊外艺术"致敬）。

　　当晚，我在房中思索着：可能"未耕"树立的是一种"回到艺术史前"的理念，在当今这样一个白云苍狗、瞬息万变的不确定的时期，它陈说了一种可能，即"不做我们迄今为止所理解的艺术"，也提出了一种必要性，即学会"站到一边"，大概就像不欲被人看见的提诺·赛格尔，建议人类退回到永死的黑屋中去。于热好似在对我们说：归根结底，先锋一贯的本质不就是要将一切化为白板①，复归混沌的本源？

　　而于热那种已死艺术的逃离不正是在尝试着逾越那块白板，向白板"郊外的郊外"进发，前往虚无，真真切切地前往虚无么？我们时代最革命的艺术也将迈向这种虚无？还是说，它的

---

① 指一种洁白无瑕的状态。西方哲学家用它比喻人类心灵的本来状态像白纸一样没有印迹。

目的地是某种我尚不能确知的东西,可一旦找到它又会对我大有益处?

不过我们暂且还是回到那天白天吧,那会儿,奥特尔与我都还完整,比尼奥夫斯基尚未冒头,我的大脑仍不像晚上那样,在我的客房化身而成的"思想小屋"的蛊惑下,缠身于无数问题交织成的蛛网中。

让我们回返那个快意的下午,我任凭自己被走马观花的激情所牵引,扮演着或许幸福的浪客、无所事事的闲人。我万般遂意,只是渴得要死。但即便如此,皮姆唇上那仿佛永不灭蚀的笑容(也许偶尔是假的)仍旧传染了我。我跃入了某种上佳的波段,甚而拿几乎于每天黄昏准时袭来的忧愁开起了玩笑。白天这么做不难;我想说的是,虽然我极度率真地对我的烦恼进行了自嘲,实际也谈不上多么谦逊崇高。

我怎就进入了这样的欢悦一刻? 兵来将挡、水来土掩嘛。我搞出了个麦高芬,权且说是私下的、隐秘的吧,冒仿着"刻奇①"的语义中最偏激的部分,强忍欢笑,自语道,黑夜饮尽了晚霞的赤蜜。这就好比,为畅怀大笑,人刹那间就在这私密的游戏中甩掉了两公斤的庄重。

---

① 出自德语"Kitsch",形容人的一种虚假的自我满足的情感。

卡塞尔不欢迎逻辑

32

"白做园"，皮姆道，是让植物生长在一堆腐败中的有机废料上所得的产物。如果我没理解错的话，宋冬是在中国北部他母亲家那儿找到的这座垃圾山。派人专程把它运到卡塞尔后，他在上面撒了种，使它终于随着时间的推移成了座花园式的小丘。这就是一位正在去往橘园宫途中的不甚精明的看客——这人还很渴，比方说我——所见的一切；他全未想到，直至两个月前，这座奇特的山岗才展现出了于此盘踞多年的假象。

正说到这儿，从远方传来的一阵轰响阻断了我们前往橘园宫的节奏；据皮姆称，那儿有个酒吧，更有个天文博物馆，馆藏着大量的古代钟表和天文仪器。

我很渴，出奇地渴，直到这会儿我还原封不动地保存着那时喉焦唇干的记忆。

这些炮声，皮姆道，是从珍妮特·卡迪夫和乔治·布雷斯·米勒的喇叭里放出来的。她没说别的。要到后来更晚些的时候,她才终于同意告诉我,那是个装置作品,它将表现战场喧嚣的环绕立体声与交响乐以及林中呼啸混合在了一起,再现了卡哨尔公园与卡塞尔城曾在二战中遭受过的轰炸。

一整天来头一回,我没在皮姆脸上见到她常在而殷勤的微笑的哪怕一丁点迹象。事实上,她刚才所述不容她抱有任何怡悦,无论真假。我想到,不久前,她还是快乐的化身。我又记起,在一间德国草屋中冥想欢乐,这从最一开始就是我此行的目的之一。我要思考那种可能性:所有创造的核心是否就在于快乐。

可惜,我对自己说,我在最后一刻把那本关于喜悦的书换成了《阿尔卡里亚之旅》。但这本"走走看看之作"——作者本人所下的定义——亦有它的妙处:它提醒我,我在卡塞尔的逗留实有着散步的架构;我于其间观赏着自然景色与风土人情,不忘对风景背后的理论负载加以研究。当然,后者在塞拉的书中全无影踪。

走走看看的艺术,我心里掂量着;我们仍在赶往橘园宫酒吧令人欣快的雅座。我们是冲那儿去的,可当"珍妮特·卡迪夫和乔治·布雷斯·米勒的喇叭"越来越响,我们遵从了它们的感召,转而走向了湖区(人都说,轰炸声是从那儿来的)、一处溢美之地、一片坐拥浪漫水榭的湖泊,定系卡哨尔公园中的至雅之所,一边是生机勃勃、栖居着大批禽鸟的自然保护带,而在另一

卡塞尔不欢迎逻辑

边,我终于看清,那似是片树林,无限贴近于我在巴塞罗那想象的、我将在卡塞尔抬头不见低头见的密林的样貌。

对我而言,没有什么比这林子更像德国的了,我告诉皮姆。她没回答,要不就是什么都不想回答。准确地说,她指了指我们拐进的这条路的某个转角上的一处水泉。我怕是脑门上写着个大大的"渴"字,故而说起了蠢话,把我心里住着的那只长毛熊也袒露了出来。事实是,我猛灌着水,只觉那泉眼就似半道浮现的一个完满的神迹。我喝了好一会儿,活像个沉迷饮水、不可自拔的痴汉。

随后,我们再度踏上这段拿不太准的征程,朝战场的轰鸣声走去。广播渐响,我也听得愈来愈真切,它重现的是大战的喧嚣:林子里,哪儿都像有榴弹炮在炸裂。自然保护带里,鸟跟疯了一样。皮姆这才向我解说道——她该是陪别的作家逛过这儿,觉得再讲一遍特别无聊——我们前方是珍妮特·卡迪夫与乔治·布雷斯·米勒的装置作品,"森林(千年以来……)"【Forest(for a thousand years . . .)】。她说,这标题典出自希特勒宣称的"第三帝国将历经千年而不衰",也或者在暗指,当年英军炮火将卡塞尔几近夷平时,这座城市已积累了千年历史。

我记得阿莉西亚·弗拉米斯邮件中("别错过……")的圣三位一体也包括了珍妮特·卡迪夫,可万没想到,她实现眼下这件装置的方式竟让我大受震动。我印象最深的是——实难忘怀——密林中,我见四十来人坐在树墩上,四十个缄默的、惊惧的、触动的、内心相通的人,似被一条无形而有力的线,被一股非物质的能量,被一缕和瑞安·甘德相似的无尽的微风穿在了一起:这四十人,坐在大大的树阴下,聆听着野蛮的空袭声;扬声器被安装在了高耸的橡树上,营造出一种让人煎熬的感觉,仿佛一切就发生在我们立足之处。

这点无疑是最震撼的。人在声音错觉的影响下,会体验到一种身处战场的超真实的感受,进而以为自己就是炸弹的目标。人所听到的就像确在进行一样:短兵相接时令人毛骨悚然的嘶吼、飞机的轰鸣、喘息、喊叫、枯叶上的脚步、神经质的大笑、风声、在风雨中飘摇的花瓣、森林谜样的窸窣、正在远去的雷暴、古战场的余音、戳破了空气的刺刀、射击、爆炸、火星……

随后,寂静遽然而至,同来的还有对乐段的反思和再发现;接着放送的古典乐则是为了思考与修复。经历了轰炸所带来的精神冲击,随之而来的是片刻的冥想,以及大崩溃后强有力的恢复。几分钟内,我仔细斟酌,忽就对"新艺术是否能和纳粹女人的香水、和我们历史性的过去与现在搭上关系"疑问尽消。我似有感觉,在很长一段时间里,我不会再思索这个问题。我已经再清楚不过:艺术与历史记忆密不可分。

任何与先锋相关的活动——假设先锋依旧存在(随着时间的过去,我越来越怀疑这点)——都不应在任何一刻忽略政治因素;这就需要我们认识到,或许对我们这些终有一死的可悲人类而言,最理想的情况反倒是,某日,先锋消失了,却非枯竭,而是相反:藉由一股隐形的气流,它化作了绝对能量的源泉,成为了我们迷人的生活本身。

33

　须臾间，我甚而觉得看到了那股不可见的力，它流经该处，于静坐林中、似已结成社团的陌生人间穿行。还记得当时的我想起了大革命，想起了那会儿的人们是如何努力宣传自己；反观那些秘密组织，譬如卡塞尔森林中的这群、抑或藉着偶然的机会组成游击队的众人，他们从不希望被相机摄下，或留下任何痕迹。我还忆起了巴塞罗那作家塞巴斯蒂阿·乔万尼，他说，革命与人民繁育出了明信片和各类旅游纪念品，而游击队和自发参与地下斗争的人们、所有那些流动的人群——也可以被称作情境主义①者，取决于你怎么看——产出的则是情谊，以及不需要大字报的共同价值。要是我没记错的话，乔万尼还说过，他倒想问问，谁会真想要把一个签名小便池放进自家客厅里。关于"在博物馆中展出的艺术"与"没有家园也没有方向的艺术"——人能在卡塞尔的不止一个装置中清晰见到这种露天艺术——的区别，也许没有什么能比这个问题概括得更好。这是郊外的艺术，或是郊外的郊外艺术。正如于热用他的腐殖土、他玫红色前腿

卡塞尔不欢迎逻辑

的狗以及他辽远的泥潭所表现的,那儿没有组织,没有表演,没有展示,可我猜想,那些物体之间的关系要比看上去密切得多。

我思虑着这一切,逐渐发觉,那股悄无声息的精神波澜甚而运动了起来,就在那一瞬,我见到——名副其实的现场直播——那阵几乎无法察觉的神秘气流使在场的所有人都倏然年轻了许多。

这让我转想起《追忆》的某个章节;普鲁斯特写道,旧贵族们在巴黎的一次沙龙中做着怪相,令他们本人当场苍老了几分,化身为自己的木乃伊。

挺长一段时间里,我不停环顾着四周,只觉自己瞧见,要使我们走出溃决的那段音乐来得十分及时,因为它与"游历"这个主题发生了正面碰撞:作为死的象征,舒伯特将它摆在了《冬之旅》的核心位置;我们在孤远的静僻中谛听着它的演奏,任由自己被心中寂寞、被那在云中之日的反光中铺展着的失去了时间的寂寞所侵袭,就像我在我最避之不及的那个梦魇中所做的那样;我清楚,我始终冒着那样的风险,即最后在我眼中,一切都将被冰霜与静物所攻占。

死亡就耸立在我们面前,同在的还有鸟儿的歌唱,这会儿,它掺了进来,与舒伯特的曲子进行着螳臂当车的对抗。死不欺

---

① 形成于 20 世纪 50 年代的欧洲的一种跨学科的开放性思想。情境主义者的实践行为之一即是"漂移"。

人，它就在那儿，明明白白，然而，为了不倒在它可怖的送葬曲中，众人所做的奋勇顽抗也值得击节赞叹。不可感知的微风静静地拂过那一刹那，但它越吹越劲，许因它拥护的是生命。事实上，林中的密谋者们似在静默里变得愈发强大。可即便如此，我紧张的心绪却也不像会那么简单地被抹消。这隐于密林的组织闪烁着生命的光，而我内心的某种忧虑依旧坚固异常。我分明记得那时的景况；说实在的，我总能以小数点后的精确回忆起那阵转瞬即逝的忐忑：我身在森林，我的思想也迷失在了茂密的枝杈中，我听见从树丛近旁的区域传来的夜鹭的鸣叫，而后是虚无，彻头彻尾的虚无；我走出林子，见欧洲已成一片荒凉，我既接受了清晨的曙光向浓密的黑夜的转化，便似听到了一支渺远的歌谣——我小时候学的，但它会不时归返，尤其是这些日子，我已步入暮年——一支让我心乱如麻的歌谣，因为它是这么唱的，若要走出森林，就得走出欧洲，而若要走出欧洲，就得走出森林，我们已无路可逃。

卡塞尔不欢迎逻辑

34

楼梯上的灵光再度来袭时,已是几小时后,那会儿的我正在超市地下;超市是皮姆推荐的,她说,我可以买点吃的,带回"思想小屋"去。

这阶上灵光也是一如既往地居心不良,它不停骚扰着我,叫我想起了橘园宫一别时皮姆对我所说的话;她道,文献展如此百无禁忌,也告诉了我们一个莎士比亚式的事实,这是个颠倒混乱的世界。当时的我完全同意了她的观点,可到了地下,我忽就被困住了手脚,陷入了对作别皮姆的那一刻的重新审视,我想到,但凡我那时思维快些,便可以添上两句,甚至反驳些什么。

我怎就没说这个呢,或者那个? 我又一次告诉自己,写作正是生自于这楼梯上的灵光;从本质上说,它就是个冗长的复仇故事、对我们本该于其时置入生活之物进行的漫无边际的抒写。

我在橘园宫里就可以谈谈这点嘛,那会儿,皮姆提到了芜乱的地球,又道,明天要到三点她们才能和我碰头,到时,或者她,或者波士顿,反正谁能提早下班谁就电话联系我……

我明明有那么多能说的,却一语未发,许是被那消息吓得没了头绪:我得一连好几个小时都无人陪伴;这在第一时间——我还没怎么意识到——就激起了我心中淡淡的绝望,而在稍后又催生出了开动脑筋的必要,我得想个法子填上这段在前恭候的空白时光,还得面对自己,假装毫不在意,就比如,次日早上,我得独自去往"成吉思汗",且看我——原原本本的字面意思——如何应付。

这抗击忧愁的需要奠定了接下来数小时的基调。从某种程度上说,我疯了,显然没了方向,尤其是当我离开超市,由于太过匆忙,两分钟后,我惊觉自己走在一条错误的道上:歌德大街,我还从没踏上过这条卡塞尔的道路。而且,虽然我几乎是呕心沥血地记下了皮姆的指示——万一出现这种情况:我走出超市,拐错了,不幸迷了路——那也无人曾提到过这条街道。我彻底走失了。皮姆早就预见到了我犯错的多种可能,甚至还给我画了张草图,但哪种情况都没把歌德大街计算在内。发现这点更加深了我的无助,此外,奇怪了,我能清晰感到:不知为何,卡塞尔人都开始把我看作当地人了,这样就更难有谁理解,我长了张这么"本地"的脸,还道自己不认识路了,到处询问怎么去往市中心的黑森兰德酒店。

实在诡异。"我是否身在德国"的疑问转为了截然相反的场景,打了我个措手不及:我发觉,谁都把我当成了又一个德国人。

卡塞尔不欢迎逻辑

我急了，迫切想要看看自己能否重新找到国王大街。我全速走过卡塞尔城中的诸多场所，包括贝尔维宫，格林兄弟（本城的骄傲，二人在旧日的卡塞尔写下了他们最好的故事）博物馆的所在地，以及巴厘电影院，我连排片表都没顾得上瞧一眼，不过，后来我得知，加泰罗尼亚人阿尔伯特·塞拉的《三只小猪》就在那儿分段放映：这部影片长达一百零一小时，其片名调侃的是欧洲建设中的三大重要时刻，分别以约翰·沃尔夫冈·冯·歌德、阿道夫·希特勒和赖纳·维尔纳·法斯宾德进行拟人化的替代。我以那样的速度走着，即便途经了许多地点，所能注意到的实际也只是街中灯光的明暗：令人恐慌的是，它在一刻不停地弱下去。直到撞见了那条短巷，探入了一条小径，在窄道尽头依稀望见了我心心念念的国王大街，我才终于得以舒了口气。

这巷子的昏暗还及不上当年那条：在那儿，我得识了一缕冰凉吐息的魅力，它板滞、阴冷、直吹后颈，使我顿然开悟，何为恐惧的快乐的至高至纯的真谛。

穿过那条暗巷的同时，我想起了一位朋友的话，他说，走近文学永远不会事出偶然。永远不会，永远，他强调着，这是你的命运、你阴晦的命运，是一系列条件让你拣选了它，而你从最开始就知道，这就是你的路。仔细想想，我对自己说，大有可能，通往文学的路径之一便是某条黑街中的脑后喘息，换句话说，便是这冰冷的，寒凉的，如闷头一击、从杳无人烟的荒僻之处轰来的闷头一击似的呼气的魔力。

晚些时候，我走进我的草堂，即刻去到阳台上问候了赛格尔的"这个变化"。细雨又起，与几小时前一样，我感知到一股清新空气的存在，它全未令人不适，可不管怎么说都还挺凉，使我当下决定打道回房。一进屋里，我立马双手枕头、躺倒在床；在度过了完全丧失记忆的几分钟后，我再次想到，对那些怀着至高革新热情的艺术家而言，真理就在郊外。但这时我又追问起自己：郊外又是哪儿。稀碎的妄想中（实话说，这是恐惧的产物，我忌惮着在接下来的几个小时里等待我的孤独），我竭力捡拾着我的理智，可局促与悲苦仍在无情蔓延，暗影深深洇进了这座城市，我大脑中的一切也随之变得愈加模糊。

我觉得郊外在哪儿呢？我尽我所能地回答自己，道，首先要懂得踏上别人尚未涉足的领域，远离文化中心以及既光鲜又迂腐的市场，这是任何一个力求"决裂"的人都该满足的要求。然而才过了一会儿，我就诘问起自己，"别人尚未涉足的领域"和"力求'决裂'的人"又分别拥有怎样的含义。

哪怕知道我有整栋"小屋"和整个夜晚可以用来研究这些也并未使我感觉宽慰，或因我有种预感，这一夜——且不论我正向自己提出的这些简单的问题（其目的只是为了避开那些更烧脑的疑惑）——或许不那么容易。事实也的确如此。说真的，我碰到了诸多困难。绝对痛苦的一晚，困窘而艰难：失眠、恐惧，我的思想穿行在一条遍布着草丘与巨石的古怪小径中。我在这儿想象到的、看到的、呼吸到的一切都于事无补。我幡然醒悟：在我忧虑最盛的时刻搭起草堂，这很有可能是个错误。

我怎就那么蠢呢？就比如，我一连数小时地躺在那黑间里，眼前挥之不去的是两只猩猩的形象，一只有繁育能力，另一只则不，我总觉白天在哪儿见过它们。这晚不易，只因黄昏时的悲愁已不仅满足于在子夜、在我通常入梦时驻步，而是实实在在地延伸到了黎明。

次日，只睡了一个钟头的我起了床，立时发现，意外归意外，我的心情又好了，概因我有种感觉，新的一天开始了，灿烂的周四，它没法再亲切了。

崩溃与恢复，我思忖着。我不免想到：我的身体也在响应着文献展的口号。

随后，我吃了顿耗时良久的早饭，又去拜谒了赛格尔的"这个变化"。我早有计划，在我于卡塞尔逗留期间，每天早上都要去一趟，一次不落。我走进酒店附楼，穿过短短的走廊——我已经差不多熟了——去往那座荒置的花园。它的左手边便是那间黑屋的入口，而据黑森兰德酒店的前台讲，那儿曾是个小小的舞厅。

进了赛格尔的密闭空间，我飞快地朝这幽灵之屋深处迈了六步。这回谁也没有擦过我的肩头，于是我又一次错误地以为，这里一个舞者都没有。我站在完全的黑暗里。和上回一样，我再度在幽暗中大笑起来。一瞬间，什么都变了。我惊恐地注意到，在房间尽头，有谁模仿了一声马的嘶叫，令我乍然间就见到或想到了——好似某人看见了自己的记忆，可那根本不是他之前曾目击过的图景——两个世纪前的某位女士，她正坐在敞篷马车里，驾着匹巧克力色的母马奔驰在法国南部。那视像不请自来，又不辞而别，剩下一个我，暗自纳闷：这段不属于我的回忆又怎会飞进我脑中。那是奥特尔的记忆么？不可能，因为奥特尔也是我，至少他是我几小时前刚刚造出的人物。我在困惑中又朝前踏出一步。接着，几乎是紧接着，从房间那头传来了黯然的狐步舞曲，继而又转为了一首秘鲁华尔兹。于我之后进来的那人撞到了我犹疑的身体，差点没把我带倒在地，然后，他该是被吓到了，转身跑了出去，而我也随之离开，去往屋外的光亮，好似在跟踪着前者。

到了外边，我见身前空无一人，只有更多的光，只有光的狂热，这就是所有，但这也不少了。我没再多想，转而从门口窃听起华尔兹的尾声，可就在此时，音乐中道而止。我也一样，猝然停步，在原地定了几秒。此后，我抬头望向了冰灰色的天空，见一只鸟儿经过，然后是另一只，又一只，许多只，我觉得，他们都是去"成吉思汗"餐馆的。

我回到街上，路过酒店门前，便到前台借了把伞。我决心去往郊外，就好像在那不属城市的区域，我能找到某种比我至此所见都更接近于先锋的东西。

稍后，我登上了开往"成吉思汗"的巴士，这和我前往市郊的愿望并不矛盾。我找了个好座坐下，便望起了天。我见鸟群继续着之前的航线，这点确凿无疑。因为谁都知道，鸟总是往郊外飞的。

35

公车上的我渐把前一晚不愉快的回忆,关于一次艰辛的草堂冥思的回忆,抛在脑后。这段不眠的时光里,最折磨人的不仅有我的困惑——我把自己关在那儿是否只是为了思考欧洲的悲剧——还有我的那种感觉:我已成了个彻头彻尾的卡塞尔人、这个德国城市的又一位公民。我在心里说,我不是总爱告诉全世界,我永远属于我所在之地么,我再次搬起石头砸了自己的脚,成了我自发言论的受害者,证据就是,我忽就毫不费力地自视为了一个卑微而清醒的、忧伤的卡塞尔人,我度过漫漫长夜的方式便是,冥想在祖国黯哑的光亮中无视时间地延展着的孤寂……

看到这种骇人的景象,也就不难理解,为什么我整晚都没怎么合眼。我见地球翻滚在我手中,意识到我再不愿将它带在身上,便想把它扔了,扔进随便哪个空间回收站,或者也许是某个欧洲性用品店、黑森林里的肉铺、埃尔帕索①的地毯商号,或是墨尔本的洗衣店。我不知该如何处理这个世界。

我一晚上都在考虑那些难解的疑问;我记得自己难以置信

　卡塞尔不欢迎逻辑

地不安,时不时在被褥间悲情可笑地辗转,成了个神经质的、老迈的、失忆的辛巴达②,寄望于从一连串的连祷中想起我曾目见过的城市。当时的我确是那样集悲喜于一身。恋家的辛巴达,以卡塞尔为家的辛巴达——随他怎么叫——只欲在那上雨旁风的草屋中,和着玫瑰经的节奏,怀想起旧日那些苦闷的伟人曾在其中闭关思考的孤远的庇护所。

　　而真正让我夜不能寐、又将我推向了近乎致死的焦虑的——我还在那辆开往中餐馆的大巴上回想着——是那些陆续出现在我呆愣的双眼前的视像,尽管起初我对它们不以为意,可几小时后我还没能将它们挥散。一切始于那一瞬:我忽觉自己被死一般的寂静所围绕,同时注意到,我的草堂里没有一丝空气在流动,也听不见任何声音、任何窸窣,万籁俱寂。欧洲已装殓许久,我突然就有了这种百分之百的确信,抑或更准确地说,此种感觉已在最近几个钟头里缓慢临到。我身处德国的中心、欧洲的中心;在这样的心脏位置上,有一点比在任何一处都更加显明:一切都是冷的、死的,从几十年前第一个不可饶恕的严重错误在这片大陆铸成的刹那,它就已被埋葬地底。在这方实无生命的领土中心,没有什么不被夷平。这里的白昼——我已在那故去的令人痛苦的一天中见到——太阳在天顶一成不变地悬

---

① 美国边境城市。
② 出自《一千零一夜》。

着,却躲在似从几世纪前就挂在空中的那几片云彩之后;云彩是由一种碎末聚成的,它那么细,细得像从一块缓慢(慢得令人生畏)解体的土地上剥离的多余的花粉。

你在欧洲,而欧洲已经不在,我内心有个声音唱道,它纠缠着我,仿佛要不惜一切代价将我结果。可它同时又在提醒着,我们叫人毛骨悚然的近代史太过沉重,在那段时期,恐怖成了支配一切的临在。

辛苦的一晚。我的两眼好比探灯。被幽灵充斥的欧洲有如赛格尔的舞厅,还背负着过去的记号。它既已是一堆哀伤的墟骸,便再也无法安然立于世间;事实上,它怎还能以这样或那样的意义,或以任何意义,感觉自己归属于这地球?

最后,我睡着了,尽管只有一个钟头。早晨七点,我睡死过去,这一死便掐灭了所有恐怖。我是一小时后醒的,心情不错;我特纳闷,因为谁都不会指望在整晚只睡了一个钟头的情况下遽然状态大好。

"生活是严肃的,艺术是快乐的。"我高声诵道。随后我便想象着,一声炮响炸醒了卡塞尔全城。

36

　　即便面对着铅灰色的天空与卡塞尔冷峻的仪容，我的好心情也没有过一刻低落。

　　值得一提的是，我没过多久就有了这样一种感觉：与我草屋中的冥想空间不同，在公车上，思考只会让我轻松，甚而它还助我驱散了不眠之夜的大片阴翳。我本该再睡会儿的，可我一点不困。那天早上，坐在巴士前端的我为艺术理论的存在感谢着上帝与杜尚，此外我还发现，哪怕有那么多次，我必须下到场内、面对现实，理论仍旧是我的一生挚爱。我在车前坐着，忽就决定转移至后方，我确信，那里视野更好，车窗更敞亮。

　　去那儿探看起雨中公路的是奥特尔。

　　而奥特尔也没闲着，二话不说就构思了个极像我的人物，权且算是先锋吧，因此得坐在大巴前头。

　　我愈发抖擞了：随着公车向郊外的深入，我的精神能量也似变得始料未及地壮大。

　　抵达奥维达姆路 19 公里时，我们在"成吉思汗"餐馆前停了一会儿。我从小窗里瞄了它一眼。仅是想到我得在这无人等候之地下车——准确地说，只要他们确定了我是个没啥名气的作家，这里就绝不缺讨厌我的人——一波浩瀚的懒散便向我扑来，一股盛大的疲倦向我袭来。

然而即便如此，我还是站了起来，想要下去，可我又被某种东西推回了位子。怀着巨大的错愕，我从我光复的前座上定睛望着窗外，那个如此枯燥、如此无味的地方，在雨中，如铅一般。我还记得当时的惊悸，我望着它时无边的惊悸。

此后，大巴继续上路。我那么孤单，且我明白，我还得孤单许久，久到让我觉得，我必须从外部看我，这样一来，至少还有那个我假想正在看我的人与我同行。情况就是这样，我将自己视作了维姆·文德斯一部老电影的一个场景中的主角；那部片中，人物乘坐着各式公共交通工具，从形形色色的车窗中凝视着德国冰冷的城市，眼中是无限的疏离。

公车仍在前行。我发觉它走的是环线，因此二十分钟之后，我们再次停靠在奥维达姆路19公里。这回我要比上次更接近下车，可最后，我复又见到那餐馆在雨幕中无趣而可怕的样子，从任何意义上说都是如此，我又一次收住了脚步。那天上午，我觉得万事皆有意趣，惟有这阴森之地不行。我又二十分钟一圈地连乘了八圈，总共在这公交上赖了约三个小时，就是不愿独自面对我的中国宿命。

而最奇怪的是,我甚至倒不出空来为此感觉懊恼:我没把箱子里的书带上,无论是《阿尔卡里亚之旅》还是《浪漫主义》,换句话说,在登上我着了魔似的漫长的环形旅途时,我都没有捎上什么能读的东西。事实上,我一遍遍地绕着圈子,且乐此不疲。一阵轻薄而怪异的愉悦感,尽管其能量微弱,将我牵入了一种前所未有的精神活动,让我幻想着——打个比方吧——我走进"成吉思汗",不仅自觉是个正在回家的中国人,还再度发现,我的胳膊变得老长老长,腿离我的身体太远太远。我特中国、特妖魔地走了进去,瞥了眼那张放有花瓶的小桌,见它远不如我想象的那么坏了。是我白天的乐观主义倾向产生了效果? 沉浸在异想空间中的我自问道。我在车上浮想着,窗外的雨就越下越大了。

　　在完全由(仍坐在沿奥维达姆路行驶的巴士前座上的)我捏造出的那个场景里,一位年轻的中国侍者一脸厌烦地将刚踏进"成吉思汗"的我领到那张该死的受邀作者桌前。我当即意识到,这粘脚的地方对写作者没有一点尊重,可当时的我还没太在意他的态度,反而心想,那家伙定是嫉妒我,想占了我的位子,许因在那样的雨天里,我那张松软的红沙发还挺让人垂涎。我这么一想就原谅了那个吃不着葡萄的家伙,继而掏出了我的本子、铅笔和橡皮。在首先念了念我早前记录的文字之后("在两天内彻底改变你的生活,不在乎之前发生的任何事,说走就走。归根结底,逃跑才是正道。"),我就我如此关心的孤立困境发挥了两句,尽管更准确的说法无疑应是"奥特尔如此关心的",反正我对这事一点不感兴趣。我有什么所谓?况且说到底,我是个从文德斯的伤感影片中走出来的寂寞的可怜人。伤感?我觉得恰恰相反,我最好修正这一印象,因为公车上的我放肆而欢快,就差没像无线电那样歌唱起来,且我很愿意那么做,也许是由于,车载音响里不停播送着《走出非洲》中让人悲愁的旋律,只想让乘客们沦陷,真可谓别有用心。

和几小时前相比,我掂量着,真是大相径庭;此刻与忧虑的昨晚有着天渊之别。那会儿,极端的孤寂切入了我的心绪,令我不由自主地在绝望的逼迫下做出了反应;作为很自然的防卫,我在无尽的暗夜中酝酿出一种强力的精神抗体,为应对我的崩坏而研制出了一种强效诱剂。

我就在大巴上思考着(妄想着)这档子事。我越在窗边久坐、静观着雨点坠落,我的思绪就越像是飞去了"成吉思汗"。我什么都喜欢,什么都有兴致(除了亲自走进那倒霉的中餐馆),便觉一切都令人好奇、绝顶有趣、值得研究;在我身旁,没有什么不能被赞颂。我断定万物可敬,抑或几乎万物;我宛如沉浸在对生命本身的庆典之中,仿佛在首度尝试的一年之后,我下定决心吞下了科利亚多博士的第三片药,进而发觉,他在这几个月里的发明大有改观,他终于创造出一种兴奋剂,让这世界都显得不那么不完美了。也或者是"不可见的力"撩起了我心中额外的激情,使我看待任何事物都会带上些许热忱。又或者是最近几小时密集接触的新颖的观念和作品催生出了这淡淡的愉悦,在卡塞尔看到遇到的种种已成了我世界的一部分。不管怎样,一连那么多个钟头观赏着如此异于常规的艺术,我感觉不错。唯一的问题便是——也是为了吹毛求疵——我游历了那么多,是否真发现了什么新东西?答案是否定的。可即便结论如此,也不甚要紧,我的所见之物大都将我深深吸引,必是因为,我更乐意将其想成是方圆数百万公里内最新奇的东西,也因为,失却了对"新"的迷恋,或是对至少表现出了这方面的努力的事物的迷恋,我便无法生存;我从来就无法生存,至少从我得知"新"的存在抑或它的可能存在时开始。是卡塞尔好心提醒了我上述这点,因为透过零星的追忆,它让我回到了卡达克斯的口了、我荒凉的青葱岁月,尤其是那天,我在一家饭馆的玻璃上捕捉到一缕金色的反光,那段时期,杜尚与曼·雷的遗孀常在那儿享用午餐:我尚不知她们的丈夫奉献了何等作品,可我先前于餐厅墙上见过二人在文化史上留下的神秘印记的写真,我也想成为像他们一样的异国创作者,我也想拥有这些艺术家时时散发出的——我能嗅到——异于常人的气味;如果这还不算贪的话,待夏季终结,我再也不想回去"落后"的巴塞罗那了,我要做先锋艺术家,也就是说,做一个——就我当时的理解——"和我的城市皱缩的艺术现状彻底决裂的人"。而既然我追求的是这些,我便想到,要变身为"先锋",最直接的方法就是,披上马塞尔·杜尚或曼·雷在那饭馆相片中所展露出的气质,就好比,要穿得像我所见过的杜尚:每晚换上件不一样的白色衬衫——先锋的制服之一。

我记得很清楚,公车每在奥维达姆路上拐过一个弯道,那不可见的力便又将我的思绪推远数里。我有时近乎无意识的欢欣已达到此等程度,以至于我假想着,我坐在"成吉思汗"桌后,勒令奥特尔阐述起以下议题:极致的寂寥是如何将我们这些人载往了某种忧闷,它令我们冀望,除了这种忧闷之外,世界还产出了些旁的东西,也许我们尚未得见,必须奋力找寻。

大概这就是"新"?

我记起切斯特顿所说的:有一样东西赐予了万物光辉,那就是在街角能够遇见什么的幻想。

也或者就是那种寄望:尚有某些事物在催促我们寻访崭新,也叫我们相信,在最想不到的转角还可能存有某种与众不同的、前所未见的、别具一格的、异乎寻常的东西;所以我们中的某些人才会对成为先锋怀着毕生的憧憬,这是我们表达信仰的方式:在这世上,也兴许在此之外、在卑下的人世之外,尚有可能存在一些我们闻所未闻的东西。故而有些人才拒绝重复已被重复过的一切。我们痛恨那些一派陈词滥调、还总奢望对方再度听到它们的人;我们憎恶那些认为"作者的任务就是重现、复制和模仿现实"的人——从下里巴人到唯实论者,或从唯实论者到下里巴人，他们的所作所为就仿佛现实、千变万化而又错综复杂的现实，竟是可以捕获与描述的；我们在某些作家面前感到困惑，他们相信，越是平庸的、经验论的，就越接近于真相，而事实上，累积细节的过程正是远离真实的过程；我们诅咒那些仅因对孤独和挫折的惧怕就选择规避风险的人；我们鄙视那些不懂得"一位写作者的伟大恰在于他预设的失败者属性"的人；我们热爱那些宣告"艺术仅存于意图之中"的人。

这是对"还有更多"的向往。是它在所难免地将我们引向了对新事物永恒的探寻。而这种意图，这种"热望"——我开始这么称呼它，用的是我十分喜爱的一个词、我从 W. B. 叶芝的诗歌译本中找到的一个词——从我青年时代的那些盛夏就栖居我心，而今它仍在这里，在我看来，它是我的核心、我处世之道的本质、我的戳记、我的水印：我说的正是我为寻觅新事物，为相信还有新事物的存在，为找到一直就在那儿的新事物所付出的锲而不舍的努力。

而这热望便是人们问我世事时替我说话的那个声音。

"世事？不，只有艺术。"

"为什么呢？"

"因为它让'活着'的感觉愈发炽烈了。"

所谓"新"呢——我设想着由我控制的奥特尔正在他的中国书桌上写道——是那些奋战在文学最前线的人们所追求的东

西;是先锋地位将一种强大的魔力施加在某些作家身上,他们生而乐观,总觉在这样的位置、在探索意想之外的叙述的位置上,或能寻到他们存在之焦虑的或许惟一的出路。

确实,从某种角度讲,任何伟大的小说名作都堪称先锋:它们为文学史贡献了新的元素。譬如狄更斯,他从不以先锋自居,也不愿成为先锋,但他是,因为他改写了文学史,反观一众顶着先锋的自负自夸于文学社群的,他们不曾进行过任何创新。

思路游走到这儿,我的遐想中,有人在那张"成吉思汗"的桌旁指了指我,道:

"看呐,这人有一整个世界,先锋的世界,杜尚寡妇的世界。"

我对此丝毫不觉羞愧。更何况这只是我的想象。至于现实生活么:我还在公车里;雨还在下,不留情面地鞭笞着郊外纷乱的土壤。

37

　　我也假设过自己终究决定走进餐馆,而在紧接着的一个小时里,我并没有穷极无聊、啥事不干,也没像老实巴交的奥特尔那样摹写起无人交流的惨状,他必定会那么做的,而是偷听起邻座一对将近百岁的德国伉俪——这俩着实上了年纪了——的交谈,又翻译起一位越南女厨和一个大有可能来自奥地利的男青年的谈天,更有两位中国服务员,神神秘秘地评论起了他们和几周前坐在我位子上的那个作家的对话。

　　我还想象着,我去洗手间小小战斗了一下,回来就发现——真是惊悚——昨天那位神经有些错乱的塞拉老兄赫然立于我桌旁。要正常情况我当场就开溜了,可那天早上,我只觉世界逸态横生,生活别有意趣,便效仿着越南大师傅男友的冷静挨着他安安稳稳地坐了下来,登时觉得,这脑子进水的哥们儿似也比昨天有意思些了。

　　"老伙计,是哪阵风把你吹来了?"我问他。

　　"我刚从疗养院回来,我的问题那儿整不明白。"

卡塞尔不欢迎逻辑

我随意摆了两句体己话，可听着就像我已同意接手他的诊疗事宜。当然，我立马警觉起来，因为我发现，若我不想让"将我的花瓶雅桌搭成个忏悔室"成为我文献展之行的全部的话，我必须慎之又慎地对待这个问题。

这医生与病人的图景有些"装置"的意味，却毫不先锋。固然对奥特尔这么个保守的作家你也很难要求更多。想到这儿，我终于决定把奥特尔替了，亲自出阵。我一把将那花瓶扔到了地上。我屏息凝神，让我意志不清的患者道出他的难处。中国服务员来了，抱怨起花瓶碎了的事，他的絮叨是我整个白天唯一翻译不出的东西，我对他斥责了我些什么也谈不上兴趣很浓。

起初大胡子塞拉是拒绝的，道，我说什么呢，他哪有难处，又问，难道我不记得了，他是个成功人士。可没过一会儿他就崩了，向我坦承，他要讲给我听的其实也是件微不足道的小事，但有一点确实：就因为这个，他这辈子一事无成。

"我崩溃。"他说。

"什么？"

"我崩溃是伽利略的功绩，但明显的是开普勒的贡献被他漏掉了……"

这话就跟从英语翻到加泰罗尼亚语的谷歌翻译似的，而且表达很怪——假设它真的表达了什么。它像极了一句翻错的

卡塞尔不欢迎逻辑

话,又说不定是句夏延①土语,实际上,它有些前句不搭后句,至少表面上是这样。从另一个角度看,他的语言让人回想起七十年代的精神分析学派,尤其是拉康学派的那些佶屈聱牙的句子。

我有些震惊地发现,二人间沟通障碍的问题甚至比我料想得更为棘手,此外,对这位不太正常的病患,奥特尔显然比我兴头更浓。我差点没让那保守派作家回到(充当病床的)桌边,而我则退居二线,仅以观察者的身份待在那儿。可最后,我决定亲自接手这个本质还算有趣的案例,因为不管怎样,那个白天,眼前一切都让我激动,我在万物中窥见了趣味,我珍视世界给予我的所有;我觉得,我爱的不是生活,而是活着,也心生一种印象,凡不懂得因物而喜的都是庸才,因为正如德谟克利特所言:"傻子活着才不知体验活着的快乐。"

"我不崩溃,"我道,"所以我不恢复。"

我俩越来越像夏延人了。

塞拉哭着,而我在那儿坐了好久,饶有兴致地考验着我崇高的牺牲精神——它无缝衔接了我始料未及的看护弱者和医治病患的任务;与此同时,我从最悲情的维度逐渐理解了无法交流的不幸,也正因如此,对这患者无从下手。

---

① 即夏延族,又译作夏安族,美国大平原原住民,说夏延语,共 14 个字母。

还真是，我心想，我时常感到——好比现在——想象也是既定事实不可分割的部分，反之亦然。

外头，在车窗那边的广袤的郊野里，雨还在劈头盖脸地下着。

卡塞尔不欢迎逻辑

38

　　我听人说过，真正的生活不是我们度过的生活，而是我们发动臆想所虚构出的生活。若此话当真，适才我将想象禁闭在"成吉思汗"不失为一种遗憾。我本可以飞去任何地方的，却留在这令人哀叹的中餐馆一角和大胡子塞拉聊起了天。我怎就那么爱自虐呢？塞拉之粗鄙不正是加泰罗尼亚在最近几十年里浸淫其中的乡土气息么？而多年未曾动下屁股的我已经习惯了那股恶臭，甚而都想不到那点，就像奥特尔所说的，不管情况如何（哪怕它尽善尽美），归根结底，逃跑才是正道，向其他领域进发才是正道。还是说，我所欲幻想的生活就是这般索然无味，除了在我加泰罗尼亚的肚脐上再添两撇胡子就别无他求？

39

正当大巴上的我于记忆中重建着珍妮特·卡迪夫与乔治·布雷斯·米勒扬声器里的轰炸,我手机响了,一时穿云裂石。我之前一不注意,把音量调到了满格。车上所有人——这会儿乘客还不少——的目光都集中到了我的身上。

是波士顿打来的,问我人在哪儿,又说希望能在不到四个钟头之后与我碰面,在此之前她都没法离开办公室。

我不愿告诉她我还在车上,更不想让她知道我在窗边看了三小时的雨。因此我扯了个谎,道,我在"成吉思汗"呢,实在有点厌了,满耳朵都是德语和中文,还老得给自己翻译听到的食客们的话。

我稍作停顿,想说:"你懂的:暴露在一个陌生的语言环境下,可忽地你又幻想着读出了它们的含义。"但我没说出口,因为那样的话,她无法不注意到我状态异常,甚而可能发觉,我是如此孤独,以至于兀自神伤。

取而代之地,我向她述说起来:我清楚中国与德国在各自大

卡塞尔不欢迎逻辑

洲渗透一切的能量,且了解他们正计划联手征服世界,可以预见的是,到未来世纪,这两个不声不响铺展着帝国宏图的大国将统治人类……

我刹住了嘴,瞬间意识到,听了这番饶舌的波士顿同样会察觉我的异样;她更会发现,我已经一个人很久了,有些意乱心焦。于是我试图掩饰,装作访客多得接待不过来的样子,然则无济于事。

"所以那么久也没人来和你交流一下?"波士顿打断了我,分明没安好心。

待我反应过来,我说,事实上,我唯一见到的就是昨天那个脑子有病的,大概皮姆都跟你讲了? 没有,波士顿答道,我一无所知。紧接着的是沉默。记得啊,最终是她发了话,今晚你要和楚丝一起吃饭的,我又给你去了封邮件,我感觉这都是第一万封了,里头写着餐厅的信息。这话好像在说:过几个钟头就知道你那儿怎么回事了。我这儿啊,拧巴得都脱扣了呗,我嘟哝着,然而我可以确定她没听见——她已经挂了。

几分钟后,公车第十次停靠在中餐馆前,音响里第一百遍地奏出了《走出非洲》的主旋律。

艺术是快乐的,我思忖着。

而这回,我决定下车。

雨水重击着我的脸,逼我把双眼紧紧闭上。餐馆屋顶被雨点叩得噼啪作响。从巴士到店门，雨落得那么斜、那么诡奇，人甚而觉得自己听到了一阵异乎寻常、有着规则间隔的风声。这阵似不属于这里的妖风让人毛骨悚然，尤其当我想起，这已是真实的生活，而非我的臆想。

风是快乐的，我自语道。我一往无前。我并不知道自己差点就能确认，正如人们常说的：每每我们观察，事情从来不少。我在餐馆门口遇到了个小小的阻碍：一个小老头儿，看着挺有心计，年纪和我相仿，戴着顶格纹帽子，撑着把同样是格纹的雨伞；他叼着根蒙特克里斯托①，让我琢磨着，这是不是个西班牙人，然而他来自法国，在某个雷诺办事处工作，是个当代艺术的爱好者。他是沿文献展的路牌从不远处的"疗养院"找过来的；他刚进过餐馆，但上来没太明白，他们要他看的是个什么装置。

"我就是那个装置。"我道。

"那是干吗用的呢？"

"倾听问题。"

他蹙起一边眉毛，像是在审度着，我是个精神分析医生呢，还是个神经病患者。

我吓着了，因为我想起了一句流传极广的话，说，太初有个误会，而它将成为我们的宿命，同时我又记起，世间万事莫不是

___

① 古巴雪茄品牌。

卡塞尔不欢迎逻辑

出于这种危险的误解。我思量着，世界本就依托于一个最初的谬误。可不管发生了什么误会，我决意将它根除。

"您搞错了。"我说。

"这恰恰就是我的问题，"他意外答道，"一个极大的问题。我老是弄错。我也想少错些的，可都不知该找谁帮忙了。"

我不得不用我磕绊的法语劝他别太在意，我这辈子也净是在犯各种错误，不管怎样，这才像个人呐。我还向他诉说了当时我骤然心生的怀疑：那天白天的愉悦——因为从早上开始，我解释道，我就沉浸在一种恒定而平稳的欣快中，对一切充满兴趣——或许就源自对卡塞尔之行中最吸引我眼球之物，即弗里德里希阿鲁门博物馆里的不可见的力的一种误读。我将先锋与叛逆的力量都归结给了那阵轻风。

尽管他说当代艺术使他着迷，我也不指望他能完全听懂我的话语，所以他称明白我在讲些什么的时候我有点吃惊。比我想象得更明白，他强调说，继而告诉我，他是斯特拉斯堡人，我对隐形微风的看法勾起了他关于该城大教堂四周的风的来历的联想。

他总觉得，他道，从古时候起，魔鬼就御风飞行在地球上，直到有一天，它见自己的形象被镌刻在大教堂外，便满心欢喜、钻了进去，是想看看里头还有没有自己的塑像的，却被一举擒住；自此之后，那阵风就在门廊处等它，于大教堂周围不住呼唤着它的名。

我对他特直接，便说，十分抱歉，我不觉得我的风和他的风有什么关系。

"没有。没有任何联系。"他承认了，那么心平气和。

我很丧气，我还准备跟他争辩一番呢。而更让我感觉挫败的是，一脸错愕的我眼睁睁地看着他二话不说地、如此幸福地——还背着他"总是弄错"的毛病——跳上了那辆过来接他的车。

须臾间，他屡屡犯错的问题烟消云散。

"再见①。"他抛下这么一句，质朴得近乎无耻。

一时间，我宛若失去了我心理诊所最重要的客户。我仅存一点安慰：我记得，我在中餐馆里的坐席是一张松软的红沙发，无论从颜色还是其他某些细节来看，都让人想起弗洛伊德在伦敦的那张长沙发椅。可我难受得很；失掉这么好的一位主顾，我格外揪心；步入"成吉思汗"的瞬间尤甚。我感到一阵突如其来的疑惧；我想到那股轻风，自问为什么，为什么它不像斯特拉斯堡的唤魔之风那样，不停呼喊着我。它在等什么呢？难道它被如斯欢乐阻碍了视线，看不见我可能已被困在密林之中？

我更希望波士顿来到"成吉思汗"时见到的是一个极端忙碌

———————————

① 原文为法语。

　卡塞尔不欢迎逻辑

的我，譬如说，正接待着某位女士，她已就她数不尽的问题对我倾诉良久，而在我桌前还坐着一名消沉的青年，我的下一位病人，他正神情肃穆地等候着（我即兴开设却热闹非常的）"疗养院"分院的叫号。这小伙子正与他愚钝的缪斯交谈，那是一位特年轻的灰发姑娘，因为某些不得而知的原因反对他来我这儿看诊。

我更希望波士顿看到的是一个埋头于医务工作的我，我成了个被中国人信赖的声名显赫的心理医生，有诸多患者抢着向我述说难题。我更希望波士顿来时我只是做着件和"作家"身份相称的事，而非像她真正抵达那样，叫人说来脸红：我在弗洛伊德的沙发上睡着了，睡得稀里呼噜、四仰八叉。

40

当我睁开眼睛,发觉她在看我,脸上半是微笑、半是惊吓,我在初醒的蒙眬中记起了那句句子:没有谁会在去断头台的路上睡着。而叫我印象深刻的是,我心想,结果我倒成了这条规则的例外,睡死在了我的刑场上。还得过了几秒我才意识到这不那么严重。说到底,巴士之旅带给我的劳顿如此巨大,彻夜未眠又如一副千钧重担,在这种情况下土崩瓦解、瘫倒在我的中国安乐椅——我内心的绞刑架——上,也并不很奇怪。

我快速检索了一下这次醒来最积极的一面:我完好无缺地保住了我绝佳的心境,垮塌在沙发上之前的情绪高点从未失守,也就是说,我仍对一切兴趣高涨,觉得"活着"这件事空前珍贵。饶有兴致的我甚而关注起波士顿迷惑的脸,我无意中表演的"中国把戏"显然震住了她。

"昨晚我没睡着。"我说。

"沉溺于你的'思想小屋'咯?"

惶惑、羞愧。我硬撑着我的好心情,同时尝试挣脱我中国睡

卡塞尔不欢迎逻辑

梦的迟钝。我暗下决定：次日，当我不得不再度坐到这张桌边写作，我要化身为文献展中的又一个装置，我要假装睡着。

这将是个向我适才的酣睡献礼的装置，而我刚在波士顿近似监护人的注视下醒来。为此，为让这场致敬我前日睡梦的中国把戏至臻完美，我将尝试全程模仿贝尼诺的风格（那不勒斯圣诞马槽中的形象，一位永远沉睡、全无觉知的牧羊人），实则潜心于冥想之中，也就是说，偷摸地干着我草堂里的活儿；此外我还发现——刚发现的——白天思考会轻松数倍，也必将会有更多产出。

这样一来，在外人眼里，换言之，从或许存在的观众的角度来看，谁都不会得知我其实没睡；我不仅醒着，还把自己反锁在了我天衣无缝的茅舍里——它就在我的思想中，而身在众目睽睽之下则正是其狡猾之处。

桌上的一份说明会对这装置做出些解释，叫所有人相信：作家睡了，啥都没想。因而纸板上的描述恰与事实相反，其内容为：我这人万分确定，正如我中学里一个不信神的老师所说，任何宗教都从没有用处，因为梦比所有宗教加起来还神圣；也许我们睡着时实际才更接近上帝。

无疑，我为次日早晨现场设计的这个装置，它在某一点上是不忠实的：我伪造了自己对梦的信仰。

这儿什么都不想，包括沉睡者的形象——我桌上那块纸板也可以这样说。

抑或是这样(这该是奥特尔的版本):这儿寻求的是前往虚无,真真切切地前往虚无。

或者这样:人睡着时才更接近杜尚。

我摘起几粒顽固的眼屎,看到波士顿目光中的同情比一分钟前又多了许多。她定是见我在这异国他乡又老又秃又胖又困,最有可能的是,那一刻的我让她心中酸楚异常。她还将更加心酸——准确说,是更加心寒的——假如她得知,就在她高高在上地用大爱无疆的眼神凝望着我的同时,我却将她视作了文献展的代表,一个头戴卷发筒的热衷八卦的资产阶级家庭妇女。

卷发筒先锋。

所以结果是,那一幕再度削弱了我本就纤薄的信仰:世上真有哪个显见的先锋。若它尚有残余,我也该到我所见过的沉默的密谋者中去找,就比如,去到卡哨尔公园的树丛中;且我觉得他们都在郊外的郊外活动:绝密的结社,轻得好似弗里德里希阿鲁门博物馆中隐形的气流;我敢确定,最后的先锋已没兴趣被称为先锋。

我从我躺倒者的位置上狠瞪着顶着卷发筒的似欲将我从红沙发上拽起的主妇。

"想啥呢,我们这位草堂堂主?"她问。

我仿佛觉察到,在她略带挖苦的亲切评注中还隐含着另一层意味：她已发现在这数小时内侵扰着我的寂寥。也或者她什么都没想，只是做着那个讨人喜欢的、总对我特好的姑娘？事实上，她无时无刻不在展示着她纯真的礼貌、优雅与善意，也将"听她说话"的无边的满足感赐予了我；她慷慨地向我解说着我所见的一切，使这个由千奇百怪的发明汇成的公园成了雷蒙·鲁塞尔的《独地》中庄园的化身。

可即便如此，她仅是惹人喜爱而已，还拥有无与伦比的性感嗓音，即便我真没什么可担心的，我还是无法容忍那种哪怕最小的可能性：那一瞬，她将我看成了被置于欧洲中心的中国灵堂内的一尊意式马槽中的塑像。

我在沙发椅上翻滚起来。

"别再抛下我一个人了！"我冲她吼道。

这便是"那个"失误，每段旅途中都会出现的那个一枝独秀的错误。打小——和随便哪个害羞的孩子一样——我一直试图隐藏我的孤独。可我竟朝波士顿高声坦白了。在我身后已没有退路。

她笑了。

"我觉着吧，"她说，"你这要求提得一点都不合时宜。"

41

一听说雨停了，我们火速窜出"成吉思汗"，撂下坨吃到一半的馅饼，径直往餐厅后走去；从那儿出发，我们开始在卡哨尔公园南区中散步。

半小时后，我们来到一段陡坡前；这是条清雅的小道，似属于另一时代的崎径。经过一番坚忍的上行，我们在一座不怎么牢靠的小型石筑处暂歇；它的正面有扇紧闭的绿门，两扇窗的铁帘都放下了，外头是锈了的栏杆，铰链是仿金的，假装被某套看似尖端的电子报警系统守护着——如真包换的假把式。只要绕着房子转上一圈，便会发现，它的后门开着，想进就进，里边是个敞亮的大间，家饰简洁。后门旁的一块木板告诉来访者，只有屋里的东西属于柏林人巴斯蒂安·施耐德的作品"先锋的最后一季"(The Last Season of the Avant-Gards)。其中最引人注目的是一个画架，架上搁着块尚未完成的画布，画的是二战中的两次斯摩棱斯克战役之一，技艺相当精湛，人几可听见战场的哗闹。至于那画架，与之相连的还有个小型机器，看着像是挂壁式的中

卡塞尔不欢迎逻辑

古电话，其实是台奇巧的迷你打印机。

而在画架顶端的一块板子上刻着一位几乎已被人忘却的大天才、马蒂努斯·冯·比伯拉赫的墓志铭：

我来，不知从何而来

我是，不知是何身份

我死，不知死于何时

我去，不知去往何处

我惊，我竟如此快乐。①

若谁按下位于"快乐"一词下方的按钮，激发其连携机制，那台小型设备便会活动起来，吐出张纸条，施耐德正是用它传递着他的理念，即：时至今日，当代艺术家的处境就和德国启蒙运动前的云游艺术家一样，他们不是为了一个既已建立的社群书写，更确切地说，他们书写的是构建起一个社群的冀望。

当我以蹲姿朗读起那张被用力唾在地上的字条，在很长一段时间里，我想到的都是密林中的众人、我在珍妮特·卡迪夫与乔治·布雷斯·米勒的喇叭周围见到的那个临时聚起的小组。

---

① 原文为德语，抄录如下：Ich leb und waiß nit, wie lang/Ich stirb und waiß nit wann/Ich far und waiß nit, wahin/Mich wundert, daß ich fröhlich bin。本段系按作者附上的西语版墓志铭翻译而成，与德语版似不一一对应。

巴斯蒂安·施耐德的讯息太到位了。待我念罢纸条，迈出房间，我朝铺陈于坡下的公园望去，只觉我的视野从地平线开始变得愈来愈窄，甚而有一刻，我感到，我每眨一次眼，空间便又收拢了许多，连我的至近处都顷刻失却了线条与形状。于是我忖度着：无疑，我们身处曾经原是中心的中心的中心；同样不存疑问的是，我们身在先锋的最后一季，抑或是倒数第二季，因为最后一季已经有了，只是下落不明——它更适合在地下蛰居。

我想到夏天的世界、死生的世界、崩溃与恢复的世界、风暴与宁息的世界：思想与行动的无限轮回、无尽的发明、假定永久的实验。见到一场沙暴似要将此地吞噬，我记起 T. S. 艾略特所言、终结了西方传统的那把可怕的尘土①。一小把尘土，在那外边流动，从左到右，从右到左，从各处到各处；它朝上空飞升，又呢喃着降落。

为获知它在呢喃些什么，我愿倾尽所有。

---

① 引自《荒原》。

42

    一小时后的橘园宫剧场，我面对着被芬兰歌手 M. A. 努米宁用爵士、朋克、摇滚和流行乐捣得粉碎的路德维希·维特根斯坦著作《逻辑哲学论》，不知作何感想。

    我险些没法相信刚才所见的一切。《哲学论》之毁灭，简洁高效。当目睹了努米宁对该书的摧残，我神经质地、近乎荒诞地笑出声来，连波士顿都不得不叫我冷静一点。我没睡多久，我提了一句，仿佛这能充当某些行为的借口。那你不想想，她道，你还跟楚丝约了今晚吃饭呢。我真不清楚自己能否活着赴宴；疲累磨蚀着我的体力，且这回可不比一年之前了，晚间出行的我不再享有科利亚多的药片的帮助。

    我再次审度起芬兰人努米宁，继而发觉，无论是盎格鲁-撒克逊人还是拉丁人都无法摸清他戏谑的血脉；对我们来说，他是个不可企及且不可理解的喜剧人；可他仍旧是个十分出色的喜剧演员。不晓得为什么，我对此无比确定。可这是为什么呢，我怎就深信不疑了？我不知如何跳出这个疑问。

离开剧场时，笑的人成了波士顿，只是不像我的笑那样不甚安定。她之所以笑是因为刚读了手边节目单上的努米宁履历，那段生平的西语版显然是直接用目无法纪的谷歌翻译器翻的：M. A. 努米宁生于 1940 年的芬兰索梅罗，曾在赫尔辛基大学学习哲学、社会学和语言学【……】他曾创作哲学通知、手写电影、诗歌，有怪癖与探戈的经验。

哲学通知？手写电影？看到人们每天都似在发明着新的文种，我觉得倍儿有意思。又说到这怪癖与探戈的碰撞，这组合还挺有吸引力，虽说不论是我还是波士顿都完全摸不着头脑。但我坚信那会是件招人嫉恨的事，比如说，在坐拥怪癖经验的同时，还能用探戈的方式来展现。我们欢快地在橘园宫雅座上聊着这些——芬兰人的表演一结束，见暴雨终于远去，我们便来到了这里。

这会儿波士顿向我证明了她懂的比我想象的多，她跟我谈起了阿根廷人 J. 罗多尔福·威尔科克的《圣像破坏者的秘密集会》，书中某章描写了一位名叫劳伦斯·里贝尔的加泰罗尼亚导演——兔子的狂热爱好者（他所有的作品里都有兔子）——被叫到牛津城去导演《逻辑哲学论》的话剧版本；许多人在第一时间就感觉那是个近乎绝望的活计。

我们喝了几杯咖啡，对我来说可算是许多杯了，随后前往罗斯玛丽·特罗克尔的展厅去观看她的作品："一件雕塑的十个尝

卡塞尔不欢迎逻辑

试"（Tenattemptsforonesculpture）——连波士顿都不会讲解的一件造物，也许它就没法阐释，然而我决定给出我自己的注解，称这东西讲的是，在逆境中常应求险；为防遗忘，我把这想法记了下来，只因它留给我一种印象：我此生已多次践行过它，我该继续将它截留在我的记忆之中。

山姆·杜兰特的巨型"绞架"（Scaffold）则是我们稍后参观的作品。如此令人不寒而栗的地方却满是孩童的身影：他们在硕大的刑具上攀爬着，估计是把它当成了儿童乐园的一景。将来世界就是这些孩子们的了，也会像个罪恶的游乐场吧，我思量着，顺便也将这"绞架"与我"成吉思汗"的红沙发——我老把它想成断头台来着——联系在了一起。

我们还见到了原本位于市中心、后于1939年被残忍摧毁的、由犹太人西格蒙德·阿什洛特出资建造的大喷泉的逆向（地下版）复制品，创作者为艺术家霍斯特·霍海赛尔。

而在绕着人山人海的卡哨尔公园——文献展的最后一个周末里来了批赶末班车的游客，哪儿都被挤得更加满满当当——欢畅地逛了一大圈后，我们决定去到卡塞尔城中心。在那儿，我们碰上了《国家报》的博客写手拉拉·桑切兹。她刚看了塔奇塔·迪恩的作品"疲劳"，而那也正是我们的下一个目标。

虽说我始觉有些累了，还担心着与楚丝的会面以及我不甚稳定的精神状态，可我们依然去游览了那家古旧而丑陋的银行——一听便是个毫无诗意的地方。而就在那个老派的金融场所里,塔奇塔·迪恩摆上了她神奇的黑板画;黑板很大,是墨绿色的,叫我想起了我萨尔扎纳梦中的那方幽绿,它太过深沉,还记得,那块绿色黑板转眼就变成了嵌在阿拉伯葱形拱中的门,而吾友皮托尔则放缓了手速,在门上刻下一首用未知代数谱写的诗。

塔奇塔·迪恩是本届文献展唯一一个我对其作品还算有所了解的参展者,因为两年前,我在马德里见过她的"修士的涂鸦"。那回,她主要展出的是她所拍摄的人们刻划在西洛斯修道院柱廊上的图样。

我还是听了多米尼克·冈萨雷斯-弗斯窄特的推荐才去看的"修士的涂鸦",可那次展览让我很感兴趣,它将那么多年来被陌生人刻在柱石上的怪异印记呈现在了我们面前:个体工匠计价用的标记、简易棋盘——很可能是石匠们在等待新雕刻的廊柱被送来安装时的消遣——还有柱廊装饰简图。

当我回忆着西洛斯修道院的那些涂鸦,只见已有不少人排起了队,等着瞻仰塔奇塔·迪恩的阿富汗黑板画。波士顿不得不再次掏出了那两张能让我们快速入场的通行证。

由于参观者的队伍是排在了一条狭窄的走廊里,谁做了什么都能看见,我们也就没法若无其事地插到等了个把钟头的人们之前。我摆出副公务员般的扑克脸,就好似我是官员波士顿的秘书，在随她进行例行巡查。

我尽可能地表现出一名文秘的坦然，以说服众人，我是文献展某个假想的督察部门的成员，可是，很自然地，这只是我的臆想，在他人眼中，一位有着魅惑声线的女郎只是厚颜无耻地亮了亮某张纸片就带着个老头大摇大摆地走了进去，一时抗议声四起，甚而让我也心生了些许恐慌。走道太窄了，而我则越来越神经过敏——定是我睡少了。

可一进到那古老而反诗意的银行网点内部，我啥都好了。塔奇塔·迪恩的墙板有着令人自疑失明的绿色背景，直让人联想到在阿富汗的雪山中驻留的时间。事实上，我过了好久才发现，那些逼真的画面——我见过的最典雅的景物之一——竟是塔奇塔·迪恩用粉笔在此处、在这块历来作为商业场所使用的空间里就地画成的。波士顿告诉我，之前许多艺术家都拒绝在这儿展出作品，而塔奇塔·迪恩从最开始就觉得这块地方十分惬意。

在卡塞尔的几周间，这位艺术家一步步绘制着她壮美的组画"疲劳"，精准而有独创性地描绘了兴都库什山与喀布尔河的冰泉。她的画展现了冰川消融、雪水一年一度降临阿富汗首都的场景，被人们同时欢迎和惧怕着的一种现象，而这一系列画——波士顿称，它预示着塔奇塔·迪恩向黑板画的回归（她已有十年不曾碰过粉笔）——也是艺术家对鲁德亚德·吉卜林的诗歌《喀布尔河滩》（一首动人的诗篇，写的是在第二次英阿战争中溺死的不列颠士兵）的致敬，对自然之力以及喀布尔河令人生畏的气魄的致敬。

波士顿说，按访客人数来算的话，塔奇塔·迪恩的这组展品在本届文献展中是数一数二的。考虑到从这些景致里沁出的朴实无瑕的古典之美，这点不足为奇。但显蹊跷的是，在这样一次先锋艺术大展中，最接近人们原本认为的正统的东西反能大杀四方。

正当我们在这片老牌信贷银行的原属地中转悠的时候，我们邂逅了文献展的总策展人兼艺术总监，卡罗琳·克丽丝朵芙-巴卡姬芙。她属于那种人，即，只消打个照面，便能看出，她不需要任何推力，更别提是不可见的了；她的眼神中似带着狡黠，且是个人都能发现，她很享受用言语逗引对方的感觉。与她同行的还有艾达·艾拉，一位现居柏林的萨拉戈萨人，楚丝的助手；这名字像是现想的，抑或是化名，尤其我们知道，"艾拉"在加泰罗尼亚语中也有"现在"的意思。

"艾达·现在，"我道，"有点像艺名啊。"

一抛出这番评论——哪怕随口一提也似乎不怎么得体——我就进入了一阵短暂而晦气的所谓"懵逼"状态。一切始于那一刻，卡罗琳用一口我能通盘理解的英语问道，我对文献展印象如何，想来也就是例行公事地问问，可这样一位大领导、所有这摊东西的总负责人——结识任何领域的"一把手"总会让我极其惶恐——竟问了这么个问题，我还真没心理准备，于是我卡壳了，卡得很没道理，就像有谁一下子剥夺了我的语言能力。

"卡罗琳问的是，你看了文献展这些东西有何想法。"艾达·艾拉解释道。

"唔……呃，那个……这里没有世界。"

艾达·艾拉微笑着把我的回答翻译给卡罗琳，意欲以此和缓我刚才的不知所云。而卡罗琳用失望的目光瞧了我一眼，又问，如果像我所说，这里没有世界，那这里有什么呢？当天最难的问题之一。不过就在其时，不可见的力，或者只是我身后拖拽着的困顿所造成的焦虑，就像赶来营救我似的，将我的精气神往上抬了一级。

"这里有个推定。"我道。

然而此话一出，雪上加霜——估计是我的某种恶作剧，我时常怀疑，酿出该诡计的这酿团过分庞大的能量源自我体内的一股无形之力。我垂下头，意识到刚才所言连麦高芬都算不上，且我没太明白，自己怎就讲出了那样的话。我打小不爱考试，而在卡罗琳面前的我有种被考的感觉，也许正是这点叫我紧张，也让我跌入了我自己的答句所交织成的纷乱困局中。

艾达·艾拉问道，我说的这推定是什么意思呢。就是结论，或者论断吧，波士顿答。二人颇有兴致地就"如何讲清'推定'一词"争论了一会儿,最后是卡罗琳不耐烦了,再度发问:你说没有世界,好,那他妈的有什么呢? 有个结论,波士顿替我回答了。卡罗琳用她可怖的视线刺穿了我的心脏,也将一切推向了麻烦的极端。她仿佛是在自言自语:行吧,这就是他们推荐给我的作家、叫我们选来参展的作家? 她追问道:什么结论? 我怔住了,哑口无言。没有结论,最终我只能这么告诉她。我见卡罗琳极为不爽,怒不可遏的样子,她猛然来了句:

"那我们怎么办。是心平气和地接受,还是丧魂落魄地爆炸? 还是怎样?"

我原地木然。我想起了在最庸常的对话中也必然会出现的语言短路。"今儿天气不错啊,夫人。""可不是嘛,先生。""您看这阳光,多耀眼哈?"女士不答。陡然间的中断。全然无关紧要的交谈中发生的言语故障。诚然有些时候,人们自己也会在无意间促成这种短路。

卡塞尔不欢迎逻辑

43

　　将近黄昏时,我们抵达了火车总站;来老站的目的是想参观一处奇妙的地方:委内瑞拉人哈维尔·特列斯为文献展所作的电影装置"阿尔托①的洞穴"(Artaud's Cave)。

　　前来此地的有我、波士顿和艾达·艾拉。一路上,三人谈论着我与卡罗琳间欠成功且荒诞不经的碰面。波士顿道,你就差告诉她,地球是靠两只采采蝇推着转的了。

　　而在火车站的该处空间里——它被设计成了个洞窟状的影院——特列斯接连放映着同一部影片。这是波士顿和艾达说的,她们相信,有阿尔托夹在当中,这片子定能让我喜欢。装置将《征服墨西哥》搬上了银幕。我记得,阿尔托的该部作品追求的是"击打"观众,创造出斧凿冰海——人人心中都有片冰海——的刚硬效果,这与奠定了残酷戏剧(由阿尔托本人创立)基础的理论一脉相承,探寻的是如何给予观众一种侵略性的冲击:"为此,(几乎总是剧烈的)动作应重于语言,以解放与理性和逻辑相对的无意识。"

特列斯的视频有趣至极,它不仅解放了无意识,还让墨西哥城贝纳迪诺阿尔瓦雷兹医院的精神病人来担当了演员。它用两条平行的时间线交替展示着精神病院的日常生活与阿尔托所叙述的"征服墨西哥"这一历史事件,这就要求阿尔瓦雷兹病院的患者们必须以超常的技艺将自己一分两半:一半演的是作为病人的自己,另一半则化身为历史人物——蒙特苏马与他的战友们。

鉴于我啥都没说,我看着就跟丝毫不感兴趣似的,无论是对这洞窟还是电影还是墨西哥的征服。但事实并非如此。我见那一头金发的德国女青年走了过来,之前在"未耕"看到的身着全丧服、昭告着欧洲将死的女人。就是她,错不了的。她仍穿着同样的黑衣,边向众人嘶吼着边朝我们走来。到了面前,她将一份她自己写的类似小册子的东西递到我们手里,上书,安托南·阿尔托属于最先道出"启蒙运动毁灭了西方"的那批人。其实也和她先前宣扬的——为此她还登上了一座瓦砾的小山——没多大差别。

我琢磨着,这年轻人的叫嚷却也不无道理。理性陷入了疯狂?嗯,没有比理性距离灵魂更远的了,因此理性也就是疯狂的巅峰。况且,这位一身丧服的金发姑娘还指出,阿尔托是头一批

---

① 全名安托南·阿尔托(1896—1948),法国诗人,对超现实主义诗歌作出过重要贡献,以怪异和疯狂出名。

卡塞尔不欢迎逻辑

发现欧洲"活着却死了"的人之一；单就这个而言，她说得一点
没错。

阿尔托也在咆哮。还是说，我已不记得洪堡了？那个索
尔·贝娄笔下的人物？前者总会想起，那天，阿尔托将全巴黎最
有名的知识分子请去讲座，见人已到齐，他什么文章都没念，而
是登上舞台，像野兽一样嚎了起来。从表面上看，阿尔托不停张
嘴吐出的只是高声的嗥叫，把呆坐在那儿的巴黎学者们吓了一
跳。在他们眼中，这该是个风雅的际会。为什么？洪堡称，阿尔
托早就以不知何种方式悟到，知识分子唯一可能感兴趣的便是
将思想放在首位的艺术。艺术家必须吸引知识界（新阶级）。所
以，文化与文化史的现状就成了艺术的辩题。故而这群法国精
英毕恭毕敬地聆听着阿尔托的嘶叫。对他们而言，艺术惟一的
作用便是激发或启发想法……

而我自己呢？若仔细一想，我在抵达卡塞尔之后的行动不
也遵循着这种取向？从第一刻起，我就很乐意面对那种可能性，
即：在文献展中流动的理论能启迪我的创作。事实上，我怀疑其
中的某些观念已渗入了我的人格，就似一剂强效毒品，将我送进
了一种无比欢悦的状态，把通常在此刻袭来的哀伤吓得连头都
不敢冒了。概因这就是当时所发生的事件之一：虽说黄昏已近，
可那天，不安的情绪并未像往常一样按时赴约，无疑这对我来说
太奇怪了，也或者它只是迟到了些。

而另一件事则是,悄然间,那阵不知所踪的忐忑已被景仰之情——我在卡塞尔所见的一切如此复杂——所取代。

这种复杂性已成了我新人格的组成部分。仿佛我经历的一切与马拉美那句话有着直接的关联:"不要描绘物体本身,而是要画它产生的效果。"文献展某些作品对我产生的效果已在改变我的处世方式。

那样奢侈的复杂性堪称奇迹。我在用雷蒙·鲁塞尔的眼睛见证的艺术的阿尔卡里亚堪称奇迹。

所以我觉得,我必须击碎我那一大群朋友的妄想,他们坚称艺术已死,但很遗憾地,他们是将艺术的穷途与世界的末路混为了一谈——这本是两码事。在我看来,艺术还站得稳稳的;说到底,随着那两只让人头昏脑涨的采采蝇一同溃散的,只有地球。

44

正是在阿尔托的洞穴里，我记起了我从很久以前就开始信奉的一种观点，看来它仍未消逝，即，投身文学的人不曾舍弃这世界，是世界驱逐了他，或从未将他纳为房客。问题还不算太大。毕竟，诗人才是那个"连世界都未有过"的群体；对他们来说，唯一的存在便是那永恒的郊外的光亮。

在如此前提下，虽则这极端主义德国女青年实际是吸引我的，我也得强迫自己不去关注这位错乱的喧哗者。为此，我接过了我积攒的劳累以及不可见的力伸来的援手；一时间，二者像是合为了一股，同心同德地继续支撑起我对万物（除了那喊声）的兴趣。于是我没花多久就成功忽略了那位黑衣女子——不无痛心，我真挺喜欢她那疯劲儿——得以专心观看起在人工洞窟中放映的那部片子。

我发现，我延续着对一切的好奇，此前不久我还关心起了那乏味的微泛红光的日落；进洞前，我们将它抛在了脑后，而许多人在它身上倾泻了毫无节制的眷注，似乎将它也视作了文献展

卡塞尔不欢迎逻辑

的一部分。

不管怎么说,我对平庸落日的兴趣最终化成了一种特感性的东西:我想起了我的父亲,每当他要开始一天的工作——年复一年,他总在日薄西山时出门——他在沐浴中唱起的《我无法平静①》总会因其过度的感伤(没能献身于歌剧事业)、过度的咏叹和过度的悲观从而唤来几只雄鸡的和鸣。

同样让我心生感慨的是,我记得,那会儿我已经在阿尔托的山洞里了,但我每每远望,见到的总是海;它逐渐退去,继而引荐出一片更远的,最后人只能看到一连串假想中没有滩岸的海。这视效似在叮嘱我,要奋勇向前、全无畏惧,远离这世上的任意一把尘土、任何一场误会;要敢于向另外的假想进发,它们同样没有海岸。

如此一来,我基本就没再跟着特列斯影片的线索走下去了,因为,我不是在设想一系列没有海岸的海,就是在考虑我到时要说什么才好——万一波士顿和艾达猝然问我,我怎就觉得是那阵隐形的微风阻止了我情绪的衰落呢? 要真遇上那问题,我想着这么回答:众所周知,是小伏打电池两极间振动的势流生成了第一份电报,那是一道翻越群山、跨越大洲、跃行千里、似鬼神一般的电火花,而卡塞尔无形的气流正与之相仿。

---

① 李斯特根据彼特拉克的十四行诗第 104 号所作的艺术歌曲,原文为意大利语。

卡塞尔不欢迎逻辑

不知怎么搞的,走出洞穴时,我仿佛见到天狼星高挂空中,接着,没过一会儿,就跟两者间有什么逻辑关系似的,我再度碰上了那个穿着丧服的女人,她的叫喊声一次比一次凄厉,倾吐着她目睹欧洲毁灭时的绝望。面对榫接在一起的事件,我时刻保持着清醒,从而发现,她在不自觉间演出的场面有种庄重肃穆的美,理当作为此次卡塞尔之行的关键图景之一被我久久铭记。事实是,黑衣女青年的影子忽与最先亮起的灯光掺混在了一道,顷刻间,在依旧高悬于永恒郊外的光亮中的天狼星的辉映下,那疯子的形象诡秘地带上了神性,就好比我们突然发觉,在卡塞尔的那个傍晚,只有那女人在述说真理。

卡塞尔不欢迎逻辑

45

　　"可怕呀,可怕。"康拉德笔下闯入刚果丛林的马洛发出了这样的低语。而眼下,"短暂的纪念物之四"(Momentary Monument IV)就像那位疯子苦难重重的精神之旅的变相延伸;这番颓垣断堑的风景也与高呼欧洲已死的黑衣女子互相照映。

　　"短暂的纪念物之四"是座巨型的垃圾山,作者是拉腊·费芙丽托。从火车站再过去些就能见到这尊由四百吨工业废料堆成的丑陋的集合物。它由密密麻麻的保安看守着——毕竟人们太容易预见潜藏于其中的事故(孩子是最可能的受害者)——任谁都别想爬上这座由锋利的废铁垒起的罪恶山丘。

　　波士顿说道,语中夹带着些许轻蔑:根据目录册上所写的,本作品描述的是在暂时与长久间摇摆的不稳定的经验。她为道出此言换用的金属般的嗓音玷污了她原本的声线,这也使我更加讨厌费芙丽托摆起的这堆既短暂又有纪念意义的垃圾。

　　不过,且不说我的遗憾——无论是美妙的声音还是本该发表的评论都被自愿扭曲了(那位创造了废物堆的艺术家完全可

卡塞尔不欢迎逻辑

以就自己的作品好好说些什么的）——不管怎么讲，将这么个纪念碑式的覆灭搬上舞台都是个难忍的丑行。我们本可省去这次参观的，这点毫无疑问，且我还得感谢他们。诚然，在卡塞尔见到的许多事物都让我鼓舞，可我也不会因此就失掉了我的批判之心，而在"短暂的纪念物之四"面前，我只有一个念头：还是想想委拉斯凯兹的《宫娥》或是莫扎特和瓦格纳的音乐吧——如此思量着，我差点就大哭起来。

我们仍来得及回到老站，去到其中的一个古旧的大仓库里；南非人威廉姆·肯特里奇的"拒绝时间"在那儿等着我们。走在路上，我见都这个点了，我还这么欢乐、情绪高涨、对啥啥都好奇，我又一次自问，这不稀罕么？这天，我的头脑中竟没有一丁点忧愁的征象？通常到了这会儿，见太阳失去了能量，我的机体也会随之衰颓，而精神一垮，忧闷便会找准空子蚕食掉我的美丽心情。

其实也不是说我丝毫没有忐忑的征兆，而是说，我直截了当地将它们按了回去，其退散之快令我都吃了一惊。一般来讲，忐忑会猛然闯入，只消让我记起我的年纪，以及我所剩无多的——不管我是否长寿——光阴。

也许是日常作息的改变与前晚的失眠让我幕后的心境调控者（特古板的一个人）没了头绪。我已经好久没有这种感觉了：在最艰难的时刻，有份良好的心情。

说不定它还能坚持一会儿呢，我想，这样再好不过，因为我得在没有科利亚多博士的药片的情境下去和楚丝·马丁内兹共进晚餐，带着张笑脸去赴约总不是坏事。

我抱定"肯特里奇之作必属精品"的态度，欣赏起"拒绝时间"——由物理学家彼得·L.加里森与几位作曲者（菲利普·米勒和凯瑟琳·麦宝伊）共同参与的一场表演。音乐、图像与中国皮影在这里炸裂，那架达·芬奇式存储机则从史诗神话的维度向观众推移而来；时间终究被抹消了。

肯特里奇描绘的，波士顿低声告诉我，是一场盛大的影之舞蹈，其中，艺术家——抽象的艺术家——出现、消失、穿梭在地理的幻空中。而这一切，她道，都该解读为对时间的思考，它折射着穿过地点与人生，折射着穿过地球上的每个区域，从日出到日落，以至汇成了整个宇宙。

虽说我还寄望于肯特里奇的作品能叫我欢喜，可波士顿的这番话让事情变得难办了起来。她在讲什么呢？她是通篇记下来了，这会儿来背给我听呢么？她真知道自己都说了些啥？我的结论是：绝对不知道。不过这样更好，因为说到底，无法顺畅地跟随作品的发展，无法理解作品的内涵，这般际遇为我打开了许多扇门；说真的，这十分有益，它让我直感到，或许艺术的形式在变，它越来越倾向于以完全不同的方式与各种事物发生联系，而我的任务之一就是寻觅那个醒目的符号、能让所有这些新关

卡塞尔不欢迎逻辑

系显现出来的符号。我能找到它吗？在我看来，那该是省略号。正想到这儿，波士顿跟我谈起了肯特里奇不那么为人所知的画家的一面；无疑，这块她解释得比"拒绝时间"要好。有趣的是，她说，这人有个怪癖：在他的每件作品中，不仅存在你所看到的东西，还能发现他上幅画的痕迹……我从没见过别的画家这样做。此外，他还有个既精巧又稚拙的特点：他会用虚线标出人物的视线。如此一来，这么不易表现的东西——描绘我们看不见眼睛的人的视觉行为总是很难——也被他画了出来。

我明白，这些时而被用来联结目光的虚点，有时只会导向某种不欢迎理性的不确定性。安托南·阿尔托定会乐意触碰它们，并在好好把玩一番之后尖叫起来，或将它们转换成音乐，献给早夭的艺术家、我们时代的英雄、践行着唯一而短暂的存在的诗人……

有什么能比省略号，即六个悬在半空的黑点，更好地刻画出人类的状态？它顺理成章地维护着那些只能被永远搁置的事物——说到底就是如此——的悬而未决。

对我来说，与永久搁置最相近的场景一直都是中学校园；傍晚，学生回家了，暗影徐徐降临，荒无一人的院子成了个方形的永恒，干净却又令人惴惴地，把对学校的厌恶凝成的珍珠赐给了我们。

46

火车站百米开外的一条肮脏的巷子里,在一栋房子的底层,正当我回想着我的青年时代、回想着旧日的恐惧:直击后颈的冰凉而板滞的吐气,我两人内参观了"巴巴奥的一页"——葡萄牙人安东尼奥·乔宾独特的装置作品。

管他队伍多长,我跟波士顿亮了亮证件就走了进去。那件作品的灵感直接取自萨尔瓦多·达利于三十年代谱写的电影剧本《巴巴奥》。可想而知,我们观赏了一场让人全然摸不着头脑的演出——应该说"又一场"——反正卡塞尔的特色本就不在于随着逻辑起舞。

波士顿不掌握任何关于这场演出的信息。她没来得及查;此外,她非常讨厌乔宾:还记得后者初来卡塞尔那会儿,那是当年2月,大雪纷飞,作为一位八十五岁高龄的艺术家、所有受邀参展者中年纪最大的一个,他来布置"巴巴奥的一页"时背着的却是个古怪的名声——特爱玩消失、玩蒸发、说不见就不见,因此他们叮嘱波士顿一定小心别让此事发生。可他都八十五了啊！她当时回了这么一句。八十五算啥，人告诉她，这人可说不准，尤其爱玩失踪。但城里下着鹅毛大雪，又是一这岁数的老头，波士顿总觉得乔宾就不可能丢。然而还真就丢了。安东尼奥·乔宾是个消失高手。他抵达此地时正好是那年最冷的一天。他上巷里那间邋遢的屋子——火车站附近那些臭名远扬的平房之一——看了一圈，他早就计划在那儿排演他诠释的达利作品《巴巴奥》的一页。他和卡罗琳·克丽丝朵芙-巴卡姬芙以及楚丝·马丁内兹一起在约尔丹街饭店吃了顿午饭，激情澎湃地为她们唱了首葡萄牙民歌《我不想爱》。随后，她们送他去酒店睡午觉，又叫波士顿在大堂守着，一见他再度出现就立马把他看住。

　　一连两天她们都没能再见到他。波士顿一直没明白他是怎么躲过监视的，同时她还得满城找他，打电话给警察、酒店、妓院，给可能见过他的当地人——乔宾是安哥拉裔，在这白雪皑皑的德国城市里，哪怕纯看色差，也该相当明显——可谁都说没见过。他是两天后冒出来的，人都以为他死了，而他给出的唯一说法是，卡塞尔的巧克力不错，只要是黑森州的都还行；若可以的话，那时那地，波士顿只想把他弄死。

　　这位黑森巧克力爱好者（没想到他这么狂热）的作品始于萨尔达纳舞曲《为你哭泣》的头几个音符，幕布升起，呈现在观众眼前的是一派广袤而荒凉的矿区景象。被风化削蚀的岩壁定义着

卡塞尔不欢迎逻辑

环境千年以来的谵妄。一把银匙径直自铁岩中生出,拖着那安哥拉人,微微歪斜着穿过了风吹日晒的矿场。那勺里能见到两只荷包蛋……接着幕布落下,一会儿又被拉起,此时背景音乐换成了探戈舞曲《新生》;场景中满是骑自行车的人,他们头顶放着面包,眼睛缠着绷带,与成双成对的探戈舞者缓缓交错。而当车手舞者尽都退去,舞台中央的那位黑人妇女终得凸现,她有些年岁了,正弹着竖琴,身上穿着香奈儿的礼服。她会时不时用身旁篮子中的面包凶猛拨弦。此后她会冷静下来,继续弹奏如常。一曲终结,她会将面包扔了,喊工作人员把帘幕降下;于是它终究被放了下来,一切从头开始,萨尔达纳舞曲再临。

　　与其说这场演出打动了我(萨尔达纳舞曲时常令我激越,叫我记起我不曾得识的祖先,甚而使我在迷乱中号啕大哭),不如说,它给我提了个醒:我该打个电话回去问问巴塞罗那的近况。我铅灰色的故乡局势如何?我发现,自打离开我的城市,仿佛已过去了万年之久。

卡塞尔不欢迎逻辑

47

　　艾达·艾拉走了,她得回办公室去,而波士顿说她还可以待上一会儿;我俩在离科赫街不远的半身像酒吧坐了下来。

　　在爸爸妈妈爷爷奶奶欢乐的注视下,几个孩子正在追逐打闹。吧台上人挤着人,几乎能为一杯酒拳脚相向。这就不是个谈话的地方。可我们还是聊了起来。波士顿说,她挺期待变老的,这样就能走得慢些了,还能穿得像个老太太一样。对此我很惊讶。

　　"走得慢些?"

　　我瞄了眼她的脚,她仍踏着那双曾让我心驰神往的金色凉鞋。我想象它们被岁月的车轮轧过的场景,不禁诧异,在我对当代艺术现状的冷眼观察中竟也渗进了这些感伤的、有人情味的、甚而可以说是过于有人性味的音符。它们来干什么?我突发奇想地问道,她"走慢点"的愿望是否和我在肯特里奇的作品中看到的对"时间之迟缓"的描述有关?一点关系没有,你想啥呢,她道,只是觉得越来越爱走路了,甚至相信,自己到老了也不会放弃这个爱好;那时她会走得极慢极慢,在自家的过道中溜达;还有比这更好的散步么?总是套着奇形怪状的衣服——她梦想着同时穿上薄透的睡裙和又粗又厚的袜子——而一到晚上,她可以说睡就睡,只需往后一倒,大嘴一张……

真想变老呵,她又一次慨叹道。最好还得有睡眠问题:大半夜就醒了,就这样醒到天亮,得了老年痴呆,口水淌到下巴上。她的声音奇迹般地恢复了我初听时的魔力,它那么热切,那么有人情味,甚而可以说是过于有人情味了。不仅如此,且不论她在谈些什么,她声线的魅力还在不断扩张。我太想在半身像酒吧就这么待下去了,听上一天,抑或听上一辈子,听到连她都开始变老了。可不知怎的,我的脑中浮现出了这样的画面:酒吧里的几位老人飘到了我们上方,他们想触碰我们,而他们的吐息好似氧气,把正在嬉闹的孩童的火红衣裙烧旺。不妨这么说,在波士顿婆婆的陪同下,一时间,身处血红色的衣装与火苗中的我切身体验到了晚年地狱的滋味。

卡塞尔不欢迎逻辑

48

　　在我匆忙赶回黑森兰德酒店的路上，由于一心向前，我路过酒店门口而浑然未觉。我笔直走了过去，许是因为太过入神：我一直都在回味刚才在半身像酒吧里上演的"老人物语"，回味道别时我在波士顿脸上播下的两个轻轻的吻。

　　无意识中，我闯入了未知领域、弗里德里希-艾伯特街的陌生地界；经过萨克森塔餐厅时，我感觉有人拍了拍我的肩。我顿时有种回到赛格尔黑屋的错觉。我有些提防地瞧了一眼，是奈奈（我决计这么称呼她，那人应该不愿我透露她的真名）。

　　那一刻我印象极深，并非因为那阵短暂的惊悸，而是因为截住我的人是奈奈，我朋友弗拉基米尔的前女友，说是前女友，其实他俩搞对象都是老早以前、七十年代初的事了。这点让我大受震动。我琢磨着，若是连我都遇上了这种级别的事件——在那儿邂逅了个这样的女人——这就意味着，我回去之后怎么也得写写这段旅行了。谁能料到，事情还能发生到我的头上？

　　奈奈单着，且包揽了这个词最宽泛的含义。她本想独自去

卡塞尔不欢迎逻辑

吃晚饭的,抬眼就见我走了过来,用她的话说,真可谓大喜过望。她还是那么容易激动,只是又长了几十岁。微微弯卷的鼻子,朝气蓬勃的亮红色头发。她最后那老公──一位挺有名的德国艺术家──刚刚抛弃了她。刚刚是什么时候?一小时前。真是恐怖,她说。那老公?不,是又被人抛弃这件事,那会儿我朋友弗拉基米尔也是这样,我不记得了?是,我不记得了,我只能答了这么一句,不然我还能怎么讲,再接下去,我就得为我的老友们在七十年代做出的决定给出辩护了。

你老了,她不怀好意地说。这也难怪,我思忖着,我适才不是还在半身像酒吧里经历了尤为"老年人"的一幕么?你也老糊涂了吧,我差点没这么还击,可满心安逸的我根本无意去伤害一位刚分手的妇人。她坚持叫我进去和她共进晚餐,而我不知解释了多少遍,我已经和文献展的副总监约了在约尔丹街饭店吃饭,总不能让我一天吃两顿晚饭吧,可事实上,我并没怎么推脱就走进了萨克森塔餐厅:我真的已经饿了好久了。

我没听说你参加了文献展啊,奈奈道,她已点了份双人色拉,和我一起在萨克森塔饭店坐定下来。我没告诉她我还参加着呢,我不希望第二天还得在中餐厅里或我的讲座上见到此人。奈奈还和当年一样才智过人,远在巴塞罗那我们常来往时她就是副知识分子的模样。我跟她说,我还没见过能和"这个变化"媲美的作品。她翻出了个丝毫不以为然的表情。我敢发誓,她

卡塞尔不欢迎逻辑

根本没听到我说的是个什么装置,但脸色已经摆在那儿了。她这么做的当儿,我忽觉幸有"热望"悄然相伴;这一概念,自我从W·B. 叶芝的诗歌译文中找到它时便熟稔于心,诗人道:"最终不论吉凶祸福/热望留下它的足迹①"。

我跟奈奈谈起了热望,她半知半解。

"没有艺术你就活不了?"她说,"我可是受够了我那位德国老公、艺术家老公。德国人太招烦了。艺术家也是。还有艺术。瞧着吧,艺术就是个惹人厌的东西、大土豆疙瘩。"

所幸我依旧情绪高涨,我清楚哪怕这样自己也一定挺得过去。

于是我道,大体上说,艺术作品——正如在赛格尔的黑屋里所发生的——会像生活一样经过,反之亦然。

这些话太奇怪了,我险些没被抽个耳光。

而几分钟后,当那盆无可挑剔的小墨鱼通心粉被端了上来,我对我卡塞尔之所见的热忱也似到达了顶峰;面对我无休无止的赞美与大段大段的评述,奈奈看着甚至有种如坐针毡的感觉。她一字一句地挤出了下面这句话:"你这激动也有点太过头了。"

不是说我对当代艺术抱有什么信仰,我道,可我会时不时地发现它的一些特别之处。此外我还觉得——就这么说吧——我

---

① 引自《选择》。

们哪怕跟古希腊或是文艺复兴时代放在一块儿也不会相形见绌。

她甩来了个恨意浓浓的眼神，或许已经猜到，我连甜点都想省了，只欲立马跑路。于是我使劲跟她解释，我这些话可不是为了称赞而称赞的，而是说，自打来到卡塞尔的那天起，我就有所感触：一种无形的力量掌控了我，使我眼中的一切都带上了令人感奋的色调，就好比卡塞尔赐予了我一个不曾想到的换档，一股额外的动力助我在未来对艺术和生活充满乐观——对世界则非如此，它已确实陷落。

连着讲了这么一大通，我差点喘不过气来，更糟的是，我再次感受到了她射来的那束脱了缰般的仇恨视线。

"我一晚没睡，"我说，"整个人都不对了：我的行为，我的状态。它们一直特别规律的，啥都按着点儿来：白天就开心，觉着万事皆有可能，一到傍晚就倦了，眼前一片黑暗。可忽然间，也许是因为卡塞尔这气氛吧，还真就什么都乱了套了。我已经疯了。希望你能谅解。"

此话一出，我顺利开溜，比想象的还轻松。我们约了半夜在格洛丽亚影院碰头，但我预感谁都不会去的，我肯定不会，我连它在哪儿都不知道；我只是一年前从网上把它存了下来，又发现它让我想起了童年时的社区影院。

49

　　我回到街中,终于找准了方向,朝黑森兰德走去。我边走边想象着,我离开了卡塞尔,到文献展闭幕后又转回此地,踏进了被弃置的"这个变化",去看看它亮起来且没有舞者潜伏其中的样子。不多久我便发觉那是个乱七八糟、没多大意思的地方。不过屋里有人,这点是我没想到的。里头那年迈的印度人问我晓不晓得,灵魂会在超感觉世界里永存。不晓得啊,我怯生生地答道。它还会存续的,他说,和那些力量同在;旧世界的守密者对它们了如指掌,哪怕是个中最神秘的部分。这我之前也不知道啊,老先生,我为自己开脱着,就差没跟他说对不起了。真可惜,他道,那您就没法和天界的上人们沟通了。长时间的沉默。这屋里进驻过先锋艺术的,我尝试和那印度人交流。令我诧异的是,我的话之于他就跟木桩之于吸血鬼似的,只见他一脸仓皇地逃了出去。显然,在卡塞尔的幽灵们杂居混住的这块领地里,"先锋"一词造成了严重的问题。

卡塞尔不欢迎逻辑

50

想到艺术本身，我有种感觉：归根结底，它就在那儿，在空气里，悬停于那一刻，悬停于我们的生活之中（我见生活如轻风一样经过，如艺术一样经过）。

我已在房间里了，稍早些时候还照例从阳台上问候了"这个变化"。

我坐到电脑前，在谷歌上搜索起"impulso^①"一词，进而发觉，它还未必是我原本理解的意思，因为在机械词汇中，它是"一个物理量，通常用 p 表示，指的是在封闭体系内的一个物体的线性动量的变化"。所以这术语还和我们通常认为的"力"不一样，后者是艾萨克·牛顿在他的第二运动定律中确立的，被称作"vis motrix"，指一种运动的能量。

不管怎么说，我享有一股 vis motrix，这点几乎是肯定的。随后我便搜寻起我第二天的活动："无人讲座"。我乍然见它被安排在了傍晚六点。有人会来吗？我挺期待在我 vis motrix 的推动下去到那里的，可我更希望谁都别来参加。再说了，我要讲

卡塞尔不欢迎逻辑

什么呢？我继续搜寻起第十三届文献展的讯息，且在一篇报道中觅到了卡罗琳·克丽丝朵芙-巴卡姬芙的话，其中，她盛赞了人们在此地信步时可能心存的混乱，这也令我想起了波士顿的荐语，即在评判"大脑厅"时，最好记得，卡罗琳·克丽丝朵芙-巴卡姬芙曾发表过这样的看法：在艺术中，混乱是件委实奇妙的事。

关于混乱，卡罗琳是这么说的："我得承担让许多人感到迷惑的风险。这届展览没有主题。既然摆在我们面前的是这样一个事实，即存在大批行之有效的真理，我们便永远面对着一些无法解决的疑问，这也使'挑选或剔除那些我们明知部分有假或难免为假的东西'成为了可能。人们在卡塞尔见到的或许是艺术，或许不是。"

我还找到了卡罗琳本人写给一位朋友的信，信中称，第十三届文献展已超越了一次大展的范畴，事实上，它是一种精神状态。我险些以为这话是对我说的；不管怎样，我在最近几小时里已成了个无比精神的人，为我在文献展里——这个当代奇迹的大花园——看到的一切挥洒着激情。

我的个人邮箱里也有几封待回复的信件。其中之一是从纳沙泰尔②寄来的，问我在卡塞尔过得怎样，有没想过回来以后把

---

① 西语词，即"不可见的力"中的"力"，本意为"推"，还有"冲量"之意。
② 瑞士西部城市。

卡塞尔不欢迎逻辑

所有经历全部写下来。"若你确有此意的话,叫我是你,我就换种文体,记住,任何自语言而生的艺术与科学,当它们本身被作为艺术来演绎,或爬升至最顶峰时,总会以诗歌的形式呈现。"

念到此处,我忖度着,总有些朋友啊,他们老希望是你而非他们向自己提出挑战。不过话说回来,"更改文体"这主意我是再同意不过了。我最爱的作家是尼采,每次读他的作品总觉有火焰在烧灼着眼睛,因而我旅行时总会带上几本那样的书,譬如《浪漫主义》,尼采在其中只会间接出现。而与之同列的,W. G. 泽巴尔德仅像是一名出色的学徒,但理当承认,他成功为他的浪漫主义朝圣披上了诗意的色彩。而说起泽巴尔德,我怎也不会忘记他那篇抒写罗伯特·瓦尔泽的美文;从种种迹象看,就在后者乘坐热气球从比特费尔德①——该城的焰火正是自那会儿开始闪耀起来——飞抵波罗的海海滩的那天,他真正从自我中解脱了出来。气球飞越了沉睡在黑暗中的德国。"三人——驾驶员、一位先生和一个少女——登上悬篮、松开绑绳;那座奇巧的小屋缓缓升空……"杰出的漫步者瓦尔泽这样写道,而在泽巴尔德看来,这位漫步者正是为如此静默的空中之旅而生:"瓦尔泽在他的所有散文中都表达了同一个愿望:挣脱沉重的地上生活,轻柔地消失,无声地飞往另一个更自由的王国。"

---

① 德国中东部城市。

卡塞尔不欢迎逻辑

而另一封邮件，无疑也是最乏诗意的一封，则第 N 次地——围绕这个问题的来信就从没停过——附上了如何前往楚丝的晚宴的各项指示，包括一张详尽的区域图，我的酒店和约尔丹街饭馆都在上面，相隔不到三百米，看上去易如反掌，即便所有地名用的都是德语标注，这点稍让我有些不放心，许是因为，出于一些不得而知的缘由，"我是卡塞尔人"的那种感觉开始不那么有力了，但也不能就此断言我变回了个巴塞罗那人；准确地讲，我只是走丢了，自觉在欧洲中心迷了路。事实上，我觉得愈发确凿的是，正如那首久远的歌谣里唱的：若要走出欧洲，就得走出森林，而若要走出森林，就得走出欧洲。

　　有几次，当我在我失败的"思想小屋"里留意到了光的变换，我会有种迷失之感。于是我便会将自己视作又一个死人——欧洲人。

51

我回想着安东尼奥·乔宾诡异的装置"巴巴奥的一页",越想越觉得有趣。我过往的某段经历亦为它增添了些光彩:那是1978年5月,正值萨尔瓦多·达利所著的《米勒〈晚祷〉的悲剧故事》新译本问世之际,我闯进了他位于卡达克斯的家;一想到他在那次会面中所说的话,"巴巴奥的一页"就有了更深远的意义。

这事提醒了我:总有些过去的场景,一旦我们随时间的流逝获取了当时不具备的素材,便会在我们心中蕴育出始料未及的深度。我将我的场景之一定位在了1963年的格拉西亚大道87号——业已在巴塞罗那消弭的"法国书店"。我是被几个中学同学领去的,而在交换过暗语之后——我被吓得话都说不出来——一位身着蓝色工服、耳根夹着铅笔的店员从柜台底下掏出了被佛朗哥政权明令禁止的萨特与加缪的著作。

被禁绝之物的陡然出现令我如此惊恐,令得这一幕永远铭刻在了我的脑中。而在多年之后,当我读到,在1759年的法国,《百科全书》成了禁书,巴黎书商只能从柜台下方偷偷贩卖时,我

卡塞尔不欢迎逻辑

一下就摸到了那条将十八世纪店员的举动与六十年代独裁压制下的巴塞罗那景象直接联系在一块儿的线索。

一般来说，一个事件，哪怕它再稀松平常，也是先于它发生的其他事件的后果。因而威廉姆·肯特里奇的画作让我兴趣很浓，照波士顿所讲的，他总会在新作里蓄意保留上幅画的影踪。这就像在宣告：我不想隐瞒，在这幅画前还有许多，它们便是这幅画的源头。

而在1978年的那个5月，当我在卡达克斯的那栋房子里采访了萨尔瓦多·达利，他却就一幅威尼斯画派的画作谈了许多："刚才您还没来，我又去看了眼乔尔乔内的《暴风雨》。画上有一位士兵和一名怀抱婴儿的裸女。这是幅决定性的画，我国人却一无所知。"

决定性的画？我模样是装了装，可真不清楚乔尔乔内是何许人也。后来在威尼斯学院美术馆见到《暴风雨》时，我发现那幅画里隐藏着许多的谜；它的构图太怪异了，近景是一男一女（两人并无关系），远景则是即将降临的暴雨。

昨天，与达利的那场会面就孕育出了意料之外的深度。那时，我凑巧读到了马拉美指点爱德华·马奈——有人认为是他开创了我们时代的艺术——的那句话："不要描绘物体本身，而是要画它产生的效果。"

我当场就忆起了马奈的《铁路》——让同时期的评论家们瞠

目结舌的画作。一位年轻的母亲正从画中看着我们,而她背过身的女儿则在望着行进中的火车吐出的汽雾。近景是那位把背脊亮给我们的女孩,而稍远些的地方则是在巴黎市中心行驶的火车喷出的大朵烟云。

我注意到,《铁路》的叙事结构会让人联想到《暴风雨》。我一查,果真没错;好多人都这样说。而这时的我便思量着,也许马奈这幅画缺的只是一处痕迹、乔尔乔内的一笔,好让人清晰地看见两者的联系;这就好比杜尚的《下楼的裸女》,它若想培育出更深的寓意,顶好再添上些属于马奈的印迹。那天的达利,在暗无天日的西班牙迷踪失路的达利,不也想将为现代性拉开序幕的那种效果,乔尔乔内的决定性的效果,传授予我么?

"哪怕不是真的,编得也还不错。①"达利也许会说。其实,这是他本人在那次访谈中引用的句子,那会儿我正谈到,我觉得他的书,尽管划定了必要的边界,也在语言中心辟出了一大片想象的沙滩,而他的游戏则是开启它的唯一密钥。达利是这么答复我的,他说加拉在读过书后讲了这么句话:倘若里头写的都是真的,那这书太好了;倘若到头来都是假的,那这书好得没边儿了。

---

① 原文为意大利语。

卡塞尔不欢迎逻辑

52

　　沉思起诸如"欧洲"与"死亡"这样的话题的我忽就想起了优塞福·罗特的小说《皇帝的塑像》中的一个次要人物：酒馆老板、犹太人所罗门·比尼奥夫斯基。莫斯汀伯爵深信这个简单朴实、天生聪慧的男人能给他以合理的回答，便习惯性地就各种问题征询他的意见。看呐，比尼奥夫斯基，达尔文这白痴说我们是猴子变的，且他还有理了……而所罗门·比尼奥夫斯基总能就此讲出些好坑的东西。

　　"你可是念过《圣经》的，所罗门。你该知道吧，那上头写着，上帝在第六天创造了人类，而非国民。是这样吧，所罗门？"

　　"您说得太对了，伯爵先生！"

　　某日，在全球沦陷的大环境下，奥匈帝国消失了，继而引发了一系列政体的垮塌，伯爵便问比尼奥夫斯基对这世界怎么看。

　　"先生，我已经啥啥都不想了。世界毁了。"酒馆老板答道。

　　世界两腿一蹬。在末日般的气氛里，像比尼奥夫斯基这样的个人又能做些什么？他对世界已不抱希望，却还保留着内心中的某种信仰。

而在我身上，这种信仰可以被归结为"艺术"二字。从某种角度来说，我很像比尼奥夫斯基：对正在崩塌的世界，我已无话可说，可我心中还有"热望"，还有那些古老的信条；那一刻，是它们让我欢庆，欢庆我至此的卡塞尔见闻，欢庆那儿的某些作品已渗入了我的情绪与人格。

正如比尼奥夫斯基一样，我也明白：世界亡了，它已支离破碎，只有那些敢于展示解体中的它的人才是在描绘真实景况。我知道世界大限将至，但艺术能创造生命，它并不像那些灾祸预言者说的那样死路一条。于是我决定更名为比尼奥夫斯基，连奥特尔也抛却了他临时的姓氏改叫比尼奥夫斯基了。他对世界不抱任何想法（世界实在令我失望），对艺术则不然。

我立马感觉称心了、如意了。陪伴我六十多年的名字终于被我甩在脑后。它真叫我厌烦，尤其是因为，它仅属于青年时代，而这个阶段已经被我拖得太长。

我连上 Spotify①。既然玛格丽特·杜拉斯的名字在我脑中一闪而过，我便搜索起了她导演的电影《印度之歌》的原声音乐。我随卡洛斯·德阿莱西奥谱写的旋律回到我在巴黎的岁月。奇怪的是，自从改叫比尼奥夫斯基之后，我觉得我越来越像我了。

---

① 一个正版流媒体音乐服务平台。

在卡塞尔待了那么久,我都从来不是我;现在我叫比尼奥夫斯基了,我终于开始做自己了。

我饶有兴趣地思索起于热的"未耕"。我已见过一次这个装置,它仿佛主张"回归到艺术的史前形态",只是看上去如此,我一点都不确定,但不论如何它探讨的都似是学会"站在一旁"、待在"郊外的郊外"(比喻义)的必要性。和我一样,于热也被雾与烟所吸引,至少皮姆是这么说的。如果要给我不值一提的诗格找一个标志性的场景,那便是:大雾中,一位独行者在一条荒无人烟的公路上走着,烟云弥盖着他的思想。

我想到这迷雾的桥段、我的特色、我那么多故事的非凡之处,便觉一股越来越大的幸福感充满了我,也许只是因为我成了比尼奥夫斯基;这样 个称呼便将我从本名的压迫中解放了出来,使我能轻盈地思考起先锋可能所剩的最后一个层面——自打我改名叫比尼奥夫斯基后,我就再也不肯轻易为先锋阖上棺盖——它定与某些隐于烟云之中的事物有关,一旦云开雾散,它们便会有前途:林中密谋、郊外的郊外的艺术、逃离道德麻痹、保持小心慎重,更别提"隐形"这个不可或缺的条件了。

时至今日,我见这种直觉已扎根在我心里,我甚至敢说,一位作家越先锋,就越不能容许自己落入这样的评判,也就越该警惕别被框死在此类陈词旧调之中。

我在这篇关于我文献展经历的小说式报告开头就写下了这

句话。那会儿我觉得，它跟我要讲的一切没多大关系，它就是个引子，或只是个麦高芬，可如今再看，就跟毕加索给格特鲁德·斯坦画的那幅肖像似的，最终，她变得越来越像那位画中人了，而我一路写下的这些——我的书常常是围绕路途所展开的：一位作家边走边书写着他的旅行——又将我送回到了那句句子身边，如今说起这话我更深信不疑了，因为此时的我有种直觉：要避免被视作先锋，战略之一显然就是要成为一种林中密谋，它灵活而敏捷，轻得就像弗里德里希阿鲁门博物馆中最无形的气流。

卡塞尔不欢迎逻辑

53

本来谁都不会晓得我把从酒店到饭馆的路线背了多少遍的，但你们马上就要知道了，因为我这就要讲。不过我生怕你们不信，因此不会详述细节。我的准备可谓吹毛求疵、精雕细琢，甚至都有些冒傻气了。

我得从黑森兰德酒店出来，随后开始上行，沿宽阔的弗里德里希-艾伯特街　直走，还会经过萨克森塔餐厅门前。不能在国王门街左拐，而是要去到后面那条胡同，只需略微顺着它走一会儿就能向右拐上约尔丹街。

路程异常简单，实际我还走过其中的一段。可我老怕失去方向，便将它记了又记。我从来对我背熟的东西没多大信心。

我干吗要这样？我在惧怕什么，而这种惧怕又是从何而来？这些疑惑让我想起了小拇指的故事：这瘦小的孩子怕找不到回家的路，沿途撒了一地的面包屑。这是我出生以来听到的第一个故事，我爸妈让我把它背了下来，只要有人来我们家里做客，他们就会让四岁的我以生动的语调用加泰罗尼亚语把它朗诵

卡塞尔不欢迎逻辑

出来。

我心头一颤，猛然意识到，小拇指这则德国童话是由格林兄弟创作的①，写作地就在卡塞尔的一处业已拆毁的屋子里，距我当时所在的地方只有几步之遥。于是我心想，不妨这么说，我来卡塞尔不是为了探访什么当代艺术中心的，我的真实目的是找到我平生第一个故事的构思写就之处，它为我之后多年听到的那么多故事奠定了基础。

没有对迷途的畏怯或害怕就读不懂小拇指的故事。而令人称奇的是，这种恐惧竟在卡塞尔的那个傍晚——我初次听闻它存在的六十年后——出人意料地回到了我的身上。

我回忆起幼时的胆怯；就在迈出酒店、踏上弗里德里希-艾伯特街、去和楚丝见面的当儿，我记起了那天——尽管对迷路的惧怕是得之于早年德国童话里可怜的小拇指——1953年的一个夏日，在巴塞罗那北海岸的一个小镇上，镇名很长，但人都叫它利亚瓦内拉斯，在那里我发现了这种恐惧的实质。我外公瑞士风格的塔楼曾在内战时被用作智利领馆，后来我家讨回了它，并在那儿度过了五十年代的每个夏天。那镇上有个风俗：每逢周日下午，巴塞罗那人都会举家前往电影院。爸妈带我去看的第一部电影是个西部片。无论片名还是情节我都记不得了。毕竟

---

① 上文引用的故事情节出自法国童话《小拇指》，格林兄弟创作的是情节完全不同的《大拇指》。

那是1953年8月，我才四岁。但有一点我记得很清楚，仿佛就在眼前一样，即我在银幕上看到的是，一个幸福的农场之家过着他们平静的小日子：亲切的母亲、正直的父亲、一个我这样岁数的男孩。陡然间，一伙陌生人的出现——后来我得知，他们是夏延人——改变了这个家的正常生活；他们脸上画着彩条，头上插着羽毛，用一些无法理解的词句互相交流；他们骇人地摇晃着身子，向这个和平、朴实且倒霉的白人家庭发出了明显敌意的信号。

我牢牢记住了这一幕：我生命中的首批奇异生物冷不丁就冒了出来；直到那时我还从没见谁和我们有哪怕一丁点的区别。毫无疑问那种惧怕就源自察觉不同。随着时间的推移我获知了一句尼采的话，他是这么说的：恐惧比爱更能助人了解世界，因为恐惧，人便想弄清他人是谁、他人想干什么。也许确如其言。我也没法肯定。但我活了这么久，这段如此悠远的骇人回忆总在提醒我，危险就潜伏于我迈出舒适区和熟悉圈的每个"第一步"中：这第一步，若走得不仔细，便有可能直接将我们置于邻里社会（就好比美国西部热络的农场主圈子）之外、一切之外。要有谁跨出了那一步，踏进了别人的地界，他就必须明白，有什么在那儿蹲伏着，有时还难见踪影，那便是在我童年时代突然袭来的第一阵惊恐、1953年夏天的那阵惊恐；某日，幼小的我们心中映现出了对不安全的惧怕，面对夏延人的诡奇世界，我们先是惊吓，接着是恐慌，而这种恐慌又会因原住民罕见的语言继续加重。几年后我才晓得，那种话不算少见（说到底，那就是阿尔冈昆语①），而夏延人这个称呼就来自于其中的"shahi' yena"一词，同样谈不上奇怪，因为它的意思恰恰就是"操外来语言的部族"。

我沉浸在对最初的恐惧的追忆里，几乎是在无意识中穿过的国王门街。回过神时，我已到了下一个路口，恰好能拐进那个胡同——去往饭店所在地约尔丹街的那条捷径。小巷里连个人影都没有；我既然想起了那么些过往的胆怯，便将自己调入了警备状态。我一刻都没忘记，在这样灯光昏暗的巷子里总有意外在窥伺，而这种意外时而也可以是愉悦的，就好像从某个僻静之处直吹脑后的、似属某人却又杳无一人的、那冰凉的一呼。

踟蹰许久之后，我还是心无挂碍地穿过了那条通往约尔丹街的巷子，概因我在凝神思考别的事：我开始琢磨起来，我要如何跟楚丝解释我在"成吉思汗"的经历；我该怎么说才好呢，这些天，除了个名叫塞拉的成功人士（他来自加泰罗尼亚，先是在好莱坞被治愈，后又在"疗养院"里被逼疯），就再没有哪个好事者来观赏我的"中国把戏"，换句话说，看我在大庭广众之下写作。

我为想不到待会儿要跟楚丝讲什么而忧心忡忡，我从小学开始就老为没做作业而感到问心有愧。我也怕到了饭店波士顿

①　美洲原住民语言的一支，阿尔吉克语系下最主要的一个语族。

卡塞尔不欢迎逻辑

突然告诉我楚丝来不了了，但怎么说呢，总之来的是她，且她其实就是……楚丝。

那我就绕进圈儿里了，绕进了类似《偷天情缘》①中的那样一个新的循环；一切周而复始，无情重演。

我眼前已经浮现出了那样的场景，其中我像个倒霉蛋一样傻笑着，对波士顿说：

"你是楚丝，当然了，你一直就是。瞧我蠢的。我早该料到的，真是没长记性。"

---

① 1993 年上映的一部美国喜剧电影。主角不断重复活在土拨鼠日（北美节日，2 月 2 日），在实行过快乐主义，又多次尝试自杀未果后，开始重新审视自己的生活。

54

　　我沿乌漆墨黑的约尔丹街向饭店的微光走去，那是整条小路唯一亮着灯的地方。在像瞎子一样确认自己已来到饭店跟前之后，我上了两级台阶（入口处有段门廊），决定从外边查看一下饭店内部。里头满满当当。正当我把脸贴到大窗上定睛细看时，惊见楚丝恰好就坐在玻璃对面。真是她。我在网上见过她的照片。所以没有《偷天情缘》了，啥都没了。楚丝·马丁内兹本人正从店里盯着我的脸，似乎在说：看啥呢？喂，还不进来？在你那破门廊上待够了没？

　　大概是因为一晚没睡，或者是出于那阵常在的微风的助推，也可能是由于那种错乱感——我在吃晚饭前已经吃过了晚饭——在我体内生出了比两小时前更旺盛的元气，事实是，我越来越难以自控：那种精神力让我罕见地放肆起来，也向我心中充入了一股意想不到的勇气。

　　我迈进饭店，顺带跟自己玩起了个游戏，我要以中国人的身份走进这里：不能表现出"一路跋涉终于进了自家大门"的心态，

　　卡塞尔不欢迎逻辑

而是要演出"头一回踏进这家店、脑门上写着'上海'二字"的感觉。想见自己低头走路的样子我还真有点害怕,可我耍得挺高兴,也就放宽心了。我问候了楚丝。亲吻脸颊时,我嘟哝了几句诸如"真好真好,久仰久仰"之类的话。我立时发觉,楚丝可没把我当作中国人看,于是我偷笑起来,更显轻松了,在她对面坐下,游戏结束。可以预见的,这是个满脑子主意的女人;实话说,就像台一刻都停不下来的思维机器。她不缺幽默感,不缺魅力,不缺美貌。当然,她还无比自信。我很乐于看到这点。且我欣喜地证实,我的心境几乎不能再好,尤其是当我坐着的时候。

"听说你以前是个戏剧男高音①?"楚丝问道。

"哪儿听来的?"

她成功让我找不着北了。我连戏剧男高音是什么都不甚清楚。这估计是楚丝设计在必要时刻用来杀杀我威风的吧,也或者她想给我提个醒,不管我怎么抗议"成吉思汗"的事(我得一个钟头接一个钟头地坐在那儿浪费时间)她都不会放在心上。不过最后还是啥都弄清了;她道,晓得我喜欢麦高芬,就生编了一个,问我戏剧男高音的事只是为了向我表示欢迎。她又说,要是我顺着她的意思胡诌下去,告诉她,是的,我确实当过戏剧男高音,那我们头几分钟的对话就能构成一幕教科书般的麦高芬了。

---

① 也称瓦格纳男高音或英雄男高音,音色通常厚实饱满,在戏剧性或悲剧性的特定情境中通过声音和表情来显示慷慨激昂的情感。

楚丝开怀大笑。

侍者递来份意餐菜单（可谓萨克森塔餐厅那份的翻版）。我一点没胃口，原因显而易见：我吃撑了。也许我就为什么那晚对吃毫无兴趣辩解得太多了，明明一句话就能开脱的，我却唠叨了一堆。楚丝几乎是为了不用听我解释为何不饿而打断了我。她指了指离我们最近的桌子——所有人齐齐地以不列颠-日耳曼式的冷峻善意和我们打了招呼——正吃着饭的这伙人都是她朋友；就我理解，我们这边一结束她就得加入他们，而在我看来，这再好不过，我就更方便早退了，回到我的"思想小屋"——待在那儿的时候我就压根儿没能专心思考过，似乎只有在外头我才能真正地思索。

开始的几分钟，我边等着我们的奶油意大利饺子——我们最终决定点上的唯一一道菜（我许久以来首个无忧的晚上眼看就要成为意大利面之夜了）——边和楚丝一同回忆起我们昨天短暂的通话。我们又一次谈起了巴塞罗那，谈起这座城市在我们心中激起的恐慌；它的咽喉被各式各样的外界因素掐得越来越紧，尤其是那委实无能的政治阶级的平庸与腐朽。

不记得我们怎么就转到了艺术上；在楚丝看来，这不是美学或品味的问题，而是关乎知识。楚丝道，有些事物能产出知识，另一些则不。我一定在卡塞尔见过一些没什么美感、却能提供知识的东西，不是这样吗？确实，我说，对了，我还注意到，这儿

卡塞尔不欢迎逻辑

少有建筑师、城市规划师或商业电影导演。嗯，楚丝道，这儿没有神经科学家，倒有生物学家、哲学家和量子物理学家，也就是说，追寻知识的人，活跃在生活中那些不那么实用的领域的充满创造力的人，渴望创造新世界的人。我愿把我想成他们中的一个，这也为我增添了些许自信，从那一刻起，我对她说的每句话都将"创建新世界"奉为教义——我愈发超自然（我找不到比这更好的形容词了）的热情更是加深了这种信仰。

我们谈起如此西班牙式的窘境：无法允许没有说明信息的艺术的存在，无法接受文学作品中不对共产主义进行必要的人文主义修饰。楚丝道，西班牙的现实文学还停留在马奈之前，因此她离开了，事实上，她是看不下去了：人们以经济危机为借口，将现实主义的芦苇和泥塘①又搬了回来，总是那套，顽固得很，一心要去复制那些已经存在的东西。

我注意到，还真难讲我俩谁更富有激情。如果说我抵达该处时整个人已经相当抖擞，楚丝的活力以及她从任何一点、任何角度都能切入艺术界的热忱又激发出了我身上更大的能量。而在这种相互激励之中——奇怪的是，与她对话时，我感觉就像这辈子一直都在跟她聊天一样——她不知怎的就抛出了一个关于世界的问题，我猜她是想知道我对世界的看法。

---

① 引自西班牙近代作家、政治家维森特·布拉斯科·伊巴涅斯于十九世纪末创作的同名批判现实小说。

卡塞尔不欢迎逻辑

这一问戳得我彻底没了方向，当时的我正遐想着困意迟迟不来的诡谲之处，也感受到了与我同行的快悦所激起的紧张。很自然地，它是在警告我，因为在过往的某次巨大的满足以及过度的幸福之中，那是个炎热的午后，我刚在地中海边享用了一顿丰盛的大餐，我只觉那一瞬充实盈满而无法复制，以至于想用一场海因里希·冯·克莱斯特①式的自杀——他的死就似戏剧中的一幕——令它成为永恒。仿佛那会儿的我就已明白——我现在是清楚了，可当时尚未领悟——只有最初的浪漫主义才是唯美的、疯狂的、富于想象力的、令人陶醉的、深刻的、独一无二的浪漫主义。事实是，当时的我只想亲手结果自己，好让我永远不会走出那销魂一刻。那醉人的薄暮是如此美妙，也近乎荒唐，因为，仿佛那天中午我没有吞下那些美味佳肴似的，想要自杀的那一瞬我正在啃着一瓢蜜瓜。

"对什么的看法？"

"对这世界。"楚丝道。

她好像对我是比尼奥夫斯基这件事了解得一清二楚，因为她几乎是双手向我奉上了这个问题的答案。

"我已经啥都不想了，楚丝，啥啥都不想。这世界毁了。"

"真啥都不想？"

---

① 介于古典主义与浪漫主义之间的德国作家。1811 年，他于柏林万湖先杀死身患癌症的女病友，后自杀。

卡塞尔不欢迎逻辑

"嗯，我感觉自己成了马可·奥勒留，他不是说过，他不再会对任何事物持有任何意见？"

"那对我呢，你也什么想法都没有？"

我再度意识到，过分活跃的思绪可能又给我挖了个大坑。引用了马可·奥勒留的我这会儿就显得十分可笑。一位先锋作家（我急欲谋求的身份）永远不会举出这样一个例证。还是说恰恰相反？不在一位经典作家面前扭捏纠结不也是件特先锋的事么？况且马可·奥勒留还写下了超越古典与现代的疆界的《沉思录》……

直到她颇有风度地扯到了彼特罗纽斯我才心定了些，她道，这人的形象让她联想起了——再无可挽回的距离也被她生生拽了回来——我的马可·奥勒留。

楚丝称，一天，彼特罗纽斯告诉尼禄，他受够了"这位毫无天赋的乡下诗人"朗诵的那些蹩脚诗歌，受够了"每天看到那圈与他的多米提乌斯血缘极为相称的肚子"。当然，在撂下如此有趣的一段评价之后，彼特罗纽斯自杀了。

是啊，我对楚丝说，一谈到这世界，我真是啥想法都没有了；我累了，都懒得瞧上一眼它多米提留斯家的肚子。是多米提乌斯，楚丝纠正我。嗯，多米提乌斯，我道。随后她便问起我在文献展都看了些什么好玩的。我立时向她报出了赛格尔的"这个变化"，又将它切实给我留下的深刻印象禀告给了她。我不容分辩的口气都令楚丝有点不敢相信了。可我最终还是让她在我的话中看到了真实的闪光：我骗她干吗。于是楚丝更放松了，道，既然我提到了赛格尔，她就愈发能够确定，我们艺术界比任何时候都更需要其他的声音，因为我们许久以来听到的都是已知事物的单调重复，而我们最迫切的需求则是思想的启迪和异质的能量……

"一种 impulso[①]。"我连忙补充道。

我活了那么久，还从没如此沉着、自信而愉悦地说过哪句话。我只觉它听着就似一声澄澈的鞭响，在黑夜中愈加嘹亮，邀我们从没有逻辑的小径逃离夜的禁锢。一时间我有种印象，在这些弃绝了逻辑的小路上，"impulso"不再只是一样简单的事物，它既是它所表示的那个物理量，又是一种朴实无华的单方面作用，换言之，它是在我们的字典里孤独地住过一阵的那个稀松平常的动作。要到许多年后牛顿才赋予了它第二个释义，也打开了一扇门，叫有心之人也可以沐浴在这种新概念的光晕里——它与此前人们所认识的"impulso"是如此不同。

---

① 见 50 章第三段脚注 1。

　／　卡塞尔不欢迎逻辑

55

"有个逻辑得改。"楚丝说话还是那么有个性,"要是你这会儿感到,从几小时前就开始策动你的那种不可见的 impulso,既不是平凡的'推'的动作,也不是牛顿所创的概念,那你应当考虑:是'impulso'的第三种释义侵占了你的身体。"

过了会儿,她又说:

"我不觉得人们跟艺术之间有什么隔阂,跟文化普遍都是如此。有问题的是政治,它不太清楚文化是什么。没钱赚的东西就当它是个添头好了,不是么?这就是我们应当试图扭转的逻辑。如果搞艺术的都是知识分子,那它必然就不是奢侈品,而是必需品。不仅如此,它还能改变我们的生活。如今的我们比任何时代都更需要一些其他的声音,因为此刻我们听到的仍是那些已听了一辈子的滥调。与我们相称的应是不一样的点子和不一样的力量。去聆听那些新事物的创造者吧,给他们以信任,且告诉他们:'行吧,虽然我没懂,但我相信你说的,至少它听着不太一样。'得给他们以机会,我说的是那些疯子以及被禁言的人,让他们放手去做。别对他们报以怀疑的眼光、犬儒主义的眼光、'我啥都知道'的眼光。正是这点导致了我们的失败，叫我们以为一切都已铸就，却忽视了那种可能性，即还存在一种精妙的、复杂的、智慧的，能持续拓展我们边界的艺术。我们必须倾听那些艺术家们，且从没有哪个时刻比现在更显必要。而对政客们则不必这样。你还记得福楼拜的那封信吗？他去宫里觐见皇太子拿破仑，后者却出宫去了。'我听到他们讨论政治了，'福楼拜写道，'听见了他们的高谈阔论，真可谓无边无际，一如人类的愚蠢！'"

卡塞尔不欢迎逻辑

56

品尝着我唯一的那道菜——意大利饺子——的工夫,我们神奇地滞留于对楚丝的观点的思考:艺术究其本质是思想甚于经验;也正是这点让她确信,艺术家应该在我们的社会中扮演根本性的角色,诗歌亦然——假设这两者不是同一样东西的话。至于政客么,他们的层次也就配跟路面齐平吧。

也许这就是我此行最迷人的关键性的一瞬吧。遗失在过去的那种气质——我曾经拥有的与庸常艺术决裂的姿态、几乎已被我遗忘的那种聚焦事物的方式——又逐渐回到了我身上。这就像重新找到了我最希望找到的自己,重新找到了潜藏于我内心中的真实。而这种真实的构建竟是缘起于几个最初的误会,许因如此,我开始在脑中列队回顾起过往诸多错误的认识,这一来,便忆起了我曾担当多年的所谓先锋,以及我渴望超越它矫情的决裂主义而梦想成为的那种先锋。

我记得,年方二十的我——肯定有点儿想一出是一出——特爱模仿菲利普·加瑞尔,当时,这位导演刚来巴塞罗那的加泰

卡塞尔不欢迎逻辑

罗尼亚电影研究中心宣传过他的地下电影。他"忧郁青年"的外表和极端的艺术态度深深吸引了我。而今再看,那会儿,在这位同代人的悲伤形象里,连我自己都没发觉,最令我心驰神往的其实是他一言一行中透出的浪漫主义;事实上,虽然当时的我毫无意识,他就是浪漫主义本身,且还是它最纯粹的、最原始的、最初的版本。就在那段时期,那场运动——德国精神的一次奥德赛——培育起了第一批先锋(尽管他们还没有聚集到这个徽标之下,因为当时"先锋"一词还只有军事上的含义);是他们发明了我们现在意义上的文学,也掀起了史上第一波天才崇拜(天才,指的是那些让生命自由勃发,并因创造力而不断壮大的人)——向"狂飙突进[1]的天才们"掀起的一波声势浩大的崇拜。这些家伙乍一登场便宣告了先锋艺术(要到许多年后它才能正式获得这个名字)的到来:伦茨扮演着丑角;克林格尔吞了块生马肉以吸引观众们的眼球;考夫曼坐在公爵的桌子上,袒胸露腹,顶着头乱蓬蓬的长发,举着根硕大无比的多节权杖……而我在不知不觉中成为了加瑞尔的继承者,加瑞尔又在不知不觉中传承了考夫曼他们的衣钵。可在那会儿,如果有人向我谈起克林格尔或是考夫曼,我一定会一头雾水,除了他们的头衔("狂飙

---

[1] 引自18世纪60年代晚期到18世纪80年代早期在德国文学和音乐创作领域的变革"狂飙突进运动",是文艺形式从古典主义向浪漫主义过渡时的阶段。

卡塞尔不欢迎逻辑

突进的天才"),我什么都不会懂……

正当我失神于这几位德国人在那个已经相当久远的年代所做出的先锋创举,楚丝突然问道,撇去赛格尔那个黑暗而独特的作品不谈,我还在文献展里看到了些什么。所幸我及时反应了过来。当然还看了好多,我道,因为从本质上说,我是来散步的,我将自己看成了文献展中的一名散策者。说到这儿,我又告诉她,此次受邀让我想起了几年前的一次同样愉快的经历,那回,是巴塞尔书展通过伊维特·桑切兹请我去——我去了——担任官方散步员。而当我走在卡塞尔时——在我心中,它越来越像一座奇景遍地的庄园了——我感觉自己和《独地》中的主角如此相似:游荡者、无所事事的闲人、有流浪情结的漫步者、不知疲倦的访客;在那座山庄里,马夏·康特雷尔将他汇集的奇珍异宝一一展示给了希望看到它们的人。

我当然还参观了许许多多作品,我说,许许多多。我在所有这些作品里都找到了向我传递着非凡独创力的想法。透过于热令人印象深刻的"未耕",我仿佛察觉到,只有游离于系统之外、远离画廊和博物馆的艺术,才可能是真正革新的、拿得出不一样的东西的艺术。我正计划着,我道,当晚就在那儿过夜,就在那个装置里,身边是腐殖土堆和那条单腿被漆成玫红色的西班牙狗。

很自然地,一听见我当夜的安排,楚丝从她唯一那道菜里撩

卡塞尔不欢迎逻辑

起了脑袋;她上下打量着我,似想看看我的疯癫是不是真的。可我一点没疯。事实上,楚丝在那次访谈中(我在网上读到的那次)所说的话犹在我耳边:文献展不是通常意义上的展览,它不只是让人看的,更是让人经历的。此次大展中的不少场景都凸显了这一点,皮埃尔·于热奉上的惊人作品便是其中之一。

我注意到,她说,你常常是真话玩笑话一起讲的。对,我道,但你把每句都当真话来看也不会错。

话已经放出去了:是夜,我将风餐露宿,与那座头顶蜂巢的雕像为伍。我已没有退路。实际上,我说出这话的目的就是要逼自己去做。而待晚餐结束、楚丝去到另一张桌子与她的朋友们同坐的当儿(她得盼了好久了吧),我就得将我的思想小屋迁进蛰伏于大地之片隅、却直面着自由的天空的"未耕";这便是我向郊外的郊外的艺术(假设它存在)致敬的方式。

在一个我自认诡秘的装置里过夜该是个奇特的经历,而在伸手不见五指的黑暗里想必会更加怪异。我见到自己幕天席地地站在那儿,追随着玫红色前腿的西班牙犬的运动,同时想到,罗伯特·瓦尔泽正是在这晚间时段坐热气球飞往了星与雪的深渊。我会害怕吗?我会看到什么?我会独自一人?还是发现,暗夜中,有艺术郊外的郊外的世界的密谋者在那儿聚集?我会不会走出了好远,却见自己仍在原地?

楚丝不想把我今晚去和红腿小狗待上几小时的想法说成是

卡塞尔不欢迎逻辑

个坏主意,她仅仅问了句,我看没看过斯科塞斯那部关于乔治·哈里森的纪录片《活在物质世界》。其中,她说,你能见到好些个思想小屋,尽管其目的是为了超觉静坐①。没看过,我道,可我在卡塞尔遇上了许多令人眼花缭乱的东西。我想着她会追问的,但实际并非如此。就跟若无其事地喝干了一盅伏特加似的,楚丝忽地抛下一个问题,也许是我最不希望她问的问题,因为我真没想好该怎么回答。

"差点忘了,你在中餐馆过得怎么样?"

我不仅脸色变了,整个脸都变了。我比任何时候更像比尼奥夫斯基。

幸运的是,我正准备跟她说些什么,却见她对我的回答也没多大兴趣。事实上,她侧过身子,专心跟她邻桌的友人们交换起了手势。而当她终于转回头来,迎面撞上了我那副百分百属于比尼奥夫斯基的表情,她得是捕捉到了我的困窘,决定对我仁慈以待,因为她话锋一转向我谈起了棕榈树上的吊床、椰子落地的声响、吉诺·波利的歌和泳衣和无人海滩,咸咸的微风和爱情故事和那——她道——永远躲藏在不可战胜的夏天的中心的东西。

---

① 也称为"超脱性入静",是禅修的一种手段,具体做法包括静坐、闭目、默念"字句"以排除杂念。

57

晚餐结束,我道了别,来到昏黑的约尔丹街;楚丝则继续留下陪她朋友。可我总觉她的眼睛有种特异功能,就跟望远镜似的,可以透视到饭店之外。要这样的话,她就一定在用她的千里眼从饭店里远程监控我,且她不见我原路返回是不肯善罢甘休的,必须看我钻进那条通往弗里德里希-艾伯特街的昏暗小巷。

刹那间,我想起了一位老友在他的新小说中向自己提出的疑问:表演是不是生活的唯一方法,而在被表演时生活是不是就少了些真实?这些问题在我走出饭店的一瞬飞进了我的脑海。在我想来这是因为街上空无一人,我在挺长一段时间内都不会被人眼看见,于是我便假想楚丝正用她的透视眼跟随我的脚步。我开始为楚丝表演起来——字面意思——就好像我万分确定她正在观察我的行动似的。可能只有这样我才不会感到那么孤独。我再次证实了那是个绝对的真理,人都说,我们必须感到有人在关注自己,否则就会觉得难以承受。

而在空旷的街道上为楚丝演出的当儿,我发觉,人在演戏时

卡塞尔不欢迎逻辑

更容易体会到生命的张力:一切都似被赋予了更多的重要性,哪怕只是出于那种意识,即有谁正在追随着你于大舞台上的移动。因此,就跟贴近艺术而背弃世界一样,我忖量着,戏剧化我的生活、戏剧化我夜晚的步行,正是强化"活着"之感的方法之一、创造艺术的方法之一。

最初迈出饭店时我的演绎内容是佯装迟疑:我是从原路回去、重新踏上那条孤寂的暗巷好呢,还是取道捷径——饭店前方的那条同样通往弗里德里希-艾伯特街的亮堂的大路?

我模仿出的踟蹰并未持续太久,我当即就选中了那条有灯的路。而另外那个选项——原路返回——实在太过丢脸,仿佛在出演为防迷路而把面包糠扔在道上的小拇指。

我登上那条灯火灼烁的坡道;抵达弗里德里希-艾伯特街时,我拐向右边,预备在不几步后来到我在往程中路过的地方。可我没遇上它,反而撞见了格洛丽亚影院豁亮的大堂,这叫我傻了眼,慌了神,以为自己误入歧途了。我不是几小时前还在想这影院究竟在哪儿?我都踏破整个市中心了怎么还没看见它?原来它在这儿呢。而此刻的它又披上了一袭额外的风险:与奈奈的再度聚首。因为这就是我跟她相约午夜见面的地方,不过最可能的是她也不会来和我碰头。

那我来时在弗里德里希-艾伯特街看到的那些商铺想必还在前头了,于是我继续前行,将自带危险的格洛丽亚影院甩在身后。可我走了好一阵也没碰到来路上见到的任何一家铺子,最终只能得出了这么种印象:我踏入了儿时的恐怖,就似《小拇指》将它长长的阴影投射在了我成年后的夜路。

换句话说,我走丢了。我最终还是做出了那个艰难而屈辱的决定(至少在我看来是极其丢人的,而在那位用远视目镜盯着我的人眼中必定也是如此):哪儿来的回哪儿去,退回到约尔丹街饭店门前。而一旦到了那儿——这回我要唱着小拇指之歌——我就从头来过,沿之前那条胡同小径再往回返。

不几分钟后我又站到了饭店门口;虽说毫无必要,我还是凑到了窗前,想瞧瞧此时此刻的楚丝在饭店里做些什么。可想而知,她跟朋友们坐到了一道,给我的感觉是她又吃起了第二顿饭。所以这是双晚餐之夜咯,我心里嘀咕着。楚丝没看见我,但似乎她的一个朋友看到了,他至少做出了让我觉得他注意到我了的反应。以如此形貌——猫在窗边,鼻子贴着玻璃——被人发现可太尴尬了,我跳下门廊、直奔小径,为终于走上正道而感到庆幸。

我惊喜地发觉,"impulso"的第三种释义从未将我抛弃。我以夸张的演技穿过小街,仿佛相信,楚丝正津津有味地用她的透视异能观赏着我第二次返回酒店的尝试。然而,当我见两个年轻人一边热烈交谈着、一边从巷子内的某道门中窜了出来,我顿时意识到,还是先别演了吧,保命要紧。那俩陌生人,光凭他们

卡塞尔不欢迎逻辑

的笑以及他们过度兴奋的状态，就值得引起我强烈的怀疑了。可他们快步经过，很快消失在了夜色里；两人全无恶意，手背在身后，乐的是他们自己的事情。然而即便如此，我还是认识到了手无寸铁走在世间的危险性，便修正了我为表演而活的志愿，不再演出我的独角戏了，而是集中于我此刻所做的事，设法别再迷路了。

我来到巷子尽头，重新踏上弗里德里希-艾伯特街。我一路下行，朝酒店走去，两旁终于是我熟悉的风景。除我以外，街上谁都没有，这可有点扫兴：我更希望可以遇上个至少能瞅我两眼的人。但我依然快乐。儿时的惧怕已然弭散，格林兄弟伟大的《小拇指》亦随之远去，尽管我的身体疲惫不堪，精神的助推仍能让我双腿直立；这股气力是如此之强，以至于路过酒店门口时，我并未停步，而是继续朝弗里德里希广场的方向走了下去。十五分钟后，我怀着宁静祥和的心情穿过了它，当我途经由霍斯特·霍海赛尔创作的、先前由犹太人阿什洛特出资建造的大喷泉的复制品时更是如此。我踩着闲逛的节奏，好让自己无所顾忌地深入到卡哨尔公园中，这会儿已经算不上人山人海了，可还是有不少散步者。

我尽可能地给自己鼓劲，心想，我正在迈向人生中的一次空前的体验，可我还是一次次地质问自己：哪怕还有股颇为强大的精神力在推动着我，我愣是不回酒店休息的举动是不是也太过乖张了？

而选择去整个公园中最污浊的角落朝圣也是有点稀奇。污浊？也许吧。但我总觉得，于热的作品是本届文献展的巅峰之一。这组装置的其中一个优点就是难以被单次参观所穷尽，它同时也欢迎人们对它进行各种各样的解读。经过初次拜访，人总会对它在动与不动之间取得的奇妙和谐留下记忆。这或许也就是我希望在那儿看到的东西。这块地方的神秘必定没有尽头。它从波士顿带我来过此处后就一直与我同行。

不知从何时起，我遇到的人越来越少，我在公园中的行进越来越缓，仿佛我不愿抵达"未耕"、抵达那里——我刚下了个决定：这片有红腿小狗游转的混沌之所几乎就是我的应许之地。

我走了好一段路，在来到安利·萨拉的倾斜的钟（"钟形的透视"）附近时，我折过去看了看就在它隔壁的大型温室。吉米·德拉姆在其中布下了他的"欧洲史"（The History of Europe），从外边看，这儿展出的似只是被置于广阔空间（整个温室就是个大大的暖房）中央的玻璃柜里的两块未经加工的石头。

深夜里，无法步入暖房的我很难了解这两块石头讲述的是怎样的故事。还是我正欲离开时偶然发现的一块金属牌道出了玄机：那是尼安德特人①的遗骨，也就此引出了欧洲人的身份问

---

① 因其化石发现于德国尼安德特山谷而得名，是现代欧洲人祖先的近亲。从12万年前开始统治整个欧洲、亚洲西部及非洲北部，于2.4万年前消失。

卡塞尔不欢迎逻辑

题。从罗马人入侵时他们就以为自己属于西方,而亚洲人则属于东方,可根据标牌所言,最古老的尼安德特人遗骸(正如此刻躺在大温室中的这两块一样)出土自格鲁吉亚,这就使得人们必须重构一切。

当我厌倦了瞻仰尼安德特人的骨骸和冥思欧洲的历史——它愈发频繁地出现在了我的旅行路线里——我继续在公园里闲荡起来。我坐到斜钟脚下,想要休息一会儿,也顺便考虑考虑是否真有必要前往"未耕",还是说我已经可以调头返回酒店;虽然睡梦会将我的绝好状态拦腰斩断,但一觉下去也可以带给我诸多益处。

我之所以对要不要去那片混乱之地——"未耕"——迟疑不决,是因为如此一来我就得闯进卡哨尔公园中的一片地形更复杂、植物也更茂盛的区域。哪怕我胆子再大也得对夜里的这片疆域保持敬畏:我已经五分多钟没在周围见到任何人影了,我的朝圣也像是带上了些"终点站"或是"世界尽头"的意味……

这里有种怪异的静,高音喇叭(在白天时,它们曾撼天动地播送着"森林[千年以来……]"的轰响)的缺席也为之做出了贡献。这里万籁俱寂,我不知去往静默如谜的"未耕"的决定是否值得。后者在我眼中越来越像我个人的曼德雷了,因为彼处的一切让我想起了希区柯克的《蝴蝶梦》①的著名开篇的氛围:"昨

---

① 根据英国女作家达夫妮·杜穆里埃的悬疑小说《丽贝卡》改编而成,下文的曼德雷也译作"曼陀丽庄园"。

夜我在梦中回到了曼德雷【……】小道蜿蜒蛇行,如从前一样曲折,可我每往前一步都能察觉到在那儿发生着的变化;植物又恢复了它们原有的模样,一步步将小径侵吞蚕食。我们脚下的窄路不断前行,终于,曼德雷就在那儿,神秘而寂寥的曼德雷……"

通往"未耕"的也是条弯弯的路,白天时,我全未胆怯,可到了这个点,薄雾朦胧、月色昏暗,我总觉得它会给我造成麻烦。但我最终还是选择了去赴这个险。不管怎么说,我自语道,我来这儿不是为了临阵脱逃的。我想起此前谁曾告诉我的那则讯息:于热素来就对潜藏于雾云与烟霭中的力量心怀激荡。我不也一直都有这种躁动感么?虽则烟雾给予我的兴奋比云要烈,可这并不妨碍我将飞行员达尼埃莱·德尔·朱迪切的那句话时刻谨记于心,他曾在他的《身影离开大地》中写道:"要记得,云海之下,便是永恒。"

我的几篇虚构小说就起始或作结于云雾缭绕之地、诡秘寂寥之所、幽灵的曼德雷。这些篇章中有底特律式的河港雾夜;主人公总是伶仃一人地流动在绵稠的雾中,而最终他一定会步入一间酒吧。

我在雾气氤氲的夜晚前往"未耕",踩着如履薄冰的步子踱向那片诡奇的领地。所以说到底,我去往于热的"未耕"的旅程也像是钻进了我自己小说中的气氛;不仅如此,我钻进的很有可能是我尚未写就的书页,这就像一场什么都看不见的未来旅行。

卡塞尔不欢迎逻辑

我试图让我的行走方式也成为一项表演或一场演出，仿佛相信楚丝的那双透视眼甚至能看见我那一刻的所在，而我"形而上"的独眼郊游者的形象（仍在无休止地迂回爬升中）定能让她满意。

　　来到"未耕"边缘的我做的第一件事就是看看这邈邈的地方还有没有人。没有。我就跟荒岛上的鲁滨逊一样孤独。想必要到几小时后才会有人出现在这片动荡之地。两条狗都不在；事实上，也没法多做指望，因为文献展不可能把它们放在外头任由你偷。到那儿发现没事可做的我其实就可以走了，但我当即想到这是对不确定性的藐视，便留了下来。我怎都不该担心自己是不是会无聊，我思忖着，但凡想忙上一晚，只需给自己提些问题就好了，就比如，创世之前上帝到底在干些什么。

卡塞尔不欢迎逻辑

58

　　我在堆成一摞的树干中挑了根坐下，旁边就是"未耕"一角的混凝土块。我察觉到这其中肯定有些疯癫——更准确地说，是不合逻辑——的因素。可我的欢欣渐强，与卡塞尔的一切形成了奇妙的和谐。几乎没有什么事物不让我心醉，而通常这个时段我理应已被忧愁击垮。与当代艺术(抑或随便什么缔造了这般神迹的东西)的接触令我状态非凡，尽管我毫不怀疑晚间一贯的苦闷迟早会回来；世界本该如此，因为若非有忧伤时常来犯，我便什么都不是。

　　树林里、月光下，作为无常之地的梦境中的最后一个密谋者，我缓慢地、荒腔走板地唱起了那首歌：若要走出森林，就得走出欧洲，而若要走出欧洲，就得走出森林。我似乎发觉，到了这个时辰，没有那两条狗的在场，正处腐变中的环境(可以想见，这或许象征着我们正经历的文化腐坏)也失去了力量：夜晚比这片场域强大太多。

　　我用目光搜索着那座砾石小丘，我曾见一位金发德国女青年在上头将欧洲的死讯公之于众。当我自觉找到它时，我望向布满繁星的苍穹，相信只有它才能在死寂中真正地陪伴我。尽管那一刻我没能记起他的名字（布莱恩·施密特），但那位澳大利亚天文学家的观点还是浮现在我脑中。他曾与其他几位同行一起发现，在大爆炸140亿年之后的今天，宇宙正加速膨胀着，而非像通常人所认为的那样放慢了速度，这都源于一种暗能量的作用：我的精神状态亦是如此，我感觉它还在时刻提速、无忧无阻，仿若我对万事报以的好奇仍在扩张，而正因如此，正因某种可能存在的暗能量为我注入的那股力，我怎都无法合眼，大概也以此证明了我那朋友的话，夜晚的本质就是让我们睡不着。

身处这个曾于别的场合让我惧怕的地方我也全未感觉难受。我遥想着那位天文学家——他曾说，他在开拓知识的边界、闯入新的领域，也因而敢于犯错——进而扮成了他，做起了一件我想象中那位澳大利亚人会在独自面对星空时所做的事。我向自己提了个问题。当然我不是这世上第一个就此发问的人。

我不知该将这个疑问归为哪类：哲学、逻辑学、笛卡儿几何学、数学……

我问的是：一个人阐述的事物是否可以验证。

打个比方，某人看向了附近水坑旁那尊带基座的女性卧像，然后略大声地做出了如下叙述：

"那尊带底座的雕像脸上有蜜蜂。"

到这儿都还顺利,可当我研究起,我得用什么样的方式才能检验我说的话,问题就来了。从其他角度瞅上一眼是不是就够了?还是说,我得亲手触到套在塑像头上的那个蜂窝,随后再摸摸那个底座?或者还有什么别的方法?从这里就分化出了两种观点。其一称,哪怕我再努力再坚持,也没法百分百地考证某人的说辞,因为归根结底,它总会留有后门、留有某种不可控的漏洞,这就导致弄错的可能性始终存在。而另一种观念则是:"如果我永远都不能完全验证我表述的含义,我也不会乐意在说话时带上任何内涵了,这样一来,内涵也就没有任何实际意义了。"

我不知该赞成哪个;虽然晓得已经在钻牛角尖了,我还是换了个主题重新问了一遍,道:

"夜里我坐在了一根树干上。"

之后我便自问该如何确证这话。瞅一眼树干够不够?还是得亲手碰到,认定它能在冬天充当柴火什么的?于是这样又派生出了跟塘边塑像相同的两种看法。

我脑筋猛转了好一阵子,假扮着个天文学家;我不观星象,反给自己提出了这么个问题。如此不合逻辑的演出倒是很配卡塞尔这城市,这里不欢迎逻辑,因为它跟逻辑没多大关系,它要求受邀创作者们在高度疯癫的先锋范畴内辗转挪移。

我想起最后一次拜访神奇的都灵时的场景,它的包容与优雅引起了我的注意。由于萨伏伊家族留下的深远影响,位于意

卡塞尔不欢迎逻辑

大利北部的它实际是座法国城市①。我对其日常生活之宁谧印象深刻;它就像一位危险的创造者,酝酿着始料未及的错乱与陡然爆发的癫狂,正如1889年12月,弗里德里希·尼采走出酒店,来到切萨雷·巴蒂斯蒂街与卡洛·阿尔贝托街的交汇处,抱着匹被主人责罚的马的脖子哭了起来。那天,似从几世纪以来便分隔着理性与谵妄的界线在尼采心中崩裂了;那天,作家最终抛弃了人类、抛弃了人性——你们爱怎么叫就怎么叫吧。用更简洁的话讲,尼采疯了,不过据昆德拉说,也许尼采所做的只是为笛卡儿祈求马的宽恕②。

被都灵所收留的大作家伊塔洛·卡尔维诺在这座城市里看到了对活力、风格和逻辑的悦纳。可他也说:"我们同样不能忽视,都灵欢迎逻辑,并藉由它为疯狂开路。"

而卡塞尔的情况,我忖度着,则有些许不同:这座城市欢迎的是不合逻辑,并藉由它为一种未知的逻辑开路。

---

① 1046年,萨伏依伯爵即将都灵所在的皮埃蒙特地区纳为其主要领地,首府位于尚贝里(现法国萨瓦省省会)。

② 典出自英语俗语:"Don't put Descartes before the horse",字面意思为"别把笛卡儿放在马前",与原俗语"Don't put the cart before the horse",即"别把马车放在马前"(寓意为:做事要有顺序)发音相近。该俗语因与笛卡儿常使用的循环论证相应而构成双关。而由于笛卡儿在《第一哲学沉思集》中先用"我思故我在"、即"我明确的观念都是存在的"证明了作为明确的观念的上帝的存在,后又用"有完美的上帝的存在"证明了"我们的观念是确凿的",与本章讨论的内容相照应,因此本典故用在这里形成了双关的双关。

卡塞尔不欢迎逻辑

我一连好几个小时思考着如何验证我——做出的不同阐述。我兴高采烈地玩这个游戏玩了不知多久。

至于我是怎么会结束这项娱乐的：我发表了一条足以证实数学要么不严谨、要么不完善的叙述。

"我是个无法证明的真理。"我对自己说。

仅是道出这话，我就有了种将数学（一种从公理出发，运用逻辑推理来研究抽象概念间的关系及其性质的形式科学）的声誉踩在脚下的感觉。

如果我是个无法证明的真理，那数学也就不像我们所认为的那样，不像许多人力图让我们相信的那样，是种高级语汇了——有人甚至将它称作上帝的语言。

自从我消灭数学之后又过了几个钟头，我开始觉得，我的大脑被令人厌烦的骚扰冲击着，被来自中国的怪谈——由一对祖籍北京的采采蝇主演的扰人心魄的故事——恫吓着（我找到了这个再精准不过的动词）；近乎噩梦的后者无疑源自那阵冲击，当时我全未察觉，即几小时前我在弗里德里希阿鲁门博物馆见到的那两只被压在巨大玻璃板下的致眠小虫构成的视像。

而这则中国怪谈（让我瞌睡的一种催眠）的生成也许得到了疲劳的赞助：它有时能催生出最不可思议的梦魇。最终，我的脑袋在采采蝇的施压下摔了下来，颤了两颤，时光飞逝，而当我回过神来，首先映入我眼帘的便是——我满以为自己还在梦

卡塞尔不欢迎逻辑

里——我身边那条与世无争的红腿小狗。全然摸不着头脑的我将这种梦境与映像的出现都归结为我离"成吉思汗"不远；不管怎么讲，它离那儿太近了，就位于于热展区的后方、公园的边界上、富尔达河畔。

我注意到，天正在慢慢亮起来，我从某种程度上做到了在艺术郊外的郊外生活和入眠，活像个卡塞尔暗夜中的密谋者。而且，虽然那两只采采蝇把我吓得不轻，我还是为自己所达成的成就——我竟在一个如此艰险、很难想象有人过夜的地方待了那么久——感到了些微骄傲。至于那条狗，我终于确定它是真的、活的，正如人们所言，它是实打实地在那儿摇着尾巴。

我摸了摸它。

"这条狗是个无法证明的真理。"我道。

只见它仍旧伫立在那儿，对我所说的无动于衷，成了个无法动摇、无法转移且无法证明的真理，而这个真理，既然是条狗，又是能四处移动的。

59

　　那另一条狗去哪儿了呢,不那么爱上镜的那条? 正当我纳闷着,两条狗的看护者出现了。他不仅要照管它们,还得维护自然之力的和谐;在这片看似芜杂、实则谐和的领域里,所有一切都保持着紧张的平衡。

　　他讲的是法语。一道骇人的疤痕从对角线方向贯穿了他剃得很干净的脸,如此凶悍的外表与他和蔼的性情形成了鲜明对比。他说,他跟两条狗一起睡在附近的小房子里,从文献展开幕的那天就一直这样,每当太阳落山时他就小心地把它们抱回屋去。

　　我是来偷那条红腿小狗的吗? 我不晓得他是在开玩笑呢还是认真问的。这话可有点难听了啊,我说。他面不改色,又问了一次。了解这些是他的义务,他道,这条狗可是有好多仰慕者的。那假设我是来偷狗的,又怎样呢? 我问。您这岁数还来干这事儿就说不过去了,我会把您的头塞到蜂窝里,看看您还有没有把狗带回家的想法。我没有家,我说,我只有个草堂,可我不睡在那儿,因为没法思考。这最后一句用我的三脚猫法语说出来真不知他明白了多少,因为他看我的眼神先是愣怔、而后是不屑。

那条西班牙犬似觉得我们的对话十分无聊,便自顾自跑去周围晃了一圈。我仔细入微地观察着它的一举一动,以至于上来就被它对气味的贪恋吓了一跳;它表现出的贪婪之大,宛若没有限度。每当被什么吸引时——这一直是我心中的谜,我真不明白它怎么能如此耽溺于它闻到的东西——它就会以极端惊人的固执和极度炽烈的痴狂把口鼻一同扎将过去,仿佛除此之外的世界一下都不存在了一样。

所以这条狗就像个小版的比尼奥夫斯基。它始终不渝地对万物抱持着兴趣,甘愿自缚于对路遇的一切所付出的热情,似乎时刻准备扔下这个该死的世界。我估计它挺享受,这就够了。它仿若坠入了一种迷醉状态,沉溺在鼻子的涅槃里无法解脱。

60

那守卫像是对"为他的小狗抵御外来的亲昵"相当执着。

忽然,他朝我走了过来,跟我讲起了个故事。

有次,那看守说,我坐夜车从巴黎去米兰,是之前那种最常见的包厢,醒里醒醒的四人卧铺。在巴黎时我们还只有三名乘客。其中之一是位卷发青年,手里拎着个笼子,笼子里有只鹦鹉,动不动就用法语跟他说:"我爱你,我爱你。"那只鸟大概只会讲这么一句。熄灯时,青年用玫红色的罩子把鸟笼套了起来,对我说,他先前还养了只跟这只特别像的,可他被迫放弃了它,因为它不愿对他示爱,这样他就意识到自己没人喜欢了。真是个悲剧,我适时评论道。我不得不结果了它,他说。当他跟我详述着那些可怕的细节的工夫——他是如何把它掐死的——那只赴死鹦鹉的后继者(已经被蒙在罩子里了)还在不时用"我爱你,我爱你"为他的故事加着标点。

半夜里,车停了一站,上了第四位乘客。他特怕惊醒他人,便颇有教养地在黑暗中悄悄脱了衣服。可就在他躺倒在铺上的

卡塞尔不欢迎逻辑

那一瞬,从鹦鹉所在的旮旯里又传出了它浓情蜜意的声音——整个包厢都听见了——"我爱你,我爱你。"

第二天早上,到了米兰,青年把他鸟笼的罩子掀了起来。我说,给他俩——坠入爱河的鹦鹉和它的主人——拍张照吧,便用那个时代的宝丽来相机拍了一张。后来,我把相片拿给我的米兰女友看,以证明我的叙述没有一点虚假的成分。可是呢,我都掏出这么有说服力的影像证据了,她还是不肯信我。真要疯了。你就一而再再而三地编吧,她相当失望地冲我说。

故事一讲完,这位一脸凶相的有趣的守卫就作势要走。他跟我说道这些是想告诉我,他深爱着他的狗,请我别杵在当中吗?

我任凭我的视线迷失在精神治疗植物与蛙塘之间,接着无畏地将它转向了——微微地——迷乱的光。

早晨的所有表征一一铺陈在我面前,我感觉最理想的是不放过其中的任何一个。然而最后,我将我纵览全场的目光收拢在了一座似比远方更远的高塔塔顶的几架小小的望远镜上。

卡塞尔不欢迎逻辑

61

　　楚丝会在高窗后看着我么？我真觉得她会费心窥探我"化时为空"的尝试（也许这才是我对文献展唯一的、秘密的、真正有价值的贡献）？我真信她已经觉出了我要在这片名为"未耕"的正处腐变中的畛域里过夜，只因我深陷在令人伤怀的世界史（一个不断腐坏的过程）中无法自拔，只想试着逃离过往，去光复天堂的永恒与不朽？她已发现，我把"未耕"视作了天堂，一个很难被任何理智的人所接受的概念？她已从高窗后预感到，我欲将我的生命与这环境融为一体？她是否清楚，依我之见，一个人在时序中只可能做他自己，而在空间里就可以成为另一个人？她是否知道，在我看来，时间给不了我们多大地方，它只会在销魂夺魄的胡同里于我们脑后印上板滞的呼气，而空间则不然，它是如此宽广，遍布着各种可能性，使得逻辑，哪怕是最纯正的逻辑，也永远只能在其中悬浮无依？

　　我好好复看了一下刚才提出的问题，笑了。我怎会有此等妄想，妄想楚丝正从高窗后用千里眼窥着我在濒临卡哨尔公园尽头的这个角落过着的安稳而宁静的生活？

微笑在我脸上逗留了许久，直至我看到，那条狗不知第几次地扑向了位于头套蜂巢的雕像旁的那片水塘。这也使我注意到了那个轻柔的、难以断定其来源的声音，它似在给出线索，让我可以破译那片领地中无法理解的、捉摸不定的东西。

捉摸不定的东西？用视线追随着那条狗的同时——它正朝那塑像跑去，像是猜到，思绪翻涌的我只欲冲散那令人不堪忍受的蜂的秩序——我便发现，那阵持续的轻响原是来自那个大水池：一条红色的玩具小船，前一天被哪个孩子扔下的，边在水中摇摆着边发出了声声悲鸣，许是踟蹰着想要加着密地道出这隐秘之所的全部玄机。

那阵声响或许也成了"未耕"秘史的一个组成部分。叫我不愿再深究下去了，还是想想提诺·赛格尔的"当艺术像生活一样经过"吧。我们还没发觉么？生活与艺术是携手同行的，它们构成了一个整体，一如我在"这个变化"中的经历。想到这儿，我颇有兴致地寻思起了那位小狗守护者的所在，他已然消失了，无迹可寻，大概从得知我无意掳走他爱犬的那刻起就又回去埋头工作了。

那条红腿狗像是愈发执迷于那个池子了。在第一缕晨光的襄助下，我专注地望着这片土地（它又是我的了，至少暂时如此），观察着组成这个名为"未耕"的空间——可以说它是不怎么让人舒服的——的迥异元素间的完美和谐。没过多久，我便得出了个结论：于热的这件作品是本届文献展的一个极好的概括。波士顿先前谈起的那件事也助长了这样的论断：于热曾是负责文献展准备工作的"顾问委员会"的一员。他必定因此事先接触了那些展品，且很可能是受了它们的影响才创造出了如此特别的作品，因为他着实坦承过，他在潜移默化中吸收了所有其他艺术家的想法。"遇上那么多进行中的方案会给予你的创作能量。它们能刺激你的头脑。"于热道。

当我听说于热——其幽默感昭然若揭——曾讲过这句话时，我心想：虽说我俩各方面都相去甚远，但文献展也带给了我极其相似的感觉，因为毫无疑问，自从来到卡塞尔，多亏"impulso"的第三个释义以及瑞安·甘德的不可见的微风的间接影响，我从沿途所见的一切中摄取着创造性的力量、一种我这辈子都未曾有过的激情，它甚至让我在惯常伤怀的时刻也没了一丁点颓丧。

卡塞尔将创造力、热忱、理性语言中的短路、邂逅为创建新世界而在不合逻辑中寻找意义的那些片刻与间断时的狂喜一并传染给了我。

也许如此强烈的乐观主义精神都得归功于，在卡塞尔，我重拾了我身为"艺术家"的起步阶段、我最美好的回忆，譬如对那些将写作视为宿命之人的崇拜：卡夫卡、马拉美、乔伊斯、米肖……

对他们而言,生命从来没法在文学之外孕育,文学就是他们的生命。

波士顿还告诉过我,于热觉得,出任顾问委员会的一员——用他自己的话说——能让他"理解,文献展即是思想的共存,它们不一定都得屈从于理论,不一定都得从人类的角度出发去思考问题"。

独一无二的地方,值得记念,我定难忘却我心灵的曼德雷;我默念着这些,转而想到,生活与艺术的进行竟是如此同步。那条狗厌倦了水池,来到我的跟前;几分钟里,它与我难分难舍,我俩进而在第一抹天光下一同构成了个悲剧形象,与最著名的斗牛场次中、公牛与斗牛士时而协同拼成的图案相似。奇怪的是,那条狗仿佛与我的感觉产生了共振,它的活力似也在不断地进行有益的扩张。犬类或许不总能懂得作为它们朋友的人类的不同情感间的差异,但它们能与之共情,而此刻,那条红腿小狗无疑和我心有灵犀,它与我共享着我低调的、但从本质上说又十分炽烈的美丽心情。

突然,那看守又出现了,同来的还有另一条狗。只零点几秒,我的西班牙犬就从某种程度上背叛了我:它与他们一起去往了水泥堆场,就像刻意想要离开这里、离开"未耕"的秘史开始的地方。

我也想着要走,可于此之前,我遽然心生出几个疑惑。我走了,可我留在了这儿,我自言自语道(也是娱乐了起来),我走了可我觉得自己留在了这儿:说实在的,在此待了几个小时,我便是这里、这片土地,我便是"未耕"、这个永世不移的地方。我留下了,因为在我曾落脚的此处——谁也不会告诉我是谁,谁也不知道我做过谁——我心中只有平静。也因为天亮得太慢,慢到裂成了小段小段,我太熟悉这无云的雾、儿时敷在我伤口上的热毛巾、我决定从这儿离去就必定要踏上的那条黑黢黢的小路。

对自己说完这些,我走了出去。

当这段美好时光已在身后,我有种感觉,我将清楚地记得我与"未耕"的告别,就像我也清楚地记得那件艺术品——只要我想——爱德华·马奈最让我心仪的一幅画:《酒馆女招待》。

所以艺术,我琢磨着,它正在我们身上发生。

我走了,心里明白,离开那儿本身就是种艺术;我也晓得,当我远离了那片场域的所有,我会时常梦回彼处,梦回"未耕";通往那里的小径屈折蛇行,一边延伸着,一边映出了某个壮阔的、隐晦的、静谧的空间的轮廓,其中万物,就连我们无法察觉的,也甚为重要:事实上,那儿的一切都未经耕作,事实上,那儿的一切都未经真正的栽种;究其本源——注意,我说的是究其本源——任何行动都还处于待实施的状态。

卡塞尔不欢迎逻辑

62

　　我回到文献展最令我好奇的地方之一、"先锋的最后一季"。我又一次望向了搁着尚未完成的战争画、接着迷你打印机和刻有马蒂努斯·冯·比伯拉赫绝妙的墓志铭的木板的那个画架。我再度启动了施耐德在"快乐"一词下方的按钮上接驳的联动机制,打印机复又吐出了张纸条,可这回上面的内容却与前一天唾到地上的那张有所差别:它讲的是,到了晚上,四下无人,儿个戴着波利尼西亚面具的生物便会将此地占据,唱起关于未来的歌谣,今后的六个世纪里,这些歌谣会在一个与现在差异巨大的德国继续传唱下去,可到了那会儿,人们仍会阅读利希滕贝格[①],尽管只是出于对那个片段的崇敬,其中,作者称,他坚信,若是没有他的作品,"在 2773 年的德国,晚上六点到七点之间,"人们谈论的将是完全不一样的东西。

　　与我上次走进这间屋子时不同,这回,周围一个人没有。屋里只我一个,因为为时尚早,早到令我意识到,我有足够长的时间可以支配,想必能比上回看到更多。但很快我就有了种印象,这里的一切都还跟前一天一样，因此我很难见到什么与我已经见过的迥然相异的东西。可即便如此，我还是重新探索起了房间内部，万一有啥秘密机关呢，跟这会吐纸卷的小打印机似的。我拉开房里唯一那件家具的抽屉，找到几张黄金铰链（被摆摆样子的电子报警系统保护着的那些）的照片，再就没什么了。在先锋的最后一季里，任何对惊喜与新奇的期待都属一厢情愿。

我正要出去，忽道，是不是该透过屋子正面绿门上的锁孔往外瞧瞧；我也不清楚自己想要瞧见些什么。也许巴斯蒂安·施耐德在那儿布置了某种与杜尚的最后之作《借鉴》（他花了二十年才将它完成）相似的东西呢——若有谁把眼睛凑到卡达克斯那扇旧门上的孔洞前，便能看见那个诡秘的场景：一位女子躺在一张用树枝搭成的床上，两腿张开，性器异位且大敞着，左手则托着盏煤气灯。

我抱着"说不定能见到什么类似之物"的心态将一只眼睛贴上了"先锋的最后一季"的绿门上的锁孔，然而，除了黑暗还是黑暗。我又试了一次，啥都没有。再试了一次，漆黑一片。我转过身来，却见一位与我年纪相仿，身材不高却风韵犹存的女士正冲我微笑着，模样仿佛是莉迪亚·戴维斯与我阿姨安东尼娅的奇妙的结合体。她是美国人，却也不会因此就成了作家莉迪亚·

---

① 18世纪下半叶德国启蒙学者。思想家、讽刺作家、政论家。

卡塞尔不欢迎逻辑

戴维斯，这点我无论如何都可以确定，她真不是戴维斯，因为我和后者在布鲁塞尔一起共进过晚餐。显然，她也不是我的安东尼娅阿姨，因为她的确是从美国来的，尽管也在萨拉戈萨、赫罗纳和贝古尔待过一阵，所以说得一口掺着加泰罗尼亚语词汇的西班牙语。我这窥视癖可让她笑掉大牙了，她道。我们聊了一会儿。她很快表示，她同样对世间万物充满着好奇，只是——她说——没到我这程度。她又说，自己最大的爱好就是收集中世纪兵器，但也不限于此：她还研究过希伯来哲学，写过关于中国以及印度宗教领袖的文章，还曾是许多画家与作家的朋友（她提了几个名字，我一个都不认识）。

正当我与她作别之际——我要下到卡哨尔公园去继续我的清晨漫步了，从某种角度说也是在寻找（用我的话讲）其他的幸福一刻——她问道，我觉得怎样才算得上是幸福一刻。荒唐的是，我不知该如何作答。我的怡悦状态仍在不断演进，可我真不晓得怎样去解释这种感觉。于是她顺势告诉我，她有次在书上读到，一位在上海教课的英语老师曾向一名中国学生提问，让他讲讲他这辈子最幸福的时刻。那学生思虑再三，终于羞红着脸、微笑着说道，他老婆有次到北京去吃了烤鸭，直到回家后还老跟他谈起那次旅行，因此可以说，他老婆吃烤鸭的那一刻就是他最幸福的时候。

听到这里，我愈发无语了，只觉十面埋伏。我怎么哪儿都能撞见中国呢？我明明躲着它了。

63

我到富尔达河边晃了一圈,又去逛了逛那些亲水平台;不知疲倦的德国离休人员很快就将占领此地。

我装作已经退休的样子,并携这种气质走进一家富尔达河景酒吧。点唱机里播放着谢布·马米①的《北边的巴黎人》——从法国郊区②发出的一声阿拉伯的怒吼。没过多久我便发觉,这台点唱机属于苏珊·席勒的文献展展品"思想是自由的"(Die Gedanken sind frei),一百天展期中播放的一百首流行歌曲一同构成了这个作品。

五台唱机被放置在了卡塞尔的五家酒吧中,我走进的这家就是其中之一。出去时,我愉快得很:我蓦然在河上升起的薄雾里听到了年轻的声音。那是刚从有轨电车上下来的一群阿拉伯姑娘。从她们讲西班牙语时的口音来看,我猜她们隶属于橘园宫旁、卡哨尔公园草坪上的那顶撒哈拉大帐。

我凑上去问了问,果不其然。她们的目的地是"撒哈拉烹饪艺术"(The Art of Sahrawi Cooking),我曾听皮姆谈起过那顶帐篷。如果我没搞错的话,那是由纽约人罗宾·卡恩与一个合作社(后来到酒店我查了,它叫"撒哈拉妇女联盟",是从西撒哈拉的难民营里诞生的一个组织)共同实现的一件作品。

据皮姆称,在那儿,她们会奉上小杯茶水,而访客们会坐在垫子上,时刻保持一种低声交流的气氛。这顶帐篷既是研究室,也是资料室,关注的是西撒哈拉、被占领土的历史、难民营,以及矗立在摩洛哥南界上的那道耻辱之墙——惊人的是,欧洲人并不知道这个。

我沿富尔达河走了好一阵子。我的手机已经不知多少小时没有一个来电。在卡塞尔,似乎谁都不记得我,谁都不记得这天下午还有我的讲座。波士顿、艾达·艾拉、皮姆……她们怕是都忘了有我这人了吧。这里的雾让我想起了我书中的场景,它们或开始或终结于迷雾之地、鬼魅的曼德雷。这一切都源自我的少年时期;只要哪部影片的开篇中出现了一个神秘而忧郁的家伙,且他行走在一条于雾中伸展、只为通往某个被厄运笼罩的酒吧的荒凉的公路上,那这一情境将自始(至终)让我把眼睛瞪得跟盘子那么大,因为我对这东西实在是太感兴趣了。

富尔达河上氲起的雾气里似有某种能让怪奇故事随时萌生

---

① 阿尔及利亚著名歌星。
② 原词为 banlieues,意为"郊区",在法国常用来代指"贫民窟"。在此指巴黎北部较多外来人口居住的 18、19 区等。

的因子。可要说最为怪奇的事物，我还带在身上，那就是我无懈可击的完美心情。我疲惫地迈着步，时而落脚在睡梦边缘，但我同时也无比激奋，对路遇的一切充满欣赏。

我溜达了好久——可算没转向，得亏有这条河——只觉我肉体上的困顿已成了个绝对事实。就在此刻，我如天意般地想起，我曾决定在我被迫再次坐到那张中国桌后写作时扮成文献展的又一个装置，即我要装睡，我要模仿我的偶像、神奇的贝尼诺的风格：这位那不勒斯圣诞马槽中的牧人对什么事都不闻不问。

此举的目的是让我在工作时间，换言之，必须在公众面前写作的时段，也能得享清静。倘若在别人眼里，我睡得像根木头一样，这定能将可能的参观者们一一吓退：真叫一个舒心。可是，我指望谁来看我呢？根本没谁有心过来偷窥我一下，事实上，我还从没有像在被迫驻在那中餐馆时这样清静、这样乏人关注过。

桌上的一块硬纸牌上的短句会给出关于这个装置的一些线索，叫所有人相信：作家睡了，啥都没想。

从某种角度上讲，这是在假装陈说着对梦的信仰。人常言，是这种信仰将沉睡者送到了上帝身边，因为"什么都不思考"这件事本就像联通了支撑世界的神之梦境。

人睡着时

才更接近杜尚

卡塞尔不欢迎逻辑

我会亲手把这句句子写在那块将要放在我桌上的纸板上。

决计如此行事的同时,我将富尔达河抛于脑后,穿过公路,向"成吉思汗"餐厅走去。那一刻我有种感觉,装睡对我来说不难,我已经看见自己一沾上那张舒适的红沙发就立马昏睡过去的样子了。我走得挺开心,却有点晃荡,时而跟个僵尸似的。我连自己有没有力气写完那张纸都不敢确定;在那句话里,杜尚替代了上帝的位子。

踏上中餐馆门槛的一刹那,我犹豫了。在门口迟疑越久,感觉就越怪,我对自己说。于是我跨了进去。这回,他们连认都没认出我来,好像谁都没有注意到在那儿工作的作家的到来。也许我的外形该为如此不热情的款待负责。又或者这些天里,我就没做过几件作家该做的事。也可能自从成了比尼奥夫斯基,我的气质就发生了些微变化,大概我太累了,胡子没刮,身上还一股味儿——谁都没法从"未耕"全身而退——这才误导了他们。但事实是,我发觉,他们的态度已经不再只是冷漠了,他们根本就不记得我是那个受邀作家。

"我是比尼奥夫斯基。"我说。

这样的自我介绍当然不会使事情变得简单。

从饭店中央的环形吧台后飘来了个冷冰冰的、拒人于千里之外的中国式微笑。

当他们终于愿意记起店里每天白天都有张给我预留的桌子

时，他们勉为其难地忍下了所有想象中可能出现的飞来横祸。

我写着那块牌子，不过最后时刻我放上了不同于计划的句子：

为笛卡儿

说抱歉

我飞速写下这个，并将纸板放到我的桌上。显然，这句话连句子带意思都是从昆德拉那儿抄来的，据他称，这就是尼采在都灵跟他的马所说的。

半小时后，我虽趴着，意识却仍旧清醒；中文与德语词汇在我脑中交织，它们好似贴得愈来愈近，进而创造出一种新的语言（戈尔韦湾语）。就在此时，我想起了罗伯特·瓦尔泽的几页掏心的文字，纵使我与他有再多不同，我也愿在上头署上我的大名。1926 年的绝美日记里，他谈到了快活的姑娘以及与她们的闲游，这和我在卡塞尔的经历有种极其相似的感觉。

瓦尔泽写道，今天，我散了一小会儿步，就稍许走了走，也没离开多远，挺好；我进了家食品店，见里面有个妞儿挺可爱……这是他的开头，而再往下几行，他动了真情，说，他想表达的是，在这座城市里，他曾有机会结识了几位着实可敬，且十分惹人喜爱的女性。最后他自问，有谁会因为怀有这种仰慕之情而自觉羞愧呢，它向来都是被敬献给那些值得信赖的、满溢着对生活的

卡塞尔不欢迎逻辑

热爱的人。

　　那天早上我也心情不错，不过我已经困了太久，有些意识模糊。只一会儿，我便真的睡了过去，以胎儿的姿态蜷在了那把红沙发里，也没为笛卡儿道歉，也没觉得离杜尚大神更近，更别提和姑娘们一起散步了。我睡着了，梦见自己去了卡塞尔，而在一间深红色的中式房间里，我不住探究着"以此为家"的概念，以至幡然醒悟，我找到我的家了——我总盼着在路上、在人生途中找到的那个处所。而在这让我为之踏破铁鞋的亲切的家中，一位陌生人在一块墨绿色的黑板上写下了一系列我未曾见过的符号；那块黑板终又变成了一道嵌在葱形拱中的门，那位陌生人则放慢了速度，在门上刻下一首用未知代数所谱写的诗；透过这段仿似秘语的最后讯息，他以加密编码向我揭示了——太明白了，清晰得吓人——某种极其隐秘的、且直至此时都尚未被我探测到的东西：此地的中国逻辑。

64

清晰感在我睁眼的瞬间荡然无存，中国逻辑反倒羁留在了原地。

这便是我的途中之家。

我回忆起几个月前读过的一篇俄罗斯小说，其中一位头发蓬乱的匈牙利教授称，如果将那些零散的、短暂的、无法分辨其来源的思想孤立出来看，我们就会发现，我们是通盘混乱的，换言之，疯狂才是我们的日常。

故事里也提到了那位教授的学生，"人每天都是神叨叨的"这一说法让他们喜爱异常。至于那位教授，他不也是此地的中国逻辑的个中行家？

在我们头颅的最深处，坐落着那个巨大的后院，即大脑的后院、野兽的后院、动物的后院、领土意义上的后院，而其中堆放着的有恐惧、非理性与杀戮的本能。因此我们才发明了理智，好去抗衡那遍及一切的虚空的浩瀚的纷乱——它是如此致命。至少故事里的匈牙利教授是这么说的，而对我来讲，我每次想起这篇小说总愿相信那位老师是对的,这也就意味着他其实不对,可还是信他比较好,因为不然的话人可能会游离于自我之外,也游离于他的房间之外,恰就跟前一夜("未耕"之夜)的我一样,在旷野里度过了整晚。

我看了看表。已经过了正午了。还是没人打我电话。所幸她们没在我睡觉做梦时打来,我才得以真正休息了一会儿。过度高昂的热情当场就给我惹了麻烦,我朝那几位女招待微笑起来。收效欠佳,这自不用说,最糟的是这还为我引来了注意。我在愚蠢行事,而我的亢奋最终会招致怀疑。我必须最大限度地克制自己。一切迹象都似在表明:只要没坐在我巴塞罗那的那张桌后,我就自感空虚,好似一张被剥下的无骨的皮囊,晃晃悠悠地寻找着生命。但即便如此我仍试图改善局势,我把两肘搁上了那张位于中餐馆角落的放有花瓶的小桌,开始佯装我在搜寻什么可写的东西。我演得如此投入,以至于真心找了起来,最后我感觉我真有必要谈谈那个俗得不能再俗的观点:没有人能两次踏进同一条河流。我听人讲过无数遍了,可没有哪遍能说服我的。我想起,我用那个面向公众的作家身份是可以在本子上随便涂的。我就像在讨论那条被人踏入过两次的河流似的,最终写下了:"嗯……"

这玩意儿我一共写了三十遍。出于对德国的崇拜(有点觍着脸的意思),我又发狠把歌德的那句话——"什么都在这儿了,而我什么也不是"——抄了三十遍。

随后,我在本子上细致入微地描述了到达"未耕"之前我踏过的那条落叶松叶铺成的地毯。这比前两个练习更显"受虐",因为我是完全不同意冗赘的刻画的,它更属于小说史上的其他时代。但我琢磨着,在中餐馆那么多人的注视下写作的——哪怕他也跟我一样名叫比尼奥夫斯基——只能是个平庸的作家,因而他一定会笃信"描述的力量"。这让我如此失调(谁都不愿变成个可悲的土老帽),以至于一而再再而三地对自己说:

"冷静,比尼奥夫斯基。"

另一方面——虽然也不是很打紧——没有一个人想到凑过来看看我写的东西,这时不时地轻轻打击着我的自尊(即使被削弱的本应是另一位比尼奥夫斯基的士气)。我给巴塞罗那去了电话,心情平静了些,可还不够。一朋友问,他为什么得把巴塞罗那的事一一说给我听呢,反观我,一件卡塞尔的事都不讲。因为啊,我说,自打我到了这儿,就什么都没发生过,真是什么都没发生过;我没跟几个人讲过话,每天的生活就是散步睡觉,没啥活动,我说出这话时必定是这么想的(特别博尔赫斯):我自己经历的一切——实在少得可怜——也发生在了另一位比尼奥夫斯基身上。

我任凭我与友人间的交谈无疾而终。所以无论是绞刑架似的红沙发还是那场得准备准备(也或者不准备)的讲座我都只字

卡塞尔不欢迎逻辑

未提。毫无疑问,我做得对,因为我相信,那位朋友必然不会明白我在讲些什么。当我最终说了再见、挂了电话,我注视着门边的龙形图案,想起有人说过,某些东方的龙会在背上驮着神仙的宫殿,另一些则规制着江河的流动,守护着地下的宝贝。我又忆起巴塞罗那奎尔公园门口的那条大龙,我住在城北的那段时间曾经常常见到它;不知为什么,我有几次会想象它活了起来,悄然吞噬着一颗又一颗的蛋白石与珍珠:这事永远不会发生,因为它仅是一座雕塑,被前来此地的中国游客越来越尊崇的一座雕塑。

最后,我草拟起了当天傍晚我议会大楼讲座的前几句话。我决定这么开头:

> 我经法兰克福来到卡塞尔,是为了探寻宇宙的奥秘,接受未知代数诗歌的启蒙。也是为了尝试找到一座倾斜的钟和一家中国餐馆。当然,更是为了——即便我有感觉那是个不可能完成的任务——试图在旅程中的某处觅得我的家园。而现在我只能告诉诸位,我正是从上面所说的家园中向你们说话。

刚完成这几行,我便意识到,比尼奥夫斯基毕生从没写过这么真实的东西。他说他身在家中,而中餐馆的圆桌是他的宿命,他演讲全程就跟坐在他名为"成吉思汗"的内心刑场上一样；如果无人问起所有这些背后的逻辑，他深觉自己早已将它熟稔于心，但若真有谁问起的话，他又不知如何解释了。

他不知如何解释？

可这里的中国逻辑就是他本人啊！

或者更准确地说，那逻辑就是我。

我有些紧张了。

"冷静，比尼奥夫斯基。"

65

几小时后，我缓步穿过卡哨尔公园，接着是城中心，最后终于回到了酒店的怀抱。我已独处了那么久。撇开那些小状况，我一直心情不错，大概我这辈子都再不会这样神清气爽。我总是把它归结于卡塞尔的创造氛围以及这些天来我见到的诸多艺术品，我还拾回了青年时代叫我和那么些无趣的非先锋艺术家们决裂、和他们的迂腐做派决裂的那股力量。

谁说当代艺术在走下坡路？只有那些出自粗鄙而压抑的国家(譬如我的)的知识分子才会有这样荒谬的想法。也许那位身着全丧服的卡塞尔女子是对的，欧洲死了，但这个世界的艺术还生机勃勃，它是为仍旧在寻求精神救赎的人们留下的最后一扇窗户。

我一进屋就上了阳台，再次向"这个变化"问好。就像卡塞尔欢迎的是疯狂一样，"这个变化"以其繁复的小径给我留下了"它正一步步为我的中国逻辑开拓着许多条新路"的印象。这次我决心以我最可憎的怪相向那黑屋致意，于是把自己想成了童

卡塞尔不欢迎逻辑

年时读过的古代故事里的那些中国官吏之一。我假装肃立于公堂之上一声大喝：

"二十世纪，一部德国的电影。"

整条街都清楚地听到了我的中式陈词，几个正在走进酒店附楼的——都是去参观赛格尔作品的——年轻人抬起了头。

此话出自《希特勒，一部德国的电影》中一位静默而内敛的人物之口。这是七十年代的一部先锋影片，导演是汉斯-约根·西贝尔伯格：给年轻的我留下最深印象的电影人之一；我记得，某天晚上，在巴塞罗那港举行的一次耗时长久的庆典活动中，我问他要了签名。

做完中国鬼脸，我回到房内。我决定躺到床上、手枕脑后、屈起双腿。我眼望着天花板，凝视着那几道裂痕；德国的裂痕，我在心里说。随后，我把目光转移到了剥落的斑块、那些坑洼之处。我一下觉得我谁都不想见了，更不想对着众人说话，我一点都不想出去，也不愿动弹。然而再过一会儿，我就必须得动弹，得出去，得给人做讲座了。

我想起不算很久以前，也是这么一天、这么个时段，我平生第一次地突然有了种麻木的感觉，我发现我不懂生活，也永远不会懂生活。那天，太阳敷在我家屋顶的彩钢板上，我还未能搭识那些可能对我的人生起到决定性的作用、助我了解一星半点该如何生活在这世界上的人，而多年后，比尼奥夫斯基又背弃了这世界……往昔的那日,我沉沦在我的悲剧深处,从而无数个钟头地盯着一个白木托架,我总觉得那上面有个脸盆;我凝神注视着它,却发现那是我想象的产物,然而醒悟过来时我已经想了几个钟头,我在思考脸盆,也在思考死亡:这无疑是滑稽抑或可笑的轻轻一挠,却是我此生第一次正式领受到不安的攻击。

在短暂温习了我的烦恼启蒙日后,我成功克服了困难,找回了见人的愿望、跟人演讲的愿望、出门的愿望、动一动的愿望。但无论如何这都是个提醒:任何鸡毛蒜皮的小事都可能扎破我全方位的狂热状态。

有一会儿,我想象着026室的两位中国邻居的行动,仿佛听见了一段弦乐四重奏。也许她们找了俩音乐家做情人呢,这种事也是有的。

伴着隔壁房悠扬的乐声,我看《浪漫主义》第193页看了好一阵子。里头讲的是艾兴多尔夫①的一首诗《没有方向的旅行》,其诗句延续了曾缔造过奥德赛式的伟大航行(与迷途)的古老动机,而浪漫主义者们从中提取了不设目标也无需抵达的旅行——无尽之旅,兰博则用他的《醉舟》将之延续,众多后来者中,罗贝托·波拉尼奥也继承了它的精神,他说,旅行是不通往任何地方的路,但应走进那些小径,于其中迷失,而后才能重新

① 艾兴多尔夫(1788—1857),德国浪漫主义诗人和作家。

找到些什么：一本书、一个表情、一件遗落之物，或是一个办法；若有运气的话，则会找到"崭新"，它从一开始就躺在那里。

"所以，先锋根本就不存在咯？"在那次海边小屋的采访中，我问达利。

"对，但有乔尔乔内和《暴风雨》，它们刷新了一切。"

我看了看表，已经没有多少时间留给我继续读书或是做别的了，去议会大楼做讲座的时候要到了。我好奇怎么没人来个电话说陪我过去，不过既然事情已经这样了，我最好慢慢适应：我得自己想法子去了。

我又看了眼我的电子邮箱：万一她们来了封邮件说会来接我呢？可诸如此类的通知一条没有。我搜了搜谷歌地图，又复看了一下我为防在市中心迷路所做的笔记。我把垃圾邮件翻了又翻，一样啥都没有。就在这紧要关头，艾达·艾拉打了我的手机，说她五点会来找我。我舒了口气，却也没太放松，因为这会儿离五点已经相当近了。不管怎样，有电话来总是好事，上帝保佑，我差点没谢谢艾达·艾拉总算还没把我忘了，因为我有种预感，我告诉她，要是没人陪我，叫我自己去的话，我怕是这辈子都走不到那栋议会大楼了。

随后我想起来，讲座是要有内容的，我不无惊恐地发现我只准备了个开头（"我经法兰克福来到卡塞尔，是为了探寻宇宙的奥秘……"），于是我决定，在发言的头几分钟里，既然我不得不即兴发挥,我要讲讲这几年我是如何跳脱了我唯一而排他的执迷之物——文学,转而向其他艺术门类进军的。

我要告诉大家,没有索菲·卡尔于七年前打到我家的那通电话,也许我对新战场、亦即其他艺术的大胆开拓就永远不会发生。我还会详实而展开地谈谈我和她在巴黎花神咖啡馆中的会面,谈谈与她提出的那个奇怪请求相关的其他一些事情——她请我为她写本小说,好让她照此去活。

随后,我会讲到多米尼克·冈萨雷斯-弗斯特以及我在她的几件辉煌的装置作品中做出的小小贡献。让我记忆最深的是她在泰特美术馆的涡旋厅布置的那件展品,它表现的是一场全球性的大洪水后的世界图景。

通过回顾这两件距今不远且能说明我与非文学艺术间的关系的事件,我想尽我所能地多拖些时间。万一撑不满的话,我还能聊聊,生活中的我是怎么能遇上那么多事的,它们中的绝大多数在发生时让我毫无察觉,只有在我重返旧日场景时举着放大镜看才会显现出来,而书写则是最有意思的放大它们的方法,你也可以借机浸淫其中,或深度钻研,看看我们通常认为的"被忽略的即是不重要的"是否真切。事实是它每次都挺重要的,可以说相当重要。

正当我组织着这最后一段发言,那股不合时宜的推力又横在了我的面前:我又想出门了,想直奔"这个变化"而去。我有些迷茫,这么说吧,我此刻享有的持久的好心情也甚是有趣:它无疑是股正面力量,可有时也会把我抛进讨厌的混乱与鲁莽之中,就像时不时有股隐形的能量要把我无情地卷入愈发狂暴的涡流中心。

事实是,这出门的愿望是猝然到来的;一时间,仿佛我的直觉告诉我必须刹住、要三思而后行似的,我做了我所能做的一切来将这种"impulso"根除;我细细思考着这个"物理量",根据我先前所读到的,它在力学中描述了那种叫做"推"的运动……

但这波转移注意力的操作全无用处,试图叫停自己的努力也成了徒劳,因为在几秒钟里,我已揣着那团始料不及的物理量拐上了层间平台,乘电梯而下,问候了前台的姑娘(不是那个讲西语的,而是位日本女孩,换人了,我把这记在了我的红本本上,仿佛这是个十分值得深究的信号),来到街上。

我确信自己举手投足都满满的中国气质。踏进赛格尔的房间时我扮演着明朝的又一位臣民,只想迷惑一下蛰伏于暗中的那些舞者。明朝人,我思忖着,脚是平的,路走得挺慢。我坚信这点,即便心里清楚,我对明朝人是什么样的一无所知;我唯一能确定的便是,明朝人的特点肯定跟我设计的不太一样。

不管怎样我还是闯进了屋中的那团漆黑,假装相信自己化装成了个明朝人。我要让潜伏其中的舞者们感到不解。他们任

卡塞尔不欢迎逻辑

我走着，比以往更无迹可寻，从未在任何一刻释出他们存在的信号。

就在我放下警惕、呼吸也松快了的当儿，一切都变了；是时我正欲回头，而在那零点几秒内，我忘记了像遥远的明朝人、扁平足的明朝人那样行走。就在那一瞬，有人在我耳边说道：

"Last bear。"

我看过一部电影，它的原名就是这个，且我似乎发觉，若这话真就是那些舞者说的，那逻辑何在呢？最后的熊？还是说，他讲的是 last beer，最后的啤酒？我在黑暗中又迈出两步，朝着出口处的光亮走去，眼看就要到外头了，我却见到了某种闪着磷光、形似月牙的东西，我的第一反应是伸手去捞，却掏了个空，因为太晃眼了，以至于我来到外面时眼前还是一片模糊。就在此刻，我再次听到了那句话：

"Last bear。"

走在回酒店路上的我怎么都没能把那句耳语抛开；为找到潜藏在这两个词背后的意图，我甚而钻进了语法的歧路。最终，还是某件意料之外的事让我镇静下来：被尘封了的一段记忆在我脑中复活。那时我还小，我姐让我站在壁角，说，只要我不再想那头白熊了，我也就不用罚站了。可我越不愿想到那头白熊，我就越会想到它。又过了些年，我大了几岁，还是会时常想起那种动物。我真正忘记它还要等到之后的某日；我终于设法

卡塞尔不欢迎逻辑

搞清了逻辑语言给我设套的方法，从而尝试着摆脱了那个形象。于是，我把那头熊忘了，然而，这魔咒的解除却让我坠入了更加芜乱的执念之中。

66

最后时刻,艾达·艾拉并未现身,是波士顿来到了酒店,好把我送去议会大楼。与她同来的还有阿尔卡。我忽然记起,后者还是皮姆口中"我卡塞尔之行的负责人"呢。由于她什么都没负责,我还以为策展办公室把她撤了——对我来说,这办公室才真叫是无影无形——可这会儿她又跟波士顿一起冒了出来,且笑得比之前更欢了。我每回见到她都特想问问她在笑些什么,但我即刻意识到,这么一来,我很可能会陷入到一池由语言短路和误解搅成的无尽的涡旋之中。诚然,自我抵达卡塞尔的那一刻起我就特爱研究这种短路,它似乎每时每刻都在向我们共同的语言逻辑揭竿进击。可对阿尔卡这人,还是别去深究的好,因为直觉告诉我深究下去我可能要疯。

一走进弗里德里希阿鲁门博物馆,那阵无形的轻风就用力地跟我们打了招呼;它就像一位老友(的确就是),认出了我们,并因再度与我们相见而欣喜不已,只想铆足了劲儿给我们来一个最夸张的拥抱。我发现瑞安·甘德此作的确切名称是"我需要一些可以记忆的意义(不可见的力)",不由得想到,"我需要一些可以记忆的意义"定会随时间的推移获得一种宏大的涵义。因为每当我需要更好地回忆卡塞尔的光荣岁月,我总会将这段关于微风的回忆放在手边,它已在我大脑的肌理中被逐渐拓开,进而留给我一种难忘的关于革新与乐观主义的意义。

在这位老友以及他隐形的推动所蕴含的喜悦之力的摇拽下,我告诉波士顿,在赛格尔的黑屋里,就在那个下午,有人在我耳旁说了两遍"Last bear"。她好像并不怎么惊奇。不仅如此,她还冒出了个主意。她把我带向了弗里德里希阿鲁门博物馆中的一个白色房间,这里布置着西尔·弗洛耶的声音装置"直到我把它做对"(Til I Get It Right)。

我请她尽可能地好好给我翻译一下"Last bear"是什么——一定非常简单——可是没门儿,因为她在竭力向我推介西尔·弗洛耶的一件已经相当古老的作品;那是她三年前在柏林看到的,当时就喜欢得要命,至于它的名字,如果没记错的话,叫做"过度生长"(Overgrowth);一株从底部摄影的盆栽被投影放大成了一棵树的大小,为的是把参观者置于下方,或者盆栽在上,抑或两者兼有。在她看来,波士顿说,这是对"人为地使一棵树保持娇小"的愚行的精彩解构。西尔·弗洛耶的作品修复了时间的体积,也让我们警惕,生活中会有那么多恶人半路杀出,意图不加分辨地粉碎我们的所有希望……

卡塞尔不欢迎逻辑

那会儿我唯一的希望仍是让她给我解释一下"Last bear"的事,可她似乎没那想法,而是更希望能谈谈"直到我把它做对"——据她称,这话有点像口号。

在"直到我把它做对"中,只听美国乡村歌手泰咪·温妮特无数遍地重复着:I will just keep on/til I get it right(我会继续下去/直到我把它做对)。

我问波士顿,怎么我们第一天不来这儿听听瞧瞧。我见阿尔卡笑了,就跟她听懂了一样。也不能一口气吃成个胖子吧,波士顿话中带刺。在西尔·弗洛耶的这个纯白房间里展示的是艺术家的需要、不断寻求高难度的"命中"的需要。这让我想起了某场下午举行的座谈会上一位坐在最后一排的女士的发问:我到何时才会不再把我的人物——他们那么孤寂、那么悲摧——放进雾中。等我能写到位了吧,我道。接着我告诉她,我其实对雾与孤独都不怎么痴迷,只是已经有几篇用到它了,我指雾中的独行者,我就觉得得完成这个系列。于是那女的就指责我写作太过阴郁。当时我就特别气,我说夫人,您没看到这世界有多黑暗复杂么?然而没过多久我就注意到了那天和煦的阳光。我心想:一个人要能把什么都看得那么清就好了。

　　我们在弗里德里希阿鲁门博物馆中一顿好找，终于遇见了萨尔瓦多·达利的《大偏执狂》；我只觉"我会继续下去／直到我把它做对"的声音依旧在我身边萦绕；正如肯特里奇的新作中总会留下上一幅的痕迹，这句歌词似乎也成了画的一部分。

　　要到我们走进布置着苹果画的展厅时声音才消失不见。那些果子是科宾尼安·艾格纳被困达豪集中营时种下并画下的。在这盛大的狂热中他培育出了四种新品种的苹果，分别以KZ1号—4号命名（KZ是德语"集中营"的缩写）。

　　我们又一次在文献展展品中见到了纳粹的狂暴所造成的恐惧，但这次的形式有点特别，因为那些令人景仰的苹果小画是如此朴实，却又那么发人深省，教人不得不为人类在各种逆境乃至绝境中表现出的抵抗力与艺术创造力而感到震撼——这种艺术创造力是唯一真正让人更强烈地感觉活着的东西。

　　当我看着那些苹果，继而注意到，仿佛有《大偏执狂》的碎片嵌于其中，就好像它们也需要前一部作品的印记才自觉完整，我思索着人类的勇气，进而想起了一位莫斯科女青年的事例。那是位英国浪漫主义文学的专家；有人告诉我，由于一纸完全虚假的（这还用说么）白痴般的检举，她在勃列日涅夫时代被送进了监狱，牢中没有灯光、没有纸笔。这位女青年能够通篇背诵拜伦的《唐璜》（足足三万多句），黑暗中，她以俄语韵脚在心里将它翻译了出来。出狱时，已失去视力的她将译文口述给了一位女友，这就是如今拜伦伟大的俄语译本。

我审视着人类的思想、不可磨灭的思想。我们也该好好思考一切来变得更加幸福。我正自语着这个，忽然有了种被那阵似已拐过博物馆所有展厅所有转角的微风套了圈的感觉，而就在此时，我见那位昭告欧洲已死的金发女子从我身边经过，一身优雅至极的丧服，静默而肃穆。我惊讶于她这会儿恬静的样子；她是如此安谧，全不见先前迷离的眼神。我盯着她看了一会儿，生怕认错。可是没有，的确是她。她注意到我的视线，便抛来了个"尽在不言中"的微笑，好似在说：对，是我，我就是那个深信欧洲已经死了好几个世纪的人。

我本欲继续前行，却停住了脚步。我问波士顿，她发没发觉，我们刚和那个丧服女疯子打了照面，我们最初是在"未耕"看见的她，后来又在"阿尔托的洞穴"门口碰到了她一次。是啊，波士顿轻描淡写地答道，这会儿她看着好像平静些了，我们可以请她来你的讲座，我估计她是哪场都去的。

这话她是笑着讲的,这就意味着它应该是个玩笑。去问问她叫什么吧,我说,我挺想知道她名字的,但仅此而已。波士顿把这活儿交给了阿尔卡,后者二话没说就去办了:她走到黑衣女疯子跟前,问了,听到回答便转了回来。她说她叫卡塞尔。你确定吗,阿尔卡?她点了点头,确定,她说,那女的就叫卡塞尔,都重复三遍了。

又过了一会儿,当阿尔卡通知我们(也许她的工作还包括这个?)差十分钟就六点时,我们几乎是用跑的离开了弗里德里希阿鲁门博物馆。我也是服了:在卡塞尔这么个有大把大把时间给我浪费的地方,我竟然还能迟到?

急归急,路过文献展厅时,我们还是在克里斯蒂娜·布赫的"情人"(The Lover)前逗留了几秒,这是一组覆着植物的展架,波士顿特想让我看看。

若不是她,我根本就不会注意到那组架子,它表面上看起来平平无奇,结果却是文献展的一件展品。我再次确认了动人之物往往生自至为平凡之境:在这个杂草丛生的土台上——它给人的感觉就是如此——克里斯蒂娜·布赫种下了一些能吸引蝴蝶的植物。此间,飞蝶丧失了它们赖以成名的无拘无束,转而过起了悲哀的人质生活,植物喜欢它们,抚养着它们,也用让人喘不过气的爱对它们施行着暴政。

卡塞尔不欢迎逻辑

68

　　卡塞尔：清醒的、疯癫的、迟钝的、敏锐的、绝望的、平静的。谁又真的了解卡塞尔呢，那位身着丧服、声音尖利、通过各种途径宣扬着欧洲已死的金发德国女青年？

　　卡塞尔。有多种方法可以定义它。它也是座城市。老版《百科全书》上说——为挣脱维基百科的控制，我有时会将它翻开，顺便还能体验一下"生活在旧日"的感觉——卡塞尔（面积：10677平方公里，人口：196345人）坐落于富尔达（威悉河左上源）河畔，隶属于黑森州。资源有褐煤。主要产业包括汽车、精密机械、摄影光学元件、皮革和纺织（棉及人造纤维）。三十年代时曾从事军工生产，尤其是坦克制造。

　　卡塞尔议会大楼原是黑森州议院的所在地，它在最后那次战争中被摧毁了大半，而今重又成了座坚实雄伟的三层建筑，其风格显然受到了意大利文艺复兴运动的影响。每当五年一度的文献展降临该城，形形色色与当代艺术相关的讲座便会占据它的主厅。按照通知上说的，我这天（九月十四日，星期五）的讲座

卡塞尔不欢迎逻辑

被安排在了傍晚六点。通知被登在了入口处的一张不点儿大的海报上，活动名仍为"无人讲座"，完全脱离了语境的一个标题，因为起名那会儿，我还以为要在——显而易见，情况已经完全不同了——与卡哨尔公园毗邻的林地后身举办我的讲座。

一到议会大楼，波士顿与阿尔卡就把我带进了大堂中的一间办公室。我在不几分钟内签署了好几份文件，估计是关于讲座相关的费用的，还用法语和根本不认识的人聊了会儿格林兄弟。我飞速溜出去瞄了眼待会儿要讲演的大厅，想知道讲座引来的观众是只有几个呢还是不几个。不几个，如我所料。不过怎么说呢，还是有十位金光闪闪的圣人坐在那儿等我的讲话开始。厅很大，所以看着很空，可最糟糕的大概还数：在这最初的十位出席者中，谁的脸上都瞧不见一点"晓得自己是上哪儿来了"的信号。

"此刻站在诸位面前的是比尼奥夫斯基。"我幻想自己这样做着自我介绍。

面对此番景象，我琢磨着，能有一位来宾听说过我和我的书我也就心满意足了。正想着，我迎面碰上了楚丝·马丁内兹，她告诉我，卡罗琳·克丽丝朵芙-巴卡姬芙也想过来听听，她似乎对我的演讲内容很感兴趣。

"为啥呀？"

"你让她产生了好奇。"

我在楚丝的陪同下回到了大堂里的那间办公室，惊见阿尔卡正跷着腿翻阅着《阿尔卡里亚之旅》。那本塞拉的书是我带来的，万一讲到一半没思路了还可以念上两句。当然，我肯定不用那样做，但我还是需要有件可以摸得着的东西；我必须心里有数，但凡发生什么，还有个实实在在的物件（譬如别人的书）可以拯救我于水火。我着实吃了一惊，被我撞见在那儿翻书的人竟是阿尔卡，更让我错愕的是，连阿尔卡和塞拉都能在偶然中产生交集。我想起那会儿卡罗琳·克丽丝朵芙-巴卡姬芙说的，文献展参展者所拿出的东西"不一定得是艺术"。赶巧记起这个也真叫不错，我不用莫名地有种压力，得做出什么"艺术"的事了。不过阿尔卡手捧塞拉著作的形象可是纯纯的艺术，事实上，从中我都能觉出点我曾经的想象中伟大的"审美瞬间"的苗头了。

就在那间办公室里，波士顿又扔来一份文件，我一样签了，也不知是干吗用的。几分钟后，我在她和阿尔卡的护送下前往会场。人坐得比刚才满当些了。我对这场非典型讲座（我心里是这么觉得的）的受众层次挺没把握，这也令我一时有些惊恐。我试图劝服自己，待会儿的讲话只不过是个必经的程序而已，然而，一见卡罗琳·克丽丝朵芙-巴卡姬芙带着一众随行驾到，我再次证实了那个我一直以来都明白的真理：没有哪场面对公众的讲演是走走程序，要真有谁这么做了——我是有点夸张，但也没有夸张太多——他就有可能在一小时内失去他成名数十年所积攒的声誉。

作为引言，我在我之前创作的那一小段话的基础上稍作发挥，大致是这么讲的（我在此将其忠实重现，因为我仍旧保留着当时写下的那个开头，且尚未忘却我在讲话过程中所做的修改）：

> 我经法兰克福来到卡塞尔，是为了探寻宇宙的奥秘，接受未知代数诗歌的启蒙。也是为了尝试找到一座倾斜的钟和一家中国餐馆。当然，更是为了——即便我有感觉那是个不可能完成的任务——试图在旅程中的某处见得我的家园。我找到它了。就离这儿不远。事实上，我想告诉诸位，我正在家中；因为我更愿意认为，这个傍晚，我正坐在成吉思汗餐馆如我家园一般的绞刑架下向你们说话。

随后，考虑到我理论上发表演说的位置（众所周知，要置身于这个世界，就得想尽办法表现得像已经在这儿了一样），我援引了华莱士·史蒂文斯的《最高虚构笔记》：

> 诗从这里萌芽：生活在一个地方
> 它不属于我们，更不是我们
> 即便有光荣岁月也依然坚苦。

卡塞尔不欢迎逻辑

而之于我，我的演讲从刑场中萌芽，从那座迷人的中式断头台上勃发；它反映着活在一个不属于我的世界的坎坷，它时而是艰苦的，尽管卡塞尔为我留下了一段光荣岁月，它将热忱与创造力传染给了我，又毫不含糊地击碎了那个谎言：当代艺术完了。完了？我只见它闪耀着熠熠的光。还有终于将这种艺术拽向了生命与生活的那些重大变化。我不正是从提诺·赛格尔、瑞安·甘德和珍妮特·卡迪夫那儿学到了，艺术是在我们身上发生的东西，它像生活一样经过，反之亦然？

我尝试以某种方式将这些想法传递给众人，但他们表现得如此不安分、各怀鬼胎，我也没法就此做些什么。讲了不到三分钟，就有超过半数的人——他们发现，我说的既非英文，也非德语——溜出去找同声翻译机了，或者干脆就溜了。下面观众动静那么大（我还从没有哪次讲座从一开始就有那么多人进进出出的），我很难集中注意力。说实在的，都过了十分钟了我才刚刚找到"拥有固定听众"的感觉，也就将近三十号人吧，还包括坐在第一排的卡罗琳和楚丝。

就在我将将有些安心的当儿，先是惊，后是怕，我看到那位金发黑衣、惹人忌惮的女青年卡塞尔走了进来。她安坐在了——也就是个说法，我从没见过有谁躺得那么东倒西歪的——最后一排的一张椅子上，像是根本不需要同声传译似的谛听着我的发言。每当我吐出"卡塞尔"一词时她就会在座位上抖上一抖，仿佛意识到我提及了她的名字。

我转而聊起了索菲·卡尔，谈到，多亏有那通电话，被我耽搁已久的"跳出文学，向其他艺术领域进发"的志愿才得以启动。大概也幸亏如此，我说，我才来到了这儿，来到了卡塞尔，从1972年我首次听说它的名字开始，它便是我心中的一座神话之城。那会儿，和我同时代的最超卓的大脑们纷纷散播消息：这里会聚着有史以来最大胆的先锋的神髓、敢叫日月换新天的一阵摧枯拉朽的微风。

我道，在花神咖啡馆的那次会面里，索菲·卡尔冷不丁掏出了本马塞尔·施沃布①的书，其中有篇讲的是罗马诗人彼特罗纽斯的假想生平，施沃布写道，当这位作家创作完了他的十六部冒险小说，他命人把奴隶西里乌斯叫来读上一读，后者一边念着、一边就大笑大叫、鼓起掌来，最后二人一致决定，要把这些虚构的情节照搬到他们的生活之中。

我在这里插进了一段，其中提到，儒勒·列那尔听说施沃布曾在暮年时与他的中国用人阿霆②一起去萨摩亚瞻仰——可最后还是没见着——他所崇拜的罗伯特·路易斯·斯蒂文森之墓，便写道："临死之前，施沃布践行了他书中的叙述。"

言归正传，我回到花神咖啡馆的那个下午，索菲·卡尔问我

---

① 马塞尔·施沃布(1867—1905)，法国犹太裔作家。
② 音译，全名为 Ting Tse-Ying。

卡塞尔不欢迎逻辑

是否有意效仿西里乌斯与彼特罗纽斯，而我当场就答应了她的提案：给她写个故事，好让她之后试着照此去活。

接着，我讲到了多米尼克·冈萨雷斯-弗斯特、我与她之间的友谊，以及我在她的几件装置作品中做出的微小贡献，比如她在泰特美术馆涡旋厅布置的那件展品，它描绘了2054年伦敦的末世图景。

虽说有点磕巴，我还是一步步把我的讲座给进行了下去，待我估摸着时间该过一半了，我像是陡然体验到了一股难以名状的激情，我自问，既然我的精神状态如此高亢，那我不等于是在向全世界宣布，我为当代艺术今时今日的荣耀感奋异常？

说着说着，我觉得自己愈发真实了，似乎我已很清楚地看到，自称比尼奥夫斯基使我重新找到了自我，而我先前的名字、用了那么多年的名字，一直是个又大又重的累赘，事实上，它不过是代表了被我强留太久的青年时代的一个称谓而已。

台下坐着的，或一头雾水，或纹丝不动，但女青年卡塞尔除外，她在最后一排的位子上摇来扭去，仿佛对我无比失望；我不了解个中缘由，但我怕的是，她已经看穿了：我的发言是现想的，太不严谨。但我也不准备更改我的聊天方式了，顺便说，这群人听我讲话的目的好像只是为了看看这儿到底干吗呢。他们大概都以为我嗑药了吧，确实挺像，我这昂扬得都有点接近于超自然了。

我不愿多去纠结那女疯子或其他来宾的想法,便述说起威廉·加迪斯的小说《认》给我留下的无比深刻的印象,尤其是他赋予角色的称谓在我心中犁出的那道诡异的印记,特别是那个叫怀亚特的,没过多久他就不叫怀亚特,转而躲在老爹吉尔伯特·沙利文这个称呼之下了,再后来则是雅克,转眼又成了斯提凡,尽管稍待一会儿我们又在斯蒂芬这个名字背后认出了他。

我们可以随时称怀亚特为怀亚特吗?《认》的所有章节中的怀亚特都是同一个吗?

我问道,也因此抬起了头,只见大家瞧我的眼光愈发惊惶了,就像在提醒我是不是该换条路走。

"怀亚特!"末排的卡塞尔嚎了出来。我从没听过比这还没逻辑的叫喊。

即便如此,我还是讲了下去;我聊起了当代作家,并称,可以这么说,他们所有人都叫怀亚特,假定他们继承了文学的圣火,可是极少见到有谁成为了真正的他。如果要去解释这场浩劫的话,我道,就得谈到所有活着的艺术家对道德责任的捐弃,但这样一个论据——错是肯定不会错的——还不足以说明如此严重的灾难与抛弃。尽管现如今,几乎所有当代作家,且不说反对了,都与资本主义亦步亦趋,且他们不会视而不见:只要卖不动书、名气不响、签售会来不个几打子仰慕者,那人就啥都不是;但还有一点也同样确凿,即自由民主主义在容忍一切、吸收一切的同时,也将任何文本都变得无效化了,全不论它原本看上去有多么危险……

我就此打住,因为我觉着,自己已经憋得快喘不过气了;正在讲话的我忽然就进入了一种强制性的冲动,且我一直都感觉不怎么舒服,尤其当我发现,悲观情绪已完全挟制了我的声线:我已决意展开一段哀怨的演说,做文学的这些年里我总是如此;此刻的我只是觉得,以这样悲伤的方式发言,我也太假了。

待我回复到我恒定的活力量值,我略带戏谑地聊了聊"崩溃与恢复",我说,在卡塞尔的日子里,我不止一次亲身实践了文献展的口号。

接着,我评论起保罗·托马斯·安德森的影片《大师》,这是我该月一日在威尼斯电影节上看的,让我记忆犹新的是,它动人地记述了几个经历了世界大战的崩坏、又在其后的恢复进程中迷失了自我的人。

我说,《大师》对正处恢复之中的心境进行了精巧的描述;我一定会记起它的,若是哪天,我想写写卡塞尔的氛围是多么卓异,直教我把创造力的崩溃甩在了身后,继而走上了通往那些思维空间——在那儿,有时仿佛快乐也没有了边界——的恢复之路。随后,我摒弃了任何可能听着有些虚假的忧郁笔调,略微提了提那些有助于我重新思考写作的文献展展品,特别是,我集中讲了讲珍妮特·卡迪夫与乔治·布雷斯·米勒的林中装置"森林(千年以来……)"。

我谈起那件作品,谈起偶然形成的叛乱者小队,以及亲临战场的体验给我的一记重击;就好像一切都是就地发生似的,我听见短兵相接时的吼叫、飞机的轰鸣、人的喘息、碾过枯叶的脚步(它那么真实)、神经质的大笑、密林深处的窸窣、风声、雷暴、古战场的余音、划破空气的刺刀、惊骇与恐惧……

归根结底,我说,有首洗脑的歌告诉我们,若要走出森林,就得走出欧洲,而若要走出欧洲,就得走出森林。

倘若这讲座的最后一段陡然与青年卡塞尔冰冷撕裂的喊叫掺在了一道,那可就万般圆满了。

然而没有,我瞄了眼卡塞尔,她只是在挠头。

对话环节开始,又很快结束。没人提问。只有卡罗琳·克丽丝朵芙-巴卡姬芙接过话筒,用法语对我说,整个讲座让她觉得在火星上一样。

她没说是"好到外星球"了呢,还是说就是纯纯的"火星",不过,既然我的欢乐还在继续,我的生命之火还在燃烧,我就权当那是句恭维话好了。

69

　　几小时后的酒店里，我对着那英文网页，啥都不懂。是某个领着文献展工资的编辑写的我的演讲综述。谷歌翻译出的版本有些古怪——早有所料——可它还是帮我确信了那个事实：我真的在卡塞尔做了场讲座，不过，有一点倒是不假，根据网上所说的，我讲的好像并不是我之前想要讲的内容，而是跟它有着细微的不同：

　　加泰罗尼亚作家的讲座活动的任何文学分析都可以只说它证明了一个充满像议会大楼的资源的活动的潜能没有情结，这里一个失眠者对要求短波无线电耳机的极少的听众说话。中期内，可以期待加泰罗尼亚作家从监狱铁条出版他的漫游小说关于卡塞尔的行走和中国的家和他对破坏的微风的声名狼藉的拥护。

70

正如在"未耕"里，人不知自己脚下是否踩着艺术，也不知周围的一切是真实还是想象，在我踏出议会大楼、与聚在门口的整个策展团队成员一一作别时，我也从楚丝处得知，回程时她们安排了出租车送我去法兰克福机场，这样我就不用再去乘坐那辆来时的火车了。

我和策展团队的所有人都道了别，特别拥抱了波士顿，还有一个礼拜她就要去伦敦生活了，只希望在某时某地还能与我相见。她说，保不齐那是跟麦高芬夫妇共进晚餐呢，那将是个迷雾之夜，而那雾啊——她微笑着——我一直指望着某天能在伦敦碰见……

出租车会在明晨七点过来接我，时间有点早，所以阿尔卡，此行的总负责人，会独自代表文献展前来送行。我立时瞅了眼克罗地亚人，她当场笑了，且她似乎很高兴别人能够提到她的名字，虽说她也不像是明白我们在讲些什么。

过了几分钟，再见都说完了，我漫无目的地在卡塞尔市中心游荡起来。一切都结束了，距离第二天早上出租车来还有好几个小时。最理想的当然是即刻离开此地。经过一个钟头的流浪，我意外拐上了国王大街，便决定将方向固定下来，朝着格洛丽亚影院前行；我又一次憧憬起它不合潮流的放映厅和在"老派"上不遑多让的售票处，它们如此让我贪恋过往。我在那儿久久伫立，就跟被催眠了一样。它与我童年时的社区影院是这样相像。可要说起它的正脸之所以那么吸引我的原因，我心想，就算找上几个世纪我也是没法准确找到的吧。

我还在那儿如梦似幻着，冷不防被吓了一跳，海报箱里的灯给人关了，只见一个站到扶梯上的男人正开始把排片表上的字母换成第二天的。我在一旁等着，直到能把它念出来：《上海》，由米凯尔·哈弗斯特罗姆执导。一个中国片名对上了个——要是我没搞错的话——北欧的、很可能是瑞典的导演。

我又待了一会儿，儿时的一段记忆飞了回来：某部电影看到一半，我听见一声钟声，我便想，这声音是片子里的还是来自外边本区教堂的钟塔。

随后我便走了，迈出了格洛丽亚影院的大堂，就跟没事一样；其实心中却倍感惆怅。我只觉自己在远离某种与我血脉相连的东西，但我还是走了，开始以相反的方向重新轧过先前上行的路。我终于有些累了，在对霍斯特·霍海赛尔的喷泉复制品注目良久之后，我坐在了弗里德里希广场一家咖啡店的露天座椅上。我打了个电话给巴塞罗那，说第二天会有出租车来接我，而当一切终结，我对自己说，剩下的，就是最沉重的归途了。

可有样东西却一点都没有要完结的意思。很快我便发现，真不敢相信，那是我满溢着创造力的热力四射的精神状态。我坐在咖啡店的椅子上——广阔的公共空间内属于我的那个警戒位置——忽觉这个傍晚的一切，上佳、绝妙、极好……形容词不够了。太阳虽已开始撤离，依旧晕出了些许光芒。街巷以人们的喧闹播撒着一种会传染的快乐。一阵和煦的轻风吹拂着广场中的树叶。我眼前扫过的绝大多数事物被我一一爱上，近乎一见钟情。不过，这点确实，我把轻蔑的眼神留给了那些行色匆匆的人，似想让他们明白，不停下来看看这绝美的风景简直不可理解。

我在那露天座位上待了将近一个小时，思索着我几年前就在思索的那些问题，只是可能想得更复杂了，也比之前有了更多希冀。我问自己，觉得那股强大的生命力会在我心中住到何时，此外，人类到底经历了什么，以至于要在文学上赋予欢乐、活着的喜悦以及对所见之物的欣喜以价值竟变得如此不易。

我从椅子上站起来，便是回酒店的时候了。我对艺术本身有了段思考，总觉得，说到底，它就在那儿，就在空中，悬浮于那个时刻，悬停在生活之中，后者如轻风一样经过，而经过的还有艺术。

卡塞尔不欢迎逻辑

我沿国王大街上行，一路思忖着，为何荣耀的时刻总是预告着危难与不幸。

天色已晚，我骤然发现，四周一片黑暗。

猝然袭来的无助感。仿若一个小小的颤音拨乱了白天欢腾的乐律，我的心情也以最极端的方式来了个急转。

还在前往黑森兰德路上的我停下脚步，从晦暗中凝望着大地、大气与天空。我忆起了死者们——我曾经熟悉、爱过，且已去世了的人们，又想到，我们活人也独有一条漆黑的小径可走，它通往的是坑穴，是尘土，除坟墓之外没有别的路通往另一个世界，而生命中的所有奇迹、可爱的色彩、那些日子里的魅惑与欢愉、熟悉的屋子、难忘的光阴、甜蜜而柔美的路途、宏大或微小的艺术的珍奇，都在逐渐湮灭、消亡，一切都是遗忘，连高挂着的太阳和最美好的情感也难逃一死，而与之同往的还有哭泣的人们的眼睛……天真的黑了。我躲进酒店，遁入客房，走上阳台，最后一次向塞格尔看不见的黑屋问了声好；我回到房内——它连思想小屋的功能都未曾拥有。

一小时后，我坐在屋里那把简朴的椅子上，行李装好了，万事齐备，可以即刻启程，只是还有那么多个钟头要等。电脑已经塞进了套子。我像块石头一样倒在椅子上。倒在地狱里。不可见的力、那阵微风的加持，也似来到了终点。我看向那个因我而生的黑洞，它映出了我的脸。就似我的大脑正漂泊在一块没有愉逸的地界、没有欢笑的疆域。我想回到那个世界,即便它倾覆已久,然而这也并非我力所能及之事。我已被困在比尼奥夫斯基体内;他诞生于我,遭受着我面具的戕害,因而不可能再对那世界持有任何意见。我只觉我生命中的所有公理皆为假象。我什么也看不见,什么也没有,什么也不是。一切都是彻头彻尾的幻景。不可见的力已烟消云散。

我在椅子上坐了一晚,基本没动。我怀想着所有那些死者,那些曾于某日和我结识,又以一种令人无法接受的坦然离开了的人们。我在那没有欢愉的迷雾之地——我已堕入其中——度过了那一夜。我猜想,此时的种种怕是要永远赖着不走了。可当太阳升起,一切都变了,最初只是轻微地,之后,变化来得越来越快、越来越烈。

出租司机是七点整到的。我下了楼,拖着箱子、提着电脑。果不其然,阿尔卡不在大堂,想必是没设闹钟;对她来说,这个点显然太早。眼前的天气可谓上佳、绝妙、极好。悄悄地、慢慢地,黑色出租车在这会儿尚显空旷的街道上溜动起来。一时间,我特怕迎头撞见青年卡塞尔倚着粗糙的石墙、为欧洲的终结而无声抽噎着的景象。

但是没有。卡塞尔也像某天我曾爱过的死者那样安然消失了。

司机是个中国人。我得感谢策展团队最后时刻的周到。连那顶红星鸭舌帽都有着它特殊的含义；注意到它的同时，我也明白了，我再次回到了光明与快乐的领地。

艺术，它真是件正在发生的事，就在那一刻的我的身上。世界又一次现出了未经垦殖的样子，被一股不可见的力推动着。一切那么轻松，那么值得去赞颂，双眼没法停下。我心想，早晨真好。

图书在版编目(CIP)数据

卡塞尔不欢迎逻辑/(西)恩里克·比拉-马塔斯(Enrique Vila-Matas)著;
施杰,李雪菲译.—上海:上海译文出版社,2019.12
ISBN 978-7-5327-8110-2

Ⅰ.①卡… Ⅱ.①恩…②施…③李… Ⅲ.①长篇小说—西班牙—现代
Ⅳ.①I551.45

中国版本图书馆 CIP 数据核字(2019)第 220379 号

图字:09-2018-072 号

卡塞尔不欢迎逻辑

[西班牙]恩里克·比拉-马塔斯 著 施杰 李雪菲 译
责任编辑/刘岁月 装帧设计/柴昊洲

上海译文出版社有限公司出版、发行
网址:www.yiwen.com.cn
200001 上海福建中路 193 号
上海市崇明县裕安印刷厂印刷

开本 890×1240 1/32 印张 10.25 插页 2 字数 144,000
2019 年 12 月第 1 版 2019 年 12 月第 1 次印刷
印数:0,001—5,000 册

ISBN 978-7-5327-8110-2/I·4985
定价:49.00 元